爱舞长天

宫桦 著

中国言实出版社

图书在版编目（CIP）数据

爱舞长天 / 宫桦著 . -- 北京：中国言实出版社，
2018.8
ISBN 978-7-5171-2886-1

Ⅰ.①爱… Ⅱ.①宫… Ⅲ.①长篇小说—中国—当代
Ⅳ.① I247.5

中国版本图书馆 CIP 数据核字（2018）第 181932 号

责任编辑：宫媛媛
责任校对：李　岩
出版统筹：李满意
责任印制：佟贵兆
封面设计：马诗音

出版发行　中国言实出版社
　　　　　地　　址：北京市朝阳区北苑路 180 号加利大厦 5 号楼 105 室
　　　　　邮　编：100101
　　　　　编辑部：北京市海淀区北太平庄路甲 1 号
　　　　　邮　编：100088
　　　　　电　话：64924853（总编室）　64924716（发行部）
　　　　　网　址：www.zgyscbs.cn
　　　　　E-mail：zgyscbs@263.net
经　　销　新华书店
印　　刷　三河市祥达印刷包装有限公司
版　　次　2019 年 2 月第 1 版　　2019 年 2 月第 1 次印刷
规　　格　710 毫米 ×1000 毫米　1/16　18.5 印张
字　　数　300 千字
定　　价　45.00 元　　ISBN 978-7-5171-2886-1

主要人物简介

钟万昌：男主人公，天性善良，厚重仗义，勇猛顽强，胸怀大爱。

林惠碧：女主人公，钟万昌妻子，出生于西南山城，天生丽质，贤惠善良，体弱多病，多愁善感。

钟　渝：钟万昌夫妇收养的大儿子，从部队转业后，被分配到皖北一个小城的公园管理处工作。

钟　林：钟万昌夫妇收养的二儿子，派出所副所长。

钟　威：钟万昌夫妇收养的三儿子，大学毕业后，被分配到外交部门工作，成为一名出色的外交家。

钟婉莹：钟万昌夫妇收养的大女儿，歌唱演员。

钟飞飞：钟万昌夫妇收养的四儿子，国际维和警察。

钟丽丽：钟万昌夫妇收养的二女儿，海洋污染防治研究专家。

钟棒棒：钟万昌夫妇收养的五儿子。

钟　勇：钟万昌夫妇收养的六儿子。

钟一帆：钟万昌夫妇收养的小女儿。

钱玉峰：皖北一个小城的文化局副局长。

徐　斌：钟威的同事，好朋友，警卫参谋。

张　旭：海军某舰艇舰长。

金晓燕：钟飞飞的妻子，某国际建筑集团副总，担任国外援建项目负责人。

吴　娟：钟飞飞的同事，国际维和警察。

齐林达娃：蒙古族美丽少女，钟万昌的童年玩伴。

亮　子：钟万昌的小学同学。

腾林格尔：钟万昌的童年玩伴，后来成为钟万昌的战友。

殷　丹：部队后方医院护士。

蒋二娃：钟万昌从日本鬼子手中救下的一名妇女的儿子，钟万昌的
　　　　战友，外号"大小孩"，活泼机智、重情重义，后来快速成
　　　　长为一名军官。

林春霞：部队后方医院护士。

朴惠娴：朝鲜舞蹈演员。

阳　阳：钟万昌的孙子，钟威的儿子。

彭　博：派出所民警，钟一帆的男朋友。

目 录

第一章

盛夏的空气嗡嗡叫着，如万千蜜蜂飞出了蜂巢。

钟万昌局长无声地躺在朴素淡雅的鲜花丛中，没有挽幛的吉言追思，没有哀乐的回旋缅怀。可自发前来吊唁者越来越多，堵塞了广场附近的过往道路，情况越发失控。钟林慌忙拨通了派出所的电话，他的几名同事以最快速度赶到了现场。

站在灵堂前招呼忙碌的文化局副局长钱玉峰若有所思。他自言自语道："老局长德高望重，深受爱戴，无论如何，追悼会一周后才能举行。"

站在他身旁的钟林一听这话当时就哭了，沮丧着脸说："我们在文化局会议室不都说了吗？那样不行，延迟一天，就要上来很多人，吃喝拉撒睡，样样需要钱，花销太大。本身我爸生前手头就不宽裕，还收养了这么多孩子，需要花钱的地方那么多。再说他一向主张简朴。"他讲话时脸耷拉着，但眼光却直盯着他面前的钱副局长。

钟林是钟万昌的二儿子，辖区派出所的副所长。站在一旁的这位钱副局长是治丧委员会主任，也是文化局的第一副局长，原来是钟万昌的部下。在钟万昌退休前，他就在忙活接替局长的事儿，上面始终没同意让他接手，而是让另一名副局长接替钟万昌的位置。眼下现任老局长又要退休了，基本不再问事，钱副局长的特长又表现出来了。现在钟万昌不在了，钱副局长显得非常热情。如果全局上下都能信服他，他下一步很可能就顺其自然地走马上任当局长了。

这件事钱副局长是有考虑的，眼前倒下的毕竟是他原来的顶头上司，来来往往那么多吊唁者，他若有一点轻慢，大家都会有看法，更何况平素人家就怀疑他以前对钟局长的态度。

"别的不慌考虑，先把你父亲的事办好，至于花销不是个事。他是整个文化系统的老领导，又是一个大善人，县里也很重视，准备安排记者采访报道。钟局长刚刚过世……他一生太累了，让他安生几天再说吧。"钱副局长心平气和地告诉钟林。

"钱局长，正因为我父亲是领导，大操大办丧事可能会给他带来不良的影响。再说，父亲一生勤恳做事，善良为人，从不捞什么名誉好处，这是他内心坚守的原则。不需要大张旗鼓地办后事，我了解父亲，不然他在天有灵会埋怨我们的。"钟林坚决不同意钱副局长的意见。

"你们是晚辈，处事还嫩，都听我的，遇到情况我挡着。"钱副局长理直气壮地说。

"钱叔叔，不是挡不挡的事，主要是父亲生前有交代，我们作为子女，不能让父亲死不瞑目吧？"

"你这孩子，这是言重了，不就是身后事吗？人都去了，管这么多干啥？你爸不会责怪的，死者为大嘛，就要让他风光一下，你说对不对？好了，就这样说定了，你去照应别的事去吧，看看他们的来头、身份，所送的礼品分量，便于好好接待。"钱局长说得干脆利索，明显费了一番心思。

"钱叔叔，我们抽空还是再碰下头吧，不要收礼金和礼品，来的人吊唁一下就行了，您看可好？"钟林近似哀求一样对钱副局长说。他知道这位叔叔毕竟是爸爸原来的同事及属下，很快会成为文化局的一把手，以后钟家许多事很可能还要他关照，实在不想把关系搞僵。

"你这孩子，死脑筋，说这么明白了，硬跟着拗劲，你爸是什么人，冷冷清清的，成何体统？好，我不问了，你们想咋办就咋办。"说着，扭头便走，但腿动得没有话出得快。

"哎，钱叔叔，别生气嘛！"钟渝赶忙上前阻拦。实际上，钱副局长刚转身，迈了半步，就迎到钟渝走过来。

"钱叔叔，您老讲得对，父亲是抗美援朝老兵、老革命，应该享受一些正常待遇，把葬礼办大点，也显得风光。但叔叔您从另一个角度想想，父亲一生清正廉洁、生活简朴，他虽然走得急，弥留之际没能表示什么，但我们了解慈父的品性。再者说了，父亲和母亲一生相依为命，拉扯这么多孩子。父亲走了，母亲还要带着他的嘱托，养活这么多收养的孩子。她能愿意看到为一个逝者花这么大的精力，办那些无用的事吗？父亲只是一名普通的干部，他也根本不期盼事后的哀荣，他只希望他的爱人和儿女以及许多需要帮助的人在他走后生活得好些。母亲现在还躺在医院里，她肯定不希望儿女做出一些她不喜欢的事情。"钟渝一边说着，一边靠近钱副局长。

"还是钟家大儿子懂事，讲话也比老二动听！"钱副局长心想钟渝不愧是部队转业干部，既稳重又老实，根本不像老二这样，像吃了枪药似的。

"你讲得有些道理，我回去考虑考虑再说，暂不能把事情一下子就拍板。这件事涉及方方面面，也涉及单位同事对我的看法。"他的情绪缓和了一些，"你们都各自先忙吧，我回头去找县分管领导汇报一下情况，他们一直让我做家属工作，并征求你们的意见。不过，考虑到钟局长的声望，按你的意思，限制一下规模也对！但对老同志要怀有一份尊重，这是领导的原话。不信，你们可以去上面问一下，我何必讨这个苦呢？"说罢，他转身走了。

派出所的同志听到了他们的谈话，便委婉地对现场前来悼念的亲友说明主家和单位的意思。在丧仪方案没有确定之前，请他们暂时回避离开，大家很快散了。

第二章

　　钟威一边安排人员撰写材料，一边向领导汇报着相关事务，思考着整个建交活动程序。刚刚一位副部长说："W国虽然是一个小国家，面积有十一万平方公里，人口也没多少。但我们的外交礼仪程序要和往常与大国交往一样，应当不失大国风范，何况我们本身就是礼仪之邦……"就在钟威为外交事务忙得不亦乐乎的时候，有人告诉他办公桌上的电话响了，他快速奔向自己的办公桌。

　　钟威掌管着全国外交礼仪工作的重要部门，他的工作是非常忙碌的。特别是国与国之间的交往礼节承载着国家的历史，彰显着民族的文化，代表着国家的形象。钟威心中知道，一代一代的外交人含辛茹苦、呕心沥血、认真求索，不断书写着中华民族的辉煌和光荣。他这些年如汲取营养般不断地从事此方面的研究。俗话说："细节决定成败。"公民参与涉外交往时应高度重视自己留给外方人士的第一印象。在外交场合，公民必须要注意修饰仪表，检点举止，使自己形象上乘、风度翩翩，无愧于"炎黄子孙"的称号。参与外事活动人员或者其他公民必须意识到，自己在他国人士眼中，代表的是自己的国家、自己的民族、自己的单位，要做到从容得体、堂堂正正，不应该畏惧自卑、低三下四，也不要自大狂傲、放肆嚣张。待人热情不仅意味着自己对待交往对象要具有诚意，还能体现对对方充满了友好、关怀与热忱。公民还要尊重每一位交往对象的个人隐私，不询问其个人秘密。这已被公认为一个人在交往方面有无个人教养的基本标志。此外，守信遵诺在国际社会里，也被人们视为个人内在素养的一个标尺。公民还要严守约定，在国际社会交往中，信用就是形象，信用就是生命，要让世界真正感知"中国人历来说话都是算数的"。公民还要注意尊卑有序，依照国际惯例，将多人排列时，要讲究右高左低、右尊左卑的最基本的规则。换言之，在行走或并排站立及就座时，为了表示礼貌，主人理应居左，而客人居右；男士应当主动居左，而请女士居右；晚辈应当主动居左，而请长辈居右；未婚者主动居左，而请已婚者居右；职位、身份较低者主动居左，而请职位、身份较高者居右。女士优先是国际社会尤其是西方国家通行的交际惯例之一。在社交场合，女士优先主要应在下列方面得以表现：第一，尊重妇女。与妇女交谈时，一律要使用尊称。涉及具体内容时，谈话亦不应令在场的妇女难堪。排定礼仪序列时，应将妇女列在男子之前。第二，照顾妇女。在一切社交活动中，男子均应细心地照顾妇女，就座时，应请其选择上座；用餐时，应优先考虑其口味。第三，关心妇女。外出之际，男子要为女士携带重物。出入房间和公开场合，男子要为女士开门、关门。在女士面前，男子不吸烟。第四，保护妇女。在一切艰难、危险的条件下，男子均应竭尽全力保护妇女。通过危险路段时，男子应走在前列。在马路上行走时，男子则应行走于外侧。任何危险之事，男子均应主动承担。

在对外交往中，既要待人热诚友好，又要严格把握分寸，做到热情而有度……大到国家领导和政府官员，小到一名普通的工作人员，他们的一举一动的象征意义是相同的。一名外交官员内心要拥有崇高的使命感，平素还要刻苦研修训练……钟威从外交学院毕业后，被直接分配到了外交部工作，随时为出席外事活动的领导提供礼仪咨询和服务。而钟威近期在研究某国的风土人情、交往习惯和礼仪，两个月后，中国将与其建立外交关系。"外交无小事"，所有事务他都不怕，只怕在交往时有所疏漏，在无形中闹出笑话、引发尴尬，从而影响领导形象和国家荣誉……

钟威接到的电话是家中打来的，这是他根本没想到的。父亲因过度劳累，突发脑溢血而病逝。他竟不顾在领导和同事面前，号啕大哭起来……

父亲并非一般家庭的长辈，连同母亲，他们都留给了钟威生命中刻骨铭心的记忆。

从隐约记事时，钟威就常待在父亲的怀里或者肩上。父亲把他从童年扛到了少年，直到他长大成人。听母亲讲，有一次父亲去相邻地区调研文化工作，竟然把他这个小不点也带在身边。中午吃饭时，坐在中间的父亲因他的哭闹和任性整个中午不得安生。当地的同志和陪同的人甚是为难，最后父亲就一直扛着他把饭吃完。父亲对子女如此疼爱，他觉得自己堪称天下最幸福的人。在钟威考上大学的那一天，父亲还想勉强把他抱起。母亲在一旁说："孩子都多大了？你还想抱他。都是大学生了，再过几年，孩子满肚子的学问，你还能抱得动吗？"母亲一边说，一边抹着眼泪。的确如母亲预言，他大学毕业后临上班时，父亲还想抱他一回，可是抱了三次都没有抱起，因为他比父亲高了一头。

虽然父亲把自己的儿女一个个从春天抱到夏天，从秋天抱到了冬天；从温暖的时节抱入了飞雪的季节；从孩子抱成了大人；从昨天抱进了未来……可他和母亲还没有享受到儿女回报的时候，父亲怎么突然离开了呢？钟威心如刀割，无法忍受。这时他想请假回家，为父亲送行，看父亲一眼，但是单位有明文规定，外事活动准备期间，为了保密，所有人员不准请假外出。外事工作事关大局，代表国家荣誉，不可忽视，应谨慎对待；另外工作环环相扣，严防脱节。他顿时感到自己像轮船上的水手，本来海上风平浪静，一帆风顺，突然之间，狂风大作，海浪滔天，桅杆断裂，船帆垂落。他心里变得无助和绝望……

第三章

花团似海，挽幛遮天。面对全县各单位、各部门前来吊唁的人群，钟林真正感到了力不从心。他知道，如果不极力劝阻并采取措施，已无法控制局面。这在违背父亲意愿的同时，也会给单位带来很大负担。虽然眼前这位钱叔叔极力主张这次活动经费用公款，并明确表示，钟局长不在了，现任老局长快要退休了，按照惯例常规，这次活动也应该由他负责。在场的人，不管是文化部门的领导，还是钟家亲属，都没有表示出明确的反对意见。实际上，钟林心里是有数的，只是当场未表示强烈反对而已，因为钱副局长既是长辈，又是父亲的同事。

钟林是为了父亲的嘱咐和生前的威望，才反对钱叔叔的意见的。父亲一生为人正直清廉，这次更不该铺张奢侈。父亲和母亲都没有多高的文化，因此家风不如曾国藩的家风浓郁，教育观点也不如《傅雷家书》中的观点系统厚重。他只是怀有一种简单朴实的愿望，一心想让他的子女都学好。遗憾的是他在临终前握着钟渝和钟林的手，想说什么，却没说出来。如果上苍能留给父亲多一点时间，他们现在不会如此揪心。父亲没能讲话，但钟林和钟渝都隐约猜到父亲当时嚅动的嘴角里要讲什么，可是钱副局长和一些人并不相信啊！钟林也为此事陷入忐忑中，有一点他是不安的：父亲一生养育许多儿女，在即将远离这个世界的时候，他不让子女回到身边为他送行。钟林不能答应父亲的这一要求。俗话说"最亲不过父子"，他们再忙，都应该回来见父亲一面。作为老二，他和大哥钟渝无论如何要通知在外工作的弟弟和妹妹回来。

说来也巧，钟威正在准备外事活动。妹妹钟丽丽参与研究的一项课题即将在技术上有所突破，有关人士马上就要向世界宣布研究结果。这个课题是由国务院直接领导的。钟飞飞也要出国去维和了。他们为什么不先把家里的事办妥后再忙工作？他们平素都腾不开时间，唯有自己和大哥钟渝在本地工作，看在家门口，围在父母身边，平时遇到情况，出个啥事，能和父母一起说说聊聊。可是现在父亲不在了呀，难道他们还这么狠心吗？一想到这些，他的眼球就会发胀，没人的时候泪珠会自动滚下来。对面坐着的钱副局长还在执拗地看着他。父亲要是知道会是这种情况，死都不会安生。早知道如此，父亲在离世前无论如何会坚持把世俗的一切事情都安排好。钟林为此事发呆犯愁的时候，忽然看到"爱心家园"的一大伙老人和孩子朝这边来了。他们闹着要来看老领导、看钟爷爷。这时有围着白色头巾和戴着孝章的钟家亲属走进内屋，向钱副局长通报了情况。

"什么？他们也来啦！不是让人通知他们不要再来了吗？"钱副局长一副吃惊的样子。

"他们不听劝阻，知道钟局长三天后就要走，非要坚持来看看。"钟渝边说，边撩起胸前的白绢帛擦抹眼泪。

"我知道了，反正也控制不住了，他们要来，就让他们来吧。晚上多安排些伙食，馍馍稀饭什么的，不走的就在这儿吃好了。我去安排一下。"钱副局长说罢，转身欲走。

"钱叔叔，不要这样安排，您看这样可好？我觉得还是按原先意见处理。"钟林说。

"我已经说过了，灵堂上的事我做主，你们弟兄家人在葬礼上多下点功夫，和孙会计多碰头，然后拿出个方案来。"钱副局长坚持要收礼接待，认真操办。

"招呼一下就行了，不需要安排吃饭接待。"钟林看到钱副局长没有改变主意的意思，就接着说，"钱叔叔，您是长辈，又是领导，从现在开始，我父亲的事不需要您和单位的人插手，同时在这儿我和家人也谢谢你们的好意。"

说着，"扑通"一声双膝跪地，对着即将离开的钱副局长，"咚、咚、咚"磕了三个响头。钱副局长见此情形并没动弹，但有人上前拉起了钟林。此时人们能察觉到钱副局长对钟林的这一举动面色平静如水。钱副局长摆摆手，扭头走了，一句话也没留下。

第四章

公安部国际合作局维和处处长钟飞飞接到父亲钟万昌病故的消息时，正在思考和监督属下速拟赴某国开展维和工作的方案，上级组织要求三天后务必动身，因为那里的人民正遭受着前所未有的困境。他陷入深深的矛盾中，是回去送别父亲，还是照常执行出国维和命令？

生活如一条不平坦的通道，里面布满坎坷苦难、艰辛挫折。现在钟飞飞仿佛又行走在这最艰难的路段上。他确实感到了身上爬满千万只虫豸，承受着无形的撕咬。生命的历程是艰辛离奇的，有时充满神秘色彩。可以欣慰的是，有些困难靠人本身的力量与智慧可以改变，可以克服，可以逃离，而此刻钟飞飞却无法选择。父亲躺在天国的入口，即将作永恒的远行，从此无归；善良的异域受害者们正伸出手，在呼唤，在流泪……组织已经做好安排，三天后必须启程。仅有的三天时间，他却要牵头做一套完整可行的工作方案，而且这方案要经过探讨、研究、考证，必须全面、具体可行……谁都清楚当中要有多少工作要做。三天后的下午，他要准时率队飞往异国他乡，机票就锁在他身后的档案柜里。

这是一项秘密任务，除了常规秘密要求外，上级反复强调：责任到人，不可替代；绝对控制知密范围。他突然觉得脸颊涌出一股湿热……

"吱"的一声门开了，副处长李旭、联络官张鹏和文秘吴娟一同走进门来。

"钟处长，维和的装备和生活用品已基本备齐，只是这个方案一时很难定稿，里面涉及当地的生活习惯、交往礼节和执法尺度等多项内容，还请您指教一下。"副处长的脸上明显有些难色，但瞬间又笑了。他们想让对面这个能干的上司帮忙。

"我有什么可指教的？多查查资料，看看要遵循哪些规定？执行纪律多拟几条，反正既然代表国家出行，就要把那里的事情做好。"钟飞飞笑着说，但掺杂一点苦涩。

"你说的这些我们都考虑了，只是怕遗漏什么，想请示一下您，还有什么要强调的。"李旭副处长隐约感到钟处长的态度有点不对。平时这位上司在工作上从来没有过一点儿烦躁的情绪，今天情绪上却有别以往。他转脸看了一下其他人，可两位同事僵硬地站在那里，连同他们的表情也显得呆滞。

"我知道了，材料先放在那儿，我马上看一下。"钟飞飞发现了属下的心理变化。三位出去了，钟飞飞的目光停在了他们拟订的维和工作方案上。材料做得很细致，装订得也很整齐精美，他平时对他们的要求很高。他们都有一个习惯，所有事情和材料做好后都要向他回复或征求他的意见，以防有疏漏之处，而这一次毕竟是到异国执行任务，事关中国警察形象和国家荣誉。

方案的前半部分涉及方针原则，大的环节把控好就行了。所以，总体大的方面没有问题，重要的是下半部分涉及具体任务要增加内容。因为这次出国执行任务的同志，不仅要对当地受灾群众进行紧急疏散，还要对他们的衣食住行和病情进行帮助及救治；同时，还要协调处理国内各部门的涉外警察事务，安排救援和医疗等各类物资的存储、分配、发放及使用等。这都要有详细的计划。所以，之前他们就要了解当地的环境、居民生活特点等详情。他打算花点儿工夫修改一下方案，然后开会作进一步分工部署。他若有所思地抚了一下额头，突然电话响了。他无奈地抓起了听筒……

第五章

综合各方面情况，钟林和钟渝兄弟俩同钱副局长就钟万昌的丧事大致达成了如下协议：

> 不设正式灵堂，不收受礼金和布料等礼品，不大规模摆设花篮花圈；不设宴席招待客人，只让亲友前来吊唁；不开追悼会，不进行遗体告别；不买公墓，不留骨灰；遗体火化后，将其撒在内蒙古老家的土地上；由老大钟渝和老二钟林两个儿子共同写一份详尽的钟万昌生平材料，在送葬前交由文化局存档；事毕后，钟万昌工作档案资料由钟林与钱副局长具体交接。

以上各条不管是钟万昌单位，还是其亲人，任何人都不许更改和反悔。

协议由文化局办公室秘书小陈手写，一式三份，双方各持一份，第三份交由文化局存档。

但对于钟家收留的留守老人及孩子是否能来吊唁，协议上没有正式写明，却签订了一份补充说明。因为钟万昌在战场上救过很多战友，在工作中也帮助过不少人，所以他们的协议不可能涵盖随时出现的特殊情况。在这之前就有一位钟万昌曾经救过的小战士，可他如今已成长为一名将军。当听到了钟万昌去世的消息时，这位将军准备放下手中的工作，专程来悼念钟万昌。还有钟万昌一生都在做一项工作，那就是收养那些被遗弃和失去父母的孩子，或者帮助那些需要帮助的群体。钟渝和钟林他们长大以后，一方面协助钟万昌养活后来的弟弟妹妹们；另一方面继续跟着钟万昌夫妇收留那些被遗弃或者困难的孩子。现在光一个城关，就有三所留守儿童救助院。后来按照钟万昌夫妇的心愿，那些走失无助、没人赡养的老人，他们也进行收留。如此一来，其中的经历和故事他们谁又能说得清呢？所以要拒绝这些人前来吊唁，他们不闹个翻天覆地才怪。但钟林他们为了满足父母长期的心愿，又为了不让人心失落，便采取了折中的方法。协议办妥后，钟林和钟渝都轻轻地松了一口气，虽然那位钱叔叔不是太满意，但毕竟作为钟万昌的儿子，他们像要完成一项重大使命一样办理父亲的后事。

接下来就是几位在外边工作的弟弟和妹妹是否能够按时回来为爸爸送行的事了。钟威、钟飞飞和钟丽丽几位弟弟妹妹的工作不像一般人那样请假方便。目前除了他们几位，几乎所有的亲人都已经回到家中。

"大哥，两位弟弟的电话你来打，再催促一下。丽丽那边我来联系，她性格比较固执，工作性质也特殊，所以我来再催一下这个犟丫头。你回头让他们把灵堂几个字拿下来，同时把两边的挽幛也摘下来，把在巷口处迎接来宾的人都喊回来。等这边照应好了，我俩回头找个地方去把父亲的生平写一下。大哥，你心里先琢磨琢磨，因为你比我知道得多！"钟林征求哥哥钟渝的意见说，脸上布上了一丝犹豫。

"好吧，就这样，我先把灵堂撤了，再去催一下两个弟弟。"老实的钟渝向来尊重钟林的意见，现在又是特殊时期，一切只能靠他们自己了。

原本忙碌的灵堂内外，顷刻间安静下来。钟林和钟渝对现场一些情况作了交代。转身离开的时候，钟林突然又回过头来，看了看父亲的遗像。他发现父亲似乎在看着他，而且面带着微笑，其英武俊朗的脸庞透着一些赞许和宽慰。他们特意选了父亲一张在部队年轻时的照片，这时父亲好像对他们说："好样的！"

第六章

钟丽丽的课题是研究预防和治理海洋污染的。防治污染实际上是全球的重大课题，各国都在攻关，却一直难以攻克。人类生存环境的保护是一个重大而又十分艰难的命题。许多国家都成立了专门的研究机构。大家都知道，人类是海洋最大的受惠者。在人类生活的大地上，是海洋送来的风雨将他们滋润；是海洋给人类带来丰富的资源；也是海洋把一块块孤独的大陆联结起来……她承载着人类生存的未来与希望。然而，20世纪以来，世界人口数量和经济迅速增长，对环境造成巨大冲击。由于人们盲目开发、过度捕捞以及无节制地排放废物，从而造成海洋环境日趋恶化。海洋污染危害极大，它使海洋水产品聚集毒素，人类食用后会滋生各种疾病；海洋水产品越来越少，使越来越多的人逐渐丧失食物来源；海洋生物的死亡将会改变整个海洋的生态平衡……如果对海洋污染不加以整治，那么人类赖以生存的大海将和人类挥手告别，并会给人类带来各种灾难。

钟丽丽从首都某理工学院环境污染与防治专业毕业后，被分配到研究所工作。后来国家成立"海洋污染防治和研究小组"，这是一个重要的科研项目组，直属某国家机关领导。研究工作是艰苦的，钟丽丽和她的同事们几乎断绝了自己同外界的来往。这年5月份研究工作出现重大转机，攻克在即，很快将公布研究成果。钟丽丽通过电话知道了父亲的噩耗。钟丽丽心中的喜悦，突然被父亲去世的消息彻底置换，她晕倒在电话机旁，身边的一名工作人员及时扶住了她。

"爸爸，你怎么就这样悄悄地走了呢，好日子一天还没过。"她憋屈得泣不成声。看着她的状态，几名同事跑过来一边安慰她，一边打120要送她去医院。她稍微平静后阻止同事道："不要紧，爸爸不在了，我心里难受。眼下这个时候又不能请假。"她哽咽着说出了苦恼和伤心事。听了她的话，大家知道了原委，都纷纷叹气！但对下一步怎么办，都不知所措。因为她面前站着的全是和她一样的普通科研人员，没有一位领导。虽然如此，她能看出大家对她此时的处境非常同情。

"跟领导汇报一下，看能否请几天假，哪怕一天也行。无论怎样，得回去看看。""就是的，再紧也不在乎这点时间，科研固然重要，但也不能不顾亲生父母。""可以试试看嘛！"……

听到"亲生父母"让她心里咯噔一下。同事并不知道她心中的苦衷。因为特殊的原因，她才特别想找理由回家探视。"要是……"算了，她努力克制自己不去想一些事情，不然内疚会像山一样压得她喘不过气来。她极力搜索如不回去依旧能得到的安慰，哪怕是一丝也行。可现在面对不是亲生胜似亲生的父亲，这个时候她不回去，世人怎么看她，亲友又怎么看她？她在家乡可是被认为是最优秀的女儿啊。有一点可以肯定，她请假一定不会被批准。有言在先，在这个节骨眼上，决不能因个人私事影响这惠及人类福祉的重大科研活动。

她一个劲地流泪，同事们无奈地发出一阵阵的叹息。平素娇弱爱哭的她心里瞬间狠了一下，她想就是冒着被处分的危险也要回去一趟，因为她已答应哥哥钟林要尽万分之一的可能请假回去为父亲送行。她突然平静下来，脑海中出现一个人影。她最爱看他穿着一身威严英武的海军制服。蓝白相间的海魂衫，展示着大海的浩渺蔚蓝，也述说着海洋的雄浑悠远，白色的军帽如海上的云朵，亦像海鸥般洁白吉祥；随风舞动的白色飘带，如舰船正扬帆远航……她喜欢大海，这是她儿时的梦想。记得一次父亲带她到上海一个区参与文化调研活动，顺带在当地同行的带领下去了趟金山卫港口。看到沙滩和大片的泳者，仅有六岁的她非闹着下水不可。无奈一大群同行者都陪她这个小千金在海里玩了一个多小时。最初的记忆铸就了她一生的梦想。如同人类感情，大海是无私的，她把自己的财富，全部奉献给了人类；大海是豁达的，她辽阔宽广，深邃幽静；与大海相伴，她塑造着人的性格，陶冶着人的情操；大海是诗意的，她奔腾喧嚣，追逐进取，她赋予人类多少美好的想象；大海是包容的，她接纳了多少人类的忧郁烦恼、私欲和污染……总是给人类永恒的寄托和希望……她爱大海，将来长大了，一定要报考和从事与海洋相关的学校与工作。天生我材，多年以后，她终于如愿以偿。不仅如此，她在工作交往中，还遇见了如大海一般性格的他，至此她终于在大海的怀抱里找到了真爱。现在关于是否回家这件事，她为什么不能问问他心里的想法呢？

第七章

在钟家右侧的一间小储藏室里，钟渝、钟林和文化局秘书小陈三个人正在整理钟万昌的生平简历。本来文化程度颇高的陈秘书执笔疾书，忽然他停下笔来，抬起头看着钟家弟兄，他听到了啜泣声。一定是感伤于父亲的辛劳，两人竟抱头痛哭起来……

漫天的雪花迎风飘舞，宛若云霄飞来的无数天使；她们都踊跃地挥动凉爽柔美的玉手，唱着、跳着，挽着呼啸冷冽的北风与天幕下村庄里依稀缥缈的炊烟，组成了一次巨大的天地狂欢。雪花旋舞、万物沉寂，世界纯净了，如一个悠远宁静的世界。当然她们并不知道因为自己的激情和疯狂，苍穹下正遭遇着一场灾难。钟万昌依旧坐在门前矮凳上，痴情地仰天陶醉着、吸吮着、畅想着，嘴里不时地哈出热气，试图暖和一下早就冻得通红的小手，眼睛却紧盯着灰暗的天空，任凭大片的雪花飘落在自己的头上、脸上和身上。这场暴雪早已使自然界的万物沉寂了，不管动态的和静态的，都失去了往日的生机和灵气。奶奶死了，父母躺在炕上已奄奄一息，所有的兄弟姐妹也没有了说话交流的力气，也失去了一个完整家庭的生气和欢欣。他知道如果连绵暴雪是罪魁祸首，饥饿则是造成千万个家庭陷入眼前困难的始作俑者。

人类生活若没有痛苦和磨难、只有童话般的纯美生活多好，可现实竟有那么多不幸，再这样下去，今后怎么过呀……钟万昌一遍一遍地想着，泪水如天泉般再次飞落他的脸颊，并穿越雪花的帷帘滑翔下来，静静地融入脚下的地上……许久他忽然被远处的微弱的犬吠和嘈杂声惊醒，慢慢睁开眼睛，雪小了、风止了。据大人说，这无休止的大雪，来自遥远的西伯利亚，是苍天设置的一个关口，有意检测人类救助和生存的能力。钟万昌也确实感悟到了这些话的道理。他坚信，一切都会慢慢过去。他回头向屋内望了一眼，然后又把眼睛转向了门外的天空。他的心渐渐平静下来，甚至有了一丝安慰。顷刻间解决全家晚餐的忧虑迅速挤满了他的心思。

他抬头看见面前站着一个雪人，手里还提着落满雪花的手提袋。他疑惑地上下打量这个人，透过眼睛，他看出来这人是他的小学同学齐林达娃。"呀！天就要黑了，这么大的雪，你怎么来了？"

"我怕你家晚上犯难，就把额吉做的窝窝头和菜根汤送一点来，都能垫一口。"

"你家又不宽裕，人口又那么多，哪能天天还照顾我们？"

"大人们都互相救助着过，我们也不能眼睁睁看着人饿死吧？"她顺手摘掉了粗布围巾，脸色红红地敞露在钟万昌面前，嘴里一股一股地冒着热气。

"我姐姐去南林坡了，听说那里有块肥草地，村里去了好多人挖野草，姐姐一回来，家里就好过多了。"钟万昌脸上露出无奈和凄楚，眼睛抬了一下，无力地看看齐林达娃，迅速又被飘落的雪花覆盖了。

"怎么办呀？"钟万昌听得出来，齐林达娃的声音有点哽咽。他抬头看时，齐林达娃正在抹眼泪。

"你说这什么时候是个头呀？春天都来了，还下那么大的雪，从冬天到现在，一直没停过。外面的动物，都死光了，村里还死了那么多人。昨天晚上和今天中午，屯西的吴老太和东街的老赵头，都饿死了，我有点怕呀！"说着，她的脚步向钟万昌靠了靠。厚道的钟万昌知道这位小女孩的心事，就上去拉住她冻得通红的手说："别难过，我们一定会战胜困难，一切都会过去的，老师不是在课堂上说过吗？在生活中，我们一定要有勇气和胆量，更何况我们还有智慧呢！大不了天一晴，我们去远处光景好的地方为家人讨饭。"他的拳头握得紧紧的，让齐林达娃想把手缩回。

或许是寒冷的原因，齐林达娃身上猛地一颤，说："你说的真有些道理，只是雪一直不停，我们怎么出门呀？"

"老师说雪花是自然的精灵，是美好纯净的化身！它不会不顾人的死活的。"钟万昌说得很真切，脸上露出十分美丽的笑容。转脸他又去遥望苍茫灰暗的天空，不由得对他自己的话充满质疑或者幻想。

"可我们又不是童话里面的白雪公主和卖火柴的小女孩，我们为什么要承受大雪和寒冷给我们造成的苦难啊？更何况还有那么多大人来承受这糟糕的天气所带来的不幸！"她说得很伤心，好像这大雪和饥饿本来与她无关一样。

"我也是这么想的，为什么天上会下那么大的雪？老师不是总说一个人要热爱阳光灿烂的天空、雪花纷飞的原野，也要热爱阴雨绵绵的日子、冰天雪地的季节。可我们的天空和时光又总有那么多寒冷的痛楚。我们多想拥有阳光明媚的日子，拥有鲜花盛开的春天，拥有绿草茵茵的花园……紫燕在天空中飞翔，蜜蜂在花丛中追逐，蟋蟀在草坪上跳跃，鸟儿在林梢上歌唱……唉！可是我们这儿这样的天气太少。南方的孩子多好啊，我们何时能生活在南方？为什么受苦的人是我们？"钟万昌还在不停地吹着自己冻红的小手。

"齐林达娃，我已经好几天没到学校了。不知学校上课没有？"他问她。

"我也好长时间没上学了。因为大雪把整个校园都覆盖了，学校不能上课，很多老师和学生都为揭锅自找活路去了。"齐林达娃说着，抬头慢慢地望着天空，俨然一位大人似的。

"像这样的鬼天气，"钟万昌一边看着门槛上齐林达娃放的袋子，一边说，"这样的鬼天气到底何时才能结束？家家都这样，人都要死光了，真的谢谢你，这样的日子你还能想着别人。"他用凄楚的眼神望着齐林达娃，带有一种感激的情绪。

"这有什么？有困难互相帮助嘛！听额吉说他们到南林坡去挖野菜时，去迟的没有挖到，先去的就把他们挖的菜平均分给了大家，这样大家都能将就着回去把锅揭开。将就一下，或许就好起来了。雪不下了，去山上和周围搞吃的都方便一些。"齐林达娃诚恳地说着。她低头看钟万昌时，他的眼里滑下两行热泪，正感激地望着她。

"不要太难过，都说天无绝人之路，一切都会好起来的。"齐林达娃安慰他说。

"不不，我是男子汉，我不能因为家里有我拖累而增加负担，我只要待在家一天，父母就考虑我们得一个一个活下去。所以，我想走出去，哪怕是逃荒要饭都行。"钟万昌有点自暴自弃道。

"你这是什么想法，天下父母哪有不养活孩子的道理？大人说，那叫天经地义。父母不想养活孩子，那生他们干什么？"齐林达娃有点腼腆地说。

"我说的不是你想的那个意思。呀！又下了，天真要塌了。"钟万昌看看脚下，又仰头看了看天空，突然大叫了一声。然后，他看看齐林达娃，接着说："你把我的意思想错了，齐林达娃，我是说家里多一个人就会多一份负担。我看他们太难了。我俩抽时间去找亮子和二娃，看他们生活得咋样？不然我们都跑出去。"

雪花开始在两人面前拉起了帷帘，纯白色的纱幔好像把两人隔在缥缈的世界里，近在咫尺而又悠远静谧。钟万昌透过纷飞的雪花看着齐林达娃，仿佛看到一幅纯白无色的风景画，齐林达娃这时真的变成了白雪公主。

"我们这么小跑出去，怎么能活得下去呀？"齐林达娃通红的脸上布满了哀伤和愁容。

"好吧，我们一起合计合计，让我们挽起手来彻底战胜这场雪魔制造的苦难吧！"说完，两人转眼间消失在漫天的银色世界里……

第八章

今天钟威没有当紧的加班任务，有些关于国际交往细节的材料，他安排给助手后就走了。下班回来，钟威慵懒地坐在了卧室内的写字台前，心里一时难以平静下来。整整一天的时间，钟威内心很是纠结，但没有去找领导。他知道除了规定之外，工作性质也不允许他在这个时候离开工作岗位。按照人之常情，领导可能会批准他几天假，回家送送父亲，与亲人团聚。父亲的事已成事实，但工作性质决定不能把国事和家事混在一起。那么多家庭，那么多儿女，那么多私事，有多少家庭、儿女在公私利益冲突的时候，毅然选择了公而忘私。看起来很正确，听起来像大话，但这又是不争的事实。如果一个国家、民族没有精英和担当者，又怎么进步和发展呢？他这种情况算啥？古人云："忠孝难两全。"普天之下，不能亲人团聚，不能儿女环绕，不能享受天伦，不能床前尽孝的，会有多少人啊！他只是还留存一份对工作的责任和忠贞罢了。他还没达到忠诚尽责和爱国大义的境界，父亲从前最担心的就是这一点。可现在他不能再因为私心杂念伤父亲的心。仅仅那一次，他真正看到了一名老军人和一名普通干部的素质与情怀，他从此开始用一种敬仰的眼光看待父亲。

三年前，钟威突然接到大哥钟渝的电话，说父亲病重，速回探望。他把情况汇报给单位领导，当即得到批准。他及时带领妻子和儿子回到了家中。

可到家时却看到父亲正在院内浇花，身体有些疲惫状态，但精神头还好。当看到钟威回来时，本来哼着豫剧的父亲突然生气，扭身回到屋里。他忙去拉父亲，却被父亲甩手摆脱了。

"爸爸，到底怎么回事？"钟威慌忙忐忑地问。

"怎么回事？我在这儿说，等明天我死了，也不需要你问。"他一副气愤不给通融的样子。

"大哥不是说您病了吗，他怎么骗我呀？"钟威忙解释。

"没一个让我省心的，吃五谷杂粮，谁没个头疼脑热的，放着重要的工作不干，就会做些家长里短、平庸俗务的事情，没出息。"父亲显得更加火旺。

"他们看在家门口，没有事干。你是国家培养出来的大学生，你不安心做事，对得起谁？这两天国家发生那么大的事情，你该做的都做到了吗？"父亲似乎有针对性地说。

钟威脑子闪电般旋转了一下，突然他明白了。原来他讲的是近期国家发生的一件大事。他悟出了父亲的良苦用心，心底升起了崇敬之情。作为普通党员干部的父亲竟有这般家国情怀。"天下兴亡，匹夫有责。"顾炎武的话并不只是对那些君主权贵和皇亲国戚说的，而是面对天下黎民百姓说的。

"父亲，那件事正在交涉，基本上已有了处置方略。"钟威忙给父亲解释。

"节骨眼上，你们不去处理大事情，为我一个老头子转悠，国家也白养活你们了。"他气还未消，声音像燃放的炮仗，周围人都能听到。

"爷爷，爷爷，你错怪我爸爸了，是我想爷爷奶奶了，闹着要回来，爸爸和妈妈才好不容易请假带我回来的。"孙子阳阳跑到钟万昌跟前理论，为他爸爸钟威开脱。

"哦，乖孙子，真懂事。不过这是大人的事，小孩子不懂。你过来，让爷爷抱抱。"说着，钟万昌蹲下来，张开双臂，等阳阳。

当天晚上，阳阳像一根丝带，连接着一家人的感情。老大钟渝、老二钟林下班回来，一家人团团圆圆，还喝了酒，父亲的精神好了很多。原来父亲生病，老大钟渝想着借此让家人一起聚聚，就跟外面工作的弟弟妹妹们打了电话。谁知父亲的病很快就好了，钟渝也没告知他们这一情况。所以，大家都相继回来了，包括后来回家的钟飞飞和钟丽丽，都被父亲狠狠地训斥一顿。数钟威被训得最狠，因为作为一名外事官员，国家发生那么大的事情，理应坚守岗位，协助领导妥善处置。父亲就是这样一个人，他总站在一定高度，考虑大体，从来不顾自己。想起这件事，钟威真有点胆怯，母亲在大的方面总护着父亲，跟父亲的观念相差无几，她肯定也不支持他回家给父亲办理后事。他想他应该用实际行动告慰父亲。

他平静下来，开始写这次出行前的工作誓言：

> 我是一名共和国的外事官员，担负着捍卫祖国荣誉、人民幸福与人类和平的崇高职责，我保证服从党的领导，忠于祖国，热爱人民，服从组织安排；严守工作纪律，保守外事机密；光明磊落，清正廉洁；恪尽职守，不怕牺牲；全心全意为人民的外交事业服务，永不背叛祖国和人民，并终生为实现自己的誓言而努力奋斗！

文字沉沉，誓言铮铮。撂笔抚案，钟威的目光还在注视着刚刚写下的那些话，耳畔仿佛同时响起了一阵洪钟般的声音……

第九章

西伯利亚派出的散花使者终于收住了她狂欢的脚步，飘落的雪花厚厚地紧紧地簇拥在谢尔塔拉周围的草原上。草原隐藏了昨日的影子，但被皑皑白雪罩上被褥后，显得更加平整、辽阔和悠远；远处的山峰更加雄伟、肃静、壮美和神奇。

冬天走远了，太阳出来了，通亮的雪原和金色的阳光交相映照，让结伴出来、追逐青春快乐的孩子们奔跑时，稍不留神就打个趔趄。纵然如此，这用天色和远光绘就的水彩画也阻止不了孩子们的脚步。大地本身是人类的家园，草原天生是孩子的乐园。人在精神松弛时，时光会提高奔跑的速度。当大人们还在为生计发愁的时候，钟万昌和玩伴们也恢复了往日的热闹。

粮食断收，动物冻死，牧民的生活来源被堵在罕见的雪殇中。村民为了活下去，不得不让死畜迷踪，草场变秃，树皮精光……所有的可吃的食物都绝了踪迹。孩子们似乎不懂大人的心思，有意以顽皮和放逐与家长们作对，他们跑着、唱着、喊着、跳着……历来草原就是音乐的天堂，牧歌是上苍谱曲的天籁之音：上牛坐，伏牛卧，牧童光阴牛背过。牛尾秃速牛角弯，牛肥牛瘠心先关。母呼儿饭儿不饭，人饿须知饲牛晚。放之平泉，以宽牛劳；浴之清浅，以息牛喘。牛能养人识人意，一牛全家命所寄。阿牛牵牛去输租，劝爷卖牛宁卖吾。

孩子们的牧歌，唱得雪山肃穆，大地回声，太阳眨眼，白云飘舞，就连村头眉头紧锁的家长、牧民们都轻松展眉，泪水畅流……孩子们多好啊！

"自由自在，欢乐奔放的……""我们要回到童年多好呀！""人为什么要长大？"伴随着大人们的一声声叹息，孩子们的身影消失在天际。

实际上，孩子们的童年是欢乐的，但依然像大人们一样，自由中孕育着梦想，欢乐中诉说着凄凉，执着中牵伴着忧伤。他们的心灵世界并不像眼前的大地单一无痕、纯白无色。随着一声"走喽"，大家一阵风似的跑向一个方向。等他们跑得很远，远离村庄视线的时候，村头的牧民和家长才反应过来，知道他们朝渡口的方向去了。

"咦，这群小家伙要干啥？"有人问道，可追赶已来不及了。

钟万昌一行早已约定好，今天去河那边受暴雪影响较小的地方讨饭，以此为大人们减轻家庭负担。

望着千年流淌的河水，钟万昌感慨万千。河面不宽，却汹涌湍急；河水宛如被人注入了蓝色的涂料，一直幽深瓦蓝；因船只靠岸时不断地挤压、磨损，再加上激流的冲刷，河岸变得光滑、险峻和陡峭。渡船亦如摆渡老艄公的胡须和头发，早已染上风霜雨雪，渐渐变了颜色，古朴的船体中铺衬着斑驳的色泽。河水悠悠，滋养了一代又一代的乡亲牧民。起先，这里有雄鹰在上空飞翔，白鹭在水面徜徉，牛羊在岸上追逐，牧童的悠扬笛声漫过绿树和草场，欢快地传向远方……钟万昌和他的同伴们就在这儿和村前牧场上度过了快乐的童年，在学校接受了最初的人生教育。他们与自然对话，与大地拥抱，与星月交流，与骏马对歌……草原的浩瀚无际，牧民的勤劳善良，草原的沁人翠绿，蒙古包的本色质朴，校园的温馨初梦……都在心田里种植了生命的理想与激情。一次，在课堂上，老师这样教育他们道："同学们，你们是草原人的孩子，你们的血管里流淌着蒙古族的血液。所以，以后你们要学习祖先的品质，知道这个民族的英雄故事；你们要拥有大地般的胸膛，性格如草原一样粗犷，眼睛如雄鹰一样目视远方，理想就是让民族和国家富强，善良和忠诚是生命的血肉，本分做人和老实做事才是永远的行走方向……"钟万昌脑海里正旋转着往事，突然感到船只剧烈地颠簸了一下，齐林达娃惊讶地叫了一声。

"船漏水了！"有人大声叫喊道。

"呀！是漏水了，我们大难来临了，怎么办呀？天哪！今天我真不该出门的……呜呜呜……"一位女乘客哭了。

夏季到来，河上游流量增加了。船老大似乎才知道水流比以往更加湍急，特别是这只小船真的像一辆破车一样，不能够正常运行了。

"喂！大家不要惊慌，谁来帮忙摇橹？我来想法把漏的地方堵住。"他赶忙想法处置。

"这恐怕不行吧，我看水漏得很快，船太重了。"有位坐船的人担忧地说，"不过，我们可以设法减轻船只的重量。"他带着征询的目光看着这帮孩子。

"不行不行，水流这么大，孩子都还小，一般的水性千万不能冒这个险！"船老大拒绝道。

"现在这是唯一的……"这位乘客和船老大正在争执时，"扑通"一声，有人跳进了急流中。

"哇！钟万昌跳下去了。"船只好像轻松了一些。

"你看，都怨你，孩子出事怎么办？"船老大责怪那位乘客。

钟万昌跳进水里不见了踪影，大家急得在船上手足无措。不知过了多长时间，钟万昌才从跳水的地方冒出来，像一只水鸟，抖了抖头上的水珠，喘着粗气朝小船游来，大家都松了一口气。等钟万昌又游到船尾时，他双手扶着船，水中的双腿收起，然后用力一蹬，同时双手使劲一推，船只就轻微地向前移动一点。接着，他再次手足一起用力，让船儿尽快地向岸边靠近，反反复复……"真是个好孩子……孩子，你上来吧，这水还凉呢！"船老大好似哭着劝钟万昌上船。

钟万昌吹着嘴里的水泡，摇头咕噜着说"不碍事"的时候，"扑通、扑通"又有两个孩子跳入水中。船上有人再次发出惊叫，纷纷说："船轻了，漏水小了……快到岸了……"船老大一边摇橹，一边仰望上空，嘴里自言自语道："天哪！我摆了一辈子船，算是积德了，连孩子都在危险的时候帮我，我给你们磕头了……"泪水随之落在了他古铜色的脚上，砸开一个个水花。

"到岸了，大家慢点儿，你们会得好运的。告诉爷爷，孩子们，你们都叫什么名字？"他伫立在船头，稳住已经靠岸的船只，问钟万昌他们。孩子们纷纷拎起各自的包裹和衣服一阵风似的"腾腾腾"跑下船头，朝远处去了。船老大望着孩子们的方向簌簌不停地掉着泪，继而变成了连连点头……

第十章

　　钟飞飞是一名外事警官，他的身份实际上是一名处长。在一个月前的维和警察招录中，他和联络处的同事们加班加点昼夜忙碌，终于从全国一百多万人民警察中选出了一百名预备维和警官。随后这一百名警官进行了集中培训。马上就要走出国门参加国际维和工作了，这个时候怎么离开呢？他心里非常纠结，同事小吴把水端在他面前，他看都没看一下。这太让她为难啦，说道："钟处长喝口水吧，不要再为家事难过了。"小吴的举动让他心中突然感觉，越是这时候人越需要安慰。

　　"放那儿吧，谢谢你！"他看出了小吴的焦急和担心。这个质朴的姑娘是中国人民公安大学毕业的。工作一年来，她一门心思扑在工作上。按照正常情况，她早已到了可以处朋友的年龄。再说了，四年大学再加上三年研究生学习，虽不是多老，但她也度过了二十六个春秋。可她迟迟没有恋爱，每次她对自己这位帅气领导的关心和照顾似乎都超越了部下和同事的尺度，特别是她看他的眼神，关切的背后有一种灼热。望着小吴离开的背影，他心里有一种说不出的感觉。家中的电话已经打来多遍啦，他简直像一只热锅上的蚂蚁，可走进领导的办公室，却又不能说出家中发生的事情。他想把这难耐的时间悄悄地熬过去，所以对催他吃饭的信息也似乎不悦。

　　小吴的确是位好姑娘，纯洁善良，业务熟练，心像水晶一般，声音像山泉一样甜润净美。只是最近不知怎么啦，她一直在找机会和他走得更近。这次他接受维和任务以后，她也想同他一道吃苦，跨出国门去帮助当地那些需要帮助的难民。有一点他心里是清楚的，自己的内心也非常善良，身上又有一股正气。所以，第一次相遇后，他和她有种无形的默契，这就是常人说的投缘。但他毕竟是成家之人，世上再美好的爱情也与他绝缘了！

他摇了摇头，现实又落回到能否为父亲送别的难题上。他突然想到了世界上为什么会有战争。若不是如此，他这次肯定会顺利地回家为父亲送行。有人比喻地球宛若一个巨大的村落，在这个村落里，人人自由，彼此关爱，互不伤害，互相帮助；到处洋溢着歌声，满地鲜花绿叶，孩子自由奔跑玩耍，蓝天悠远碧蓝，阳光洒满庭院，地球人享受着健康、温馨和幸福，连神仙也羡慕向往。传说上苍曾对人类许下诺言：如果人类不发动战争，就奖励一个花园……人们按照他的承诺做了，然后他就兑现了他的诺言，可人类后来违背诺言，又发动了战争，结果上苍收回了承诺……

让战争从地球上消失，这是亘古以来人类美好的愿望。一个又一个国家，一代又一代人都在进行着不懈的努力。可结果如天气一般，时阴时晴，没有完全晴好过。死亡是人类无法抗拒的悲剧，一些自然灾害和祸患有时让人类难以预测和抵御，唯有战争，人类能够消弭和杜绝。只要这个世界上没有一个灵魂被上苍注入蛮横、强盗、霸权、猖狂和魔鬼的成分，那么整个世界上绝不会有战争。国家大小和强弱，从人类家园的角度看，总可以相互流通、补给和调和。拥有每一寸土地和民族尊严已成为每一位地球村民的权利……"嗨！真这样也太好了，人活着也太安全和平静了……"想着想着，钟飞飞兴奋地自言自语起来。

"什么事又让你这么高兴？"风铃似的声音侵入他的耳鼓，心里也像流进一股清泉。他回头看看同事吴娟飘然来到他身边。

"没什么，我就是做了一个白日梦。"钟飞飞说。

"好事呗！"小吴笑得像得到了钟飞飞的夸奖一样。

"好事，好事，全世界最大的一件好事！"小吴发现钟飞飞根本没有了先前的纠结，嘴上和心里都乐得找不到位置。

"我也告诉你一件好事。"小吴兴奋地说。

"说吧，是好事对我都重要。"他没想到好事来得这么快。

"处长，我刚刚去公安部国际合作局局长那儿，为你请假了，他已经答应放你三天假。"小吴说得很惬意。

"什么？你去帮我……"钟飞飞根本没有听她讲完，脸色顿时变得铁青，从他脸上推测出，天就要塌下来了……

第十一章

　　一帮孩子为不拖累家庭，一起去河那边很远的地方讨饭拾荒或者打工。转眼间一两年过去了，大人和孩子一起携手，把年成不好的光景熬了过去。老家的庄稼又生长出来，矮小的牛羊牲口吃上新长出的嫩草越发膘壮。好日子回来了，谢尔塔拉及周围的原野显示出勃勃生机，牧民纵马欢快的身影奔驰在草原上，生活的幸福回归每一户牧民家中。上苍本来就会眷顾人间的子民的，因为它是主宰，也总是会设计苦难不时地考验着大地上的人们。人类原始的善良天性也会在危难时刻互相援助，共赴艰辛，人天生注定要同自然交战并一定会战胜苦难。谢尔塔拉境内村庄和蒙古包里的牧民都在述说着上苍开恩的善举，同时也在传颂着一个少年的故事。北方的原野，广阔的草原，苍茫的大地，本来储藏着很多美好的传说，也随时生长着感人的故事。新的故事发芽了，那就是少年临危救人的事儿。

　　钟万昌和一伙同伴自外乡回到谢尔塔拉后，村里的牧民都笑着主动和他打招呼，说他心眼太好了，就是草原上的小雄鹰，将来一定有出息。到处洋溢着赞誉之声，可他自己却说这没什么，这是做人的起码要求，每个人都能好好地安全地活着，本身这也是最基本的要求。这是牧民的评价，也是人之常情，因为孩子的举止显示着他内心的纯洁善良，与他相处，代表着一种吉祥和安宁。但这就像和煦温暖的春风一样，从人们的身边刮过。转瞬之间，牧民回归了往日平静的生活。

　　当人们渐渐淡忘少年救人的故事时，有一个人却忘不了钟万昌，钟万昌金子般的心灵也悄然融进了她的精神世界，这个人就是钟万昌的童年伙伴齐林达娃。她是一位漂亮的女孩。她的美兼容着草原姑娘和南方女孩的双重美丽。她有着一双异常迷人的眼睛，眼睛里像是被父母注进了墨色与瓦蓝合成的颜料，然后镀上了一层光泽，随时散发着美丽的神采。这眼睛如圣湖一般清澈，像海洋一般深邃，似皓月一般明亮。她每次讲话时都先用眼睛传神联络，把微笑寄出，然后才启动漂亮的唇齿，一颦一笑一动，让人感到亲和舒心。所有牧民都喜欢这个女孩。除此容颜俏丽之外，齐林达娃还有一颗金子般的心。

在牧民遭受饥饿的时候，她从家中拿出能吃的食品尽量救助身边的困难者，钟万昌就是他救助的同伴之一。她发现这个一起长大的同学和小伙伴，与她一样热心为人，关键时刻还能不顾自己安危，把别人的生命考虑在前。这一点也深深地打动了她的心灵，便有了总想和他在一起的心思。以往，他们一起上学，一起玩耍，一起到林中逮鸟，一起去草地上捉蚂蚱，童年的自由和快乐铺满他们的心田，而现在她渐渐感觉到在她的心中又平添了另一种心思。这种想法又是他们原来在一起时不曾有的，就连钟万昌临危跳水时的那副结实的身板儿和突然喷发的勇猛彪悍都留在了她的心里，仿佛总有个声音在耳边说："跟钟万昌在一起是十分安全的。"她自己也无法控制，一有时间，就会自然而然地往钟万昌家跑。

"你不害臊，人家可是这方圆几十里内的英雄，老朝人家跑，别人会说我们不知道天高地厚的。你看不出来？人家将来不会拴在家门口的，他高飞了，还能看上你？硬往人身上贴，以后全家人怎么抬起头来？"父亲看着正给母羊挤奶的齐林达娃气愤地说。她心里清楚，父亲真生气了，对她视若明珠的态度一下子变成了恶毒的痛骂，平素他对自己是舍不得这样的。

"有什么了不起的，不就是在一起讲讲话，我又没跟别人跑出去！"齐林达娃不甘父亲的指责，生气地扔下奶钵走了。

"回来，死丫头，还敢乱跑，看我……"他说一半停下来，一边看着齐林达娃的表情。齐林达娃听到父亲的话突然站住，回头盯着父亲，那脸色好似和父亲都箭在弦上，随时干一场大仗。父亲显然被激怒了，他没想到往日那么听话的女儿，今天竟对自己瞪眼叫板，然后他把后半截话扔了出来。

"再去，看我不砸断你的腿？"他这时不是眼前女孩的父亲，他觉得他如功力大师，吐出的不是话语，好像发出的是炮弹，重重地砸向齐林达娃。齐林达娃美丽的眼睛突然改变了形状，眼珠子都要跳出来了，嘴里像塞满了什么东西，直在嘴里旋转而不下咽。当她发现对手强大必须退却的时候，顷刻间没了力量，眼泪也随之涌出，如两汪外溢的泉水，说道："我死给你看。"她扭头跑了……

草原的夜晚宁静壮美，夜色神奇而迷人。永不疲倦的星星依旧在夜空值守，为人类奉献着微弱的光明。它们是太阳的族群，和月亮也攀着亲情。太阳炽热温情，月亮柔美明净。而作为一颗颗星星，它们有着简单质朴的纯洁之梦，要为人类的需要献上真挚的感情，哪怕只有一丝丝、一丁丁……

"你看这星宿，哪怕再小，也要燃亮自己，照耀大地，奉献自己的光和热。钟万昌，你要是走了，我就没了活下去的希望。有你在，我们将来会一起携手，帮助这周围的人做好多事呢！我心中可是有着大大的梦想，不走行吗？"村头一片树林里，齐林达娃拉着钟万昌的手深情地问道。

"齐林达娃，你说得很对，我也想和你在一起，可是这年成给家人造成了如此大的困难，日子刚刚好转，但还没完全走出来。再说我的父亲和母亲都生病了，大哥腿又不好，妹妹还小，我不出去，肯定给父母添心事，儿女能做的只有这些。你知道光景好了，我们就不需要担心家里的事了。另外，每个人不知道父母何时真正变老，何时离开我们。果真有一天，他们离开我们，儿女后悔都来不及。俗话说：当儿要知报娘恩。你说对吧？"钟万昌看着齐林达娃的眼睛，满脸无可奈何地说。

"那不一定要出去做事，在家里也可以找事做啊！世界那么大，出去人生地不熟呀！"齐林达娃的眼神有些黯淡，失望在她的内心渐渐弥漫，听口气眼前的这位男孩执意要远走了。

"我听说了，南方去年很多地方遭受的灾情小，要饭也好要点。我还听说南方有的地方正在打仗，我们说不准能赶上人家招兵买马。你瞧，我这体格，说不定能捞一身军装穿呢，你说对吗？敬礼！"他拍了拍自己的胸脯，然后把右手猛地举在头的右上方。他好长时间没放下来。

"哧"的一声，齐林达娃笑了，她被钟万昌的有板有眼和滑稽逗笑了……

"打仗多危险，子弹不长眼的，我觉得待在家里最好。"齐林达娃慢慢地将头贴在了钟万昌的胸脯上。

钟万昌轻轻地摩挲着齐林达娃的软发说："人总要活下去的，我不是父母的好儿女，也不是草原上的小英雄，我只是一个逃荒谋生的少年。等家中好了，我就会回来，在这里和你们一齐追逐曾经发誓立下的梦想：让牧民幸福，为草原种植希望。"当他再看到齐林达娃的眼睛时，齐林达娃已成了泪人，泪花蒙蒙的眸子像掉在水潭里的两颗黑珍珠。

"我走以后，一定要好好地活着，我会很快回来的。"钟万昌内心十分凄楚伤心，他很喜欢眼前的这位女孩，只是心中的另一种情结必须冲淡这种私情。他不是英雄，却要胜似英雄。

"嘘嘘"，远处传来一声长出的口哨，那是潜伏在村东草窠里的腾林格尔和亮子同他联系的暗号。他们等的时间久了，催促钟万昌动作快一点。钟万昌听到村里的鸡已叫头遍，时候不早了，天亮前不走就走不了了，不然又会在村包里引起不小的震动。他从远处黑魆魆的夜幕中收回目光，深情地低头注视着齐林达娃。齐林达娃停止了哭泣，好像在他的胸脯上睡去。他抬头看了看村头的这棵大树，然后慢慢地低下头来，轻轻吻在了齐林达娃的唇上。齐林达娃好像猛然苏醒了，一边张开秀唇与钟万昌的嘴唇合在一起，一边抽出双手紧紧搂住他的脖子，死死不愿松手。腾林格尔的口哨又响了，在夜里清脆得有点刺耳。他每次掰开齐林达娃的手，又被她搂住。最后他有点苦求地说："齐林达娃，暂时忘了我，我回来就向你家人提亲，我会永远爱你的！走了！"他轻轻摆脱了齐林达娃，但明显感到当她用尽最后一丝力量想挽留他而突然放手的时候，松开的好像是她全部的希望。她并没有看着钟万昌离去的方向，而是扭头朝着村西的方向跑了，那里有一个牧民常去求神，寻找极乐的黑龙潭……

在夜色星光和齐林达娃的泪水映照下，钟万昌和邻村里的两位少年伙伴在村东会合，一同踏上了南下漫漫旅程……

第十二章

　　钟丽丽第一次遇到张旭是三年前在海洋研究所与当地海军某舰队共同举办的一个联欢舞会上。当时他们的研究任务已经下达，需要在舰队的配合下进行一次海洋实地调研。两个单位为了能够友好配合、共同完成这次任务，于是决定共同举行一次小型的联欢舞会。

　　那时钟丽丽在某理工学院本硕连读，毕业后被分至研究所工作，刚过一年的实习期。这是她毕业后第一次参加集体性的交往活动，活动虽小，但她依旧不太适应，一贯腼腆羞涩的她又增加了一个新的性格元素，那就是工作以来渐渐养成的女性矜持。工作后，除了单位的同事，无论在哪儿，她很难跟谁说句话，或打个招呼。

　　她坐在舞池旁的茶座上，不停地喝着茶，偶尔看看跳舞的人们纷呈翩跹的舞姿，内心却平静如水。也有同事或者合作单位的朋友多次来邀请她这个美女赏光，均被拒绝。她喜欢一个人独处，这样她还能思考一下研究工作中的问题。领导安排这次交流活动，她还是违心地来了。

　　"喂！专家美女，能赏个光吗？"一位青年男子不经意间从侧面走过来同她打招呼，同时右手指向舞池。

　　"对不起，我不会跳。"她一脸的冰冷。当然，她自己心里清楚，她说的是假话。读大学时，她牵头组织的各种文艺活动不计其数。

　　"来，我教你，看你这品质，一曲下来，你就是舞蹈专家了，还包你入迷。"男子一脸风趣，也很自信。

　　她想这男子真够贫的，竟然在她面前充大师。"我天生就不喜欢跳舞，所有动脑筋的事情我都不喜欢。"她平静地看了他一眼，淡淡地说。

"你的单位和工作已经说明了一切，只不过你低调和情趣淡漠罢了。"男子没有丝毫的退缩。他的声音高低适中，带有一种稳重的气质。

她又看了他一眼道："你们才是时代的骄子，我一个清贫的研究人员，又是女子，哪来智慧可言？"她对男子的话生了一丝好奇。

"那是一般人能做的事吗？你没看你们的领导都是国家领导兼任的吗？我们也只有配合服务的资格。"男子说话间在她的对面坐了下来，"再说了，你们那可是秘密课题，上面规定我们只能根据你们的要求做，不许多问。"他十分自信地揣测她的工作性质。

她和他正常对视着，她想这个人不是她想象的那样深沉，但给人的感觉很实在，甚至简单率真，难怪是一名军人。

"你这个年龄怎么会跳得这么好，像一个舞蹈王子？"钟丽丽想探个究竟，表情依旧平静。

"你这么聪明的人难道还看不明白，赶鸭子上架呗！"他一副无辜的神态，好像跳舞让他受了很大委屈，"我们舰船出海常常在海上航行很长时间，寂寞无聊死了，靠岸后没有什么精神生活，只能跟当地同行或者访问部门搞文化联谊活动，跳舞唱歌，加强交流，增进友谊，以期更好合作。跳舞跳多了，就熟了，熟能生巧，没有什么奥妙的东西。"他接下来的阐述道出了他跳舞的小秘密。

"噢，原来如此，可我在大学经常参加文娱活动，没有你的这般舞艺。"钟丽丽的话让他猜不出里面的真实用意。

"你生活丰富多彩，才艺广泛，而我们不像你们有这么深的学问，除了这简单的娱乐活动外，还会琴棋书画，还能阅读、思考、研究……有更多的精神和心灵生活，你绝对分得清阳春白雪和下里巴人的界限的。"他直率甚至天真地解释着，听出来里面饱含着坦诚。他们注意力过于集中，舞场的纷杂声音好像已经与他们隔绝。

钟丽丽看得真切，这个军人话语简捷利索，直达要点，而且人长得干练。他的父母绝对是美工大师，把他们的杰作儿子雕刻得那么有型。鼻子、眼睛、下巴，还有那对耳朵，无不经过精工雕琢，搭配得体，恰到好处，配上修长匀称的身材，显得十分干练，算得上一件人间玉行中的精美玉器。常言道："玉不琢，不成器。人不学，不知义。"他的父母肯定是真善之人，连上苍馈赠的礼物都这样精致。想哪去了，钟丽丽为自己的分神而自嘲，忙脱口道："太谦虚了，我刚刚说了，你们才是真正的佼佼者，特别是你们这些当军官的。"钟丽丽也讲得直接，只是害羞没有完全消除，她忙把眼光从他脸上移向别处。

"哪有你讲得这么好？能得到你表扬，我受宠若惊。"他突然拘谨起来。

"来吧，舞蹈大师，指导一曲。"她边说边走向舞池。

他这时感到自己是一名胜利者，他的目的达到了，内心的喜悦顷刻间溢满他的每一根神经，说道："来吧，我不是大师，只是你的舞蹈陪练生。"

随着他们身体的旋转，两人双双开始被舞曲包围。舞池正在播放《一剪梅》，费玉清的圆润清爽的歌声让人灵魂陶醉，悠扬的喇叭声和悦耳的小号声此起彼伏，月光倾泻在整个大厅内，让池内的舞者双双挽手、悠闲漫步，缓缓的节奏让张旭和钟丽丽有了更近的距离接触。他们的脚步慢慢移动着，双方的目光默默对视着，仿佛通过这步伐和眼神一定看到或者测知对方的内心世界，决定他们能否一同走到一个目标站台。走着走着，像是因外界的变化，他们只得被驱赶着加快了步伐，忽然间他们的精神状态也因此亢奋激昂起来。他们听得出来，舞曲原来悄然转成施特劳斯的《蓝色多瑙河》。随着乐曲的快慢舒缓，节奏高低浮沉，他们仿佛看到了大海，又像回到了多瑙河畔。漫过美妙的音乐，多瑙河的水波在他们的脑海里轻柔地翻动，他们俨然也变成河畔的少男少女，变成了河边幸福的人们，忘情地陶醉在大自然中，春意盎然，沁人心脾，心旷神怡，如痴如醉，翩翩起舞，美好的黎明和醉人的春季正向他们走近。

全场舞者都飞旋沉醉在疾风骤雨式的狂欢气氛中，最后音乐戛然而止，所有舞者以最美的姿态亮相于闪烁迷离的灯光下。之后，整个舞厅灯火辉煌，钟丽丽还斜倚在张旭的怀里作了个最优雅的造型，全场忽然发出一阵雷鸣般的掌声，两人不好意思地牵着手，走出舞池。大家都在猜测和怀疑，平素非常矜持内敛的钟丽丽今天怎么如此忘我？

　　那次舞会的场景始终在钟丽丽的脑海里盘旋，自然张旭的影子从一开始就像一名主角闪现在舞会的每一个场景，他的体形、他的脸庞、他的话语、他的表情、他的眼神……总之，他的言行举止每一个细节均深深地刻在她的每一个神经细胞中。她辗转难眠，食而无味。她一次次地问自己，怎么了？平素骄傲如天鹅一样的美丽公主哪去了？她的心理是不是出了毛病，同事说她心神不宁，领导怪她工作出现马虎，她走路也经常迷路，多次问询路人，才找到家门……她有心事，但没法向身边的人倾诉，只有深藏心中。这时，就是在这时，她想到了千里之外的亲人——她的父亲和母亲。他们给了她一切，并且还为她指点迷津。她想到了回老家。

　　就在钟丽丽打电话想问张旭他们单位近期准备的情况时，那边回复说张舰长出事了，她顿时感到天旋地转……

第十三章

　　钟万昌他们终于踏上了茫茫的呼伦贝尔大草原，连他们自己也不知道他们心中真正要追逐什么。村庄远了，蒙古包远了，村民远了，父母远了。对钟万昌来说，那位可爱但又有点可怜的姑娘齐林达娃也越来越远。分手的那一刻，他隐隐地感到了什么，他当时想阻拦，但自己还是狠了心。世界太大，他不能因为自私而围在父母膝下，他要追逐远方的世界。走吧，吉人天相，好姑娘会有好的命运。他们几个伙伴依然携手朝着南方进发，进发！

　　白天有太阳做伴，偶尔在风雨中飘摇；夜晚有北斗星引路，饿了就近讨口剩饭吃，或找一点野果、甘草充饥。纵然如此，生命的向往和梦境依旧萦绕在尚未成熟的精神世界里。但他们偶尔听说南边有的地方在打仗。老师不止一次地教导他们道："好男儿志在四方。"那里似乎有他们用武的地方，可心中的四方又在哪里？

　　钟万昌比腾林格尔和亮子大几个月，是他们心中的大哥，遇到事情多由他来做主。钟万昌一直为维护老大的形象努力。现在他们又遇到了困难，老大开始发话了，说道："喂，今天茫茫的草原不着边际，人烟稀少，我们没讨到东西，就逮到这只受伤的野山鸡。你俩先把它消灭掉，不要管我，这也是对我这个当老大未尽到责任的处罚。"

　　"那不行！""凭什么？"腾林格尔和亮子都一致反对。

　　"该我们跟着你，把你伺候好好的才是。这种情况，应该是我们的不是。"腾林格尔大声说。

　　"就是的，何况我们就应该有难同当、有福同享嘛！来，我们一起吃。"亮子盯着钟万昌，显得气呼呼的样子，仿佛钟万昌犯了什么大错。

　　"不然，我们也不会吃的。"腾林格尔把刚烤熟的山鸡抛在了旁边的草地上。

　　看他们认真的样子，钟万昌心里想笑，说："好好好，我也吃，你俩饿了，别叫唤，啊！"他忙捡起了山鸡。

　　三人边吃边说。

　　"你们可知道，我担心你们真饿着了，饿瘦了，身体上要有个三长两短，我没法跟你们家里人说。"他抬头把口中的鸡肉吞下去，喉咙处鼓起个疙瘩，喉结像山体滑坡一般，一骨碌朝下面滚动着。

　　"我们一道出来了，就是我们大家的意见。不管将来出现什么情况，谁都不要怪。"腾林格尔闭着眼，啃着一块鸡腿，然后听到钟万昌的话后睁眼看了看两人说。

　　"患难与共才是做人的道理，再说了，我们不能在家等着饿死。"亮子向钟万昌点点头，眉头皱了一下，然后若有所思地说。

　　"我们也是受过教育的人，老师多次给我们讲过做人的道理。当然，"腾林格尔停了一下，等食物咽下去，"当然也有互相帮助的故事，看人家那些人关键时刻怎么做的？"他说完，朝亮子点头，意思是这些道理只有他自己明白。

　　钟万昌停下吃手中的野味，听到腾林格尔的话，觉得甚有道理。他低头沉思起来，想起了上学时老师曾经讲过的许多历史名人患难与共的故事。

　　战国时期，庄子家境贫穷，经常吃了上顿没下顿。妻子叫他外出借粮食，他去找监河侯借粮。监河侯许诺秋后才能将粮食借给他，庄子说这怎么能行呢？远水解不了近渴呀，还是相濡以沫最好。你看两条鱼一同搁浅在陆地上，互相呼气、互相吐沫来润湿对方，终于等到海水漫过，两条鱼才一同度过干涸的日子，活了下来。

　　想到这，他摇摇头道："我们不是夫妻伴侣，可我们毕竟是同学伙伴啊！"他咕噜了半句话，又像在自言自语。

　　"你胡咧咧啥呢？这还有一块好肉呢，快吃！"腾林格尔看着发呆的钟万昌说。

　　"你们吃吧，我吃好了。我一直想老师讲的故事。"钟万昌说。

"想那干啥？又不能当饭吃。"亮子说。

腾林格尔说："我们这不是遇到困难了吗？老师的话也是教我们怎么在关键时刻互相团结、齐心协力，靠美好的品质力量战胜困难。"他眼神突然亮了起来，然后接着说："我们是谁？"他停下来看着他的两个伙伴。

"我们几个都是在草原长大的孩子，在绿色中奔跑出来的，是饮着纯净的羊奶和雪水长大的。我们有着草原人的淳朴本色，还有这不被任何困境吓倒的勇气和顽强的生命力。"腾林格尔的话让钟万昌和亮子不无羡慕地睁大眼睛。

"你们听说过这个故事吗？"钟万昌想起了一个故事，便接着说，"一对猎人朋友上山打猎，突然天气恶变，大雪封山，白茫茫一片，两人都迷路了。一对猎人变成了被困者，一连六天，没有了食物，也没有救援人员上山，眼看不是饿死，也要冻死了。一个身体强壮的猎人把身体瘦弱、单薄的猎人从凛冽的寒风里半抱半推到附近一个积雪半掩的山洞里，用从雪原上拾来的为数不多的树枝，为他燃起了一堆生命之火，自己转身去外面弄吃的，但他还是两手空空地无功而返。在这样寒冷荒芜的雪地里，哪里会有什么食物呢？就这样，两人在饥寒交迫的痛苦中熬了一天，瘦猎人已变得极度虚弱。搞不到食物，等待他们的只能是死亡。在被困的第七天上午，仍不肯放弃希望的身体略胖的猎人又两手空空回到了山洞。他脸色苍白，脚步踉跄。他的右臂不见了，只剩下血淋淋的残缺的袖管。瘦猎人拉着胖猎人哭着询问，原来胖猎人的右臂被一只觅食的棕熊残忍地咬掉了。瘦猎人再也不奢望能够走出雪谷，两人紧紧守在一起，带着泪水，也带着战栗的微笑，尽情享受着告别这个世界之前的最后的友谊。夜幕降临了，瘦猎人迷迷糊糊地入睡了，次日早晨醒来时，却发现火堆上放着一块烤肉。'我夜里逮到了一只冻僵的野兔。'胖猎人疲惫地说。于是，瘦猎人狼吞虎咽地吃了起来，胖猎人却没有吃，他说早吃饱了。瘦猎人安心吃个半饱后，留了将近一半烧得漆黑的烤肉，准备在两人最需要的时候再吃。然而，胖猎人因为头天失血过多，加上这几天体力消耗太大，终于倒在了皑皑雪山的胸膛里，从此再也没有站起来。在胖猎人去世后的第八天下午，瘦猎人被搜索小组救了出来。那时，他已经两眼呆滞，形容枯槁。在医院的病房里，当一位医学教授问他为什么能在满地冰雪的绝境里坚持这么久时，瘦猎人回答说："是友谊，还有这个！"随后，他拿出了保存下来的一小块烤肉。教授仔细观察了一会儿那块给他生命的烤肉后，不由惊讶地说："这是人肉啊！这是人的右臂！"霎时，瘦猎人的脸色无比苍白。他立即想起了山上的皑皑白雪，想起了朋友胖猎人痛苦的微笑和血淋淋的臂膀。他顿时明白了，他似乎看到了那位伙伴为了能让他活下去，强咬牙关在尖锐的岩石上自残的惨烈场面……他明白了一切的一切！他把朋友送给他的'救命口粮'紧紧地搂在怀里，号啕大哭。"说完，钟万昌像回忆自己的经历一样，也抬手抹了抹眼角。

亮子说："唉，太惨了，我们不至于走到那一步吧？我们还有双手，有双脚，可以讨饭嘛！再说草原上的百姓人都善良，天灾才让我们沦落到这一步。"

"我们毕竟在这没有边际、杳无人烟的土地上行走，各种情况都会遇到，你看今天到现在一点东西都没吃，如果天不助我们，这样下去，我们就没有力气逃荒要饭了，更没力量走出这片草原了。"钟万昌神情严肃地说着眼前的处境。

亮子和腾林格尔一时不再吭声。

"话说回来，我们是草原的孩子，有着大山一样的胸怀，有着太阳一样的心肠，有着雄鹰一样的翅膀，有着狼一样的韧性和坚守，肯定能携手团结，战胜一切困难的。"钟万昌的表情忽然转为晴天。

"对，我们一定能战胜困难的！"亮子和腾林格尔异口同声道。

"好，我们走吧！"钟万昌吆喝两个伙伴继续向南方行进。

三个小伙伴就是这样走着，内心的信念更坚定了。遇到清澈的湖水就喝几口，碰到野果也尝几个，遇到飞鸟禽兽他们一起追赶捕捉，逮住了就地点火美餐一顿，途中有人家就讨几口饭吃……没有一点灰心悲戚，好似他们个个心中都有目标，就在南边的某一个地方，突然感到疲惫的时候，又好似在很远很远的地方……太阳越来越温暖，北斗星越来越明亮，路越来越宽广。

第十四章

钟威现在想来，父亲每次对他发狠，都是因为他工作上的事。父亲一再叮咛，决不能因家事私事误了事业，特别是外交工作，稍微疏忽，就会影响到祖国和人民的名誉。即使父亲最严厉的教训，甚至动怒，都是关及公事和大局利益，从不为他事。这长期以来在他心中形成了一种铁定理念——祖国的利益高于一切。

他和同事、朋友，特别是徐斌一起谈论最多的话题是外交，也是和平，也是祖国的至高无上的荣誉。那天两人休息，又一次相约去北海的一处悠闲景点。多天没见，感情甚笃的兄弟都仿佛有久别重逢的感觉，见面就紧紧地搂抱在一起，让外人感到有些怪异和酸楚。但他们胜似同胞兄弟，共同的事业已把他们的心连成一座友谊和情感的桥梁。

几句分别后的琐事闲聊后，他们马上就进入关于外交与和平的话题。他们谈话的时间很长，可这次他们谈论的多是中国历史上重大的促进和平的事件及华夏史上著名的人物。

下面仅是两人交谈中简单的一段对话：

徐斌说，中国在世界上从不称王称霸，而且中国人期望世界和平，但要真正能实现和推进和平的进程，国家还需要真正强大起来。他还说，中国人都如天地使者，喜欢仗义执言，更喜欢讲真话。钟威觉得他的话十分有道理，心中慢慢升起一种自豪感。"好家伙，我听得心里暖暖的，眼睛都发热。平心而论，你像一位国际问题专家。"

钟威说："的确如此，中华民族从古至今都向往和平，即使在古代争雄、混战和分裂的时代，也还是有很多优秀人物出面为和平统一奔波斡旋。"

徐斌怔怔地看着他，露出赞许的目光。

钟威停顿一下，眼光瞥向远处湖面上的白鹭，接着说："古老的华夏永恒孕育着天下大同的基因，悠久的历史长河里不断泛起澎湃激情的友善和和平的浪花，也流传过很多真情美好的佳话。翻阅历史的画卷，可以说，在每一个时期，都会有人为和平呼喊。比如，战国时期的张仪、苏秦等应该都算得上早期的外交家，当然那一时期他们的行为目标多少还带有为主尽忠的局限性，但他们四处游说的目的起码有促使国家建交，尽量避免战争这样的良好愿望。再看早在两千多年前，中国人就开始了走向域外的历程，公元前十一世纪，箕子率千人来到朝鲜半岛，与当地人民友好相处。汉武帝时代，张骞多次出使西域，把中国的和平与友谊的火种撒遍西域各地，如今的丝绸之路依旧昼夜飘荡着清脆悦耳的驼铃声，永绕尘世，依旧让各国人民共享着开拓与友谊的福祉。大唐时期，高僧鉴真东渡日本，传递友谊和文化。公元十五世纪初期，郑和声势浩荡地七次下西洋，是古代中国人走向海外的高潮。面对未知的世界，前辈们的足迹遍布地球每个角落，他们从不畏惧退缩，而是勇敢地走出国门，走向外面的世界。同时，书写着睦邻友好的精彩诗篇，镌刻着令人称道的故事，缔造着傲视环宇的传奇。"

钟威讲完后，眼神还在盯着湖面。他突然想起单位领导安排的一份出访材料。"对了，我还有一项任务没完成呢！咱们回吧。"说完，朝着来的方向摇摇头，又挥了挥手。

"你是真正的外交大学者，我要多走近大师方能有所长进哩！"徐斌惊羡地感叹着。

"别酸了，我都被你捧得不认识人了，让我清醒一点好不好？"钟威看着他，迈开了懒洋洋的步伐。

"我实话实说，哪有你说的意思，我就是自愧不如，多学习还错了？"他朝钟威晃头，想问难道他的话不对吗？

"我们能不贫了？反正父亲讲得对，干一行爱一行，不要太对世俗家事上心，好男儿志在四方。我们的国家要真正强大，还需要包括我们在内的一代又一代人的努力，特别需要你们这些年轻有学识的专门人员去担当和尽责，让祖国各方面都赶超世界水平，在世界上享有重要的地位和无上的荣光。"

两人沐浴着暖暖的落日光辉，一同离开了他们常谈古论今的地方。

远处的湖面上一群白鹭突然飞起，轻盈舞动的翅膀划出一行美丽和谐的弧线……

第十五章

　　大地开始收缩夏季散发多时的热量，偶尔有一丝风吹拂钟万昌和两个伙伴的面庞，自然界的万物渐渐暗淡了原本浓郁厚重的色彩，季节开始向深秋靠拢；炎热谢幕之后，凉意和寒冷会慢慢包围这个世界。在整个奔跑追逐的时光里，他们也初步品尝人生道路的坎坷和生活的艰难。除热浪冲击外，猛兽侵袭过，蚊虫叮咬过，饥饿困扰过，疾病降临过……草根、树皮、野果都当过粮食，沿途顺带乞讨，时而还会帮助山民和猎人搬运柴火或猎物等，也当过活命手段……最大的一次危险是几个小伙伴围在一起烤食小动物时，突然引来一只巨大凶猛、全身花纹的老虎。危险陡然降临，让人恐怖万分。钟万昌催促伙伴快跑，自己随后挡在发威的畜生和两个伙伴之间。亮子的一只草鞋掉了，竟然回头捡拾，被钟万昌猛地推开。"快跑！林子那边有一条河流，往水里跑，什么时候了，鞋子比命还重要吗？"钟万昌喊道。

　　就在讲话的一刹那，那巨兽已经蹿到跟前。眼看那家伙就要扑倒钟万昌的时候，钟万昌突然一个前扑跳跃，顺势滚到了河边，一个扎猛消失在湍急的河水里……留下那只在河沿上带有一绺钟万昌粗布上衣白条的畜生，不停挠动着让人憎恶的下巴。

　　这次遭遇让钟万昌他们感到，在这人烟稀疏的茫茫草原上，危险随时相伴，他们需要尽快逃离此地。晚上静下来的时候，等两个伙伴头枕大地，面向繁星，静静入睡的时候，钟万昌守在旁边，思考着下面的行程。他不止一次地想着一个问题，他们决不能倒在这里，克服一切困难走出去。人活着总会有困难，那似乎是天经地义的事情，但"天生我材必有用"。只要有信心，上苍会帮助他们尽快地走出去，顽强地活下去……他看到了村里大群孩子奔跑的情形，他们在追逐、欢跳、歌唱……他们的童年和少年时光多快乐呀……他也渐渐沉入了梦中。

二十世纪初期出生的他们，像一棵棵树苗一样，不断地向高处或者远方汲取雨露和阳光。那时的中国虽然满目疮痍，内忧外患，但那些蒙古族的勇士们都在为祖国的前途和强大而奔走抗争。三个人或许心中早有了这样的感觉，才始终不愿停下脚步。人无论遭遇什么环境，也要跟随季节和自然的轮回渐渐长大，变得成熟。一眨眼，三个人都成了十四五岁的少年。钟万昌变成了一个挺拔的男子汉；腾林格尔虽然个头矮了一点，但肩宽体壮，一副沉稳的状态；亮子瘦弱些，但机灵敏捷，身体上好像另安一个大脑袋，里面全是鬼点子。

两个多月后，他们遇到了一支身着戎装的部队。这支部队实在让人敬仰，威武整齐，不犯百姓丝毫，边走边唱，歌声震天，传至很远，给人所向披靡的气势。他们看着部队经过身边时，眼睛一刻不眨，让战士们也好奇地瞅着他们。

"小伙子们，你们是这附近人吗？出来玩的吗？"有声音从身旁传来。

他们回头看时，一名军官模样的人骑着马，笑盈盈地看着他们。他两边还有几名和他一样装束的人，他走在正中间。钟万昌猜想，这个人可能是个大官，他说话的时候，旁边的人都看着他。

"我们是逃荒出来的，家里闹饥荒，年成不好。"钟万昌实话实说。

"噢，怪不得你们弄得脏兮兮的，我看也不像放牧或者出来玩的。"军官很和善，"警卫员，给他们吃的。饿了吧？"他接着半转身对后面的一位骑马的战士说。

"好的！"战士慌忙到身上的挎包里找食品。他从包里拿出三个黄亮亮的玉米饼。

钟万昌和两个小伙伴感到做梦一样，互相看看，不敢相信这是真的。

"拿着吧！还愣啥？这可是我们麦司令省给你们的，他自己一天都没吃东西了。"侧面的一位军官说。

钟万昌这时才转过神来道："好好好，谢谢首长，谢谢首长！"他接过一块饼，同时示意两个伙伴也拿着。

"谢谢首长……""谢谢首长……"腾林格尔和亮子也慌忙地一个劲道谢。

看到他们拿了吃的，首长似乎很开心，说："我们走吧！"

旁边有人插话说："继续开拔！"然后分别扬鞭纵马一溜烟走了。

这时亮子忙拉扯钟万昌的破白色粗布袖，钟万昌突然明白了他的用意。

他没等口中的一大口玉米饼咽下去，忙朝着部队的方向用吃奶的力气大喊道："首长，求求你们，把我们收下吧！"他怕听不见，又喊了一遍。

首长果真停下了，他身后的所有人都停下了。

首长对旁边的一名军官说："你去把他们几个带过来。"

站在首长面前，他们几个反而踏实多了。

"这风里雨里、兵荒马乱的，难道你们想当兵不成？再说你们年龄也小呀？"首长质疑地问。

钟万昌忙掀开上衣并捶着胸脯说："你看，我天天锻炼，身体结实着呢！"

腾林格尔把双手举起来，做个展示的动作说："我这两只胳臂也不是吃素的，够坏人搬动的。"

亮子也挣起衣袖，露出比麻秸粗不了多少的胳臂，不甘示弱地说："你看咱也挺结实的，这全是肌肉。"亮子还自信地点点头。说完，几个人露出期待的目光，都等着首长发话。

"好了，我知道了，你们要想参军的话，跟着王团长走，让他先安排你们到炊事班把情况了解一下，锻炼一个月。如果够条件，我们欢迎你们。正好现在要往南方开拔，需要补充兵力。那就姑且成为我们的战友吧！去吧！驾，我们走。"他再次催了一声马，除了他身旁的王团长向后面招呼，其他人都跟着他向前走了。这时忽然有人前来报告情况，说："据侦察员报告，前边二十公里的地方有一小股鬼子向北靠近，可能是鬼子的先头部队，前来刺探我军情况的。"报告的年轻军官说完后，右手敬礼，等待着首长发话。

"安排继续侦察，及时报告。通知断后部队一营二连随时做好战斗准备。不过要等鬼子进入包围圈再打。"他果断命令道。

"是！"这名报告的军官回答后转身走了。

第十六章

钟飞飞听到小吴的话顷刻感到一阵眩晕，他觉得他的自尊和灵魂受到了强烈的冲击，像静海上突起的海浪覆盖头顶，让他窒息和措手不及。

自工作后，他向来在单位都是以敬业扎实而深得领导和同事认同的，甚至关键时刻的大公无私给人留下了深刻的印象。这次父亲病故，他本可以找领导请几天假回去一趟，亲自与兄长们共同为父亲最后送行。可他左思右想，还是打消了这一念头。父亲在他成人之前，经常教育他，任何时刻，凡事都要以公事为先，以大局为重，不因私心杂念而坏公家大事，人活着本来就该把国家和公事放在胸怀的最中间的。每当面对选择的时候，父亲的教诲总是在耳畔回响。眼下又到了一次抉择的当口，可正当他为父亲的襟怀暗生自豪的时候，小吴却为他内心的神圣光彩涂抹一种晦暗的色调，他感到内心的天平失衡了。当然他知道小吴完全是为了他。

既然如此，他不得不重新考虑这个本来自己即将决定的重要问题。父亲已经离世，躺在家中等待子女料理后事，他们的出国维和工作又在节骨眼上，他到底应该怎么办呢？

"钟处长，我错了，不该替你找领导说这件事。"小吴被他的状态吓得紧张兮兮。她一边说话，一边去扶着钟飞飞的手臂，生怕一不小心他会出什么事。

"没事的，我心里有点乱，静一会儿就好，你先忙去吧。"钟飞飞说道，但显得有气无力。

小吴原本知道他的这位上司是一位业务狂人，好多次休假的机会他都让给了别人，特别是节假日，这种重要的岗位总得有人值守，他每每主动请缨留下。他对她说过，这也是多年来父母熏陶的结果，与人相处，要先人后己。可这次关键时刻，他还是不想因他的家庭私事影响整体工作，甚至耽误同志们正常的休息时间。是她打乱了他的计划，他对别人总是磊落坦荡的。她想找时间给他解释清楚，她不想让他内心委屈，甚至带有包袱，原因很简单，她心里装着他。她常常想起那次毕业时在学校举行的人才交流会上，很多单位都到公安大学来招人。她的面试和演讲结束后，有两所大学和四家部属单位想录用她。用人单位陈述条件和待遇时，只有一位年轻的单位领导的述说让她心动和向往。这位自称负责人事录用工作的领导，不仅仪表非凡，而且谈吐儒雅、举止大度、心态淡定。从招录对象条件，到短暂接触的最初印象；从自家单位用人要求，到所选人才与岗位的匹配度；从单位工作的重要性质，再到录用人员如何发挥专业特长，甚至本人及单位的宏观规划、未来发展目标，他都进行了合理详尽的阐述，使在场的所有人都大为震惊，眼光全部转向了他这个从容淡定的招募警官身上。

或许情势所逼，或许场面使然，其他几家仅注重吴娟外表形象的单位负责人理屈词穷，欲强行录取小吴。

钟飞飞看文的不行，必须动点真格，声音突发如雷道："我先声明，这位学员我们先表态录用，常有先来后到之说。第二，相对来说，我们这家用人单位，按照重要程度排位，大家想想，也应该属我们优先吧，都是工作，但全国上下一盘棋，要有大局意识吧。再说了，我和小吴是校友，俗话说：和尚不亲帽儿亲。更何况我们俩都是新时代的共产党员和人民警察，那我们的感情比一般人要厚重吧？这样说来，这个人我们更要定了。"他后几个字掷地有声，毋庸置疑。大家面面相觑，连小吴本人也目不转睛地盯着他，心想天底下怎么会有这样的人？

在场的人被他的气度压得不再说话，都气哼哼地纷纷离开了面试厅。

可就在钟飞飞带着小吴的档案和小吴等一行走出大厅时，有两名不明身份的人，欲靠近钟飞飞身旁的小吴，企图以招录和保护人才为由强行劫走小吴。钟飞飞早已考虑到了这一点，在陌生男子走近的一刹那，一步跨到了小吴的前面，对着两名男子的手快速抬手格挡，并轻轻用力一推，两人趔趄歪倒在台阶上。

"快！上车！"好似早有默契的小吴拉着钟飞飞伸出的手就跑，一溜烟钻进了下面两名值日官正在等候的车子。钟飞飞上车后还余怒未消地说："招一名人才怎么这么难？你看，一场人才交流会变成了一出人才保卫大戏。"

两名陌生男子冲了过来，值日警官一个大甩盘，车子"吱"的一声跑了……

小吴现在回过神来，那次人才交流会对她一生都将大有裨益。她认识到一个真正的优秀男士和单位领导，知遇难求，他作为她心灵的依托便永久地珍藏下来。后来在生活中，她才渐渐发现，他不仅仅拥有着男人少见的执着个性，而且还拥有一副金子般的心肠。每到关键时刻，他总能用善良的品格和高贵的德行感染人。他关爱别人胜于关心他自己，他像股温暖和煦、沁人心脾的春风，走到哪里，就会把善良美好、快乐轻松、阳光正气带到哪里。他常说："人生因缘分而相逢，因情感而相聚。茫茫人海，俗世生活，来来往往，相遇不易，相逢更难，相聚极难，相知难上加难。多数人擦肩而过，各自走入自己的方向，几乎不再回首，目光注视着前方……所以要倍加珍惜。"他还常说父亲说过的一句话："要把所有的人当亲人，要把一颗心奉献给天下的每一个人。我们不是仁人志士，不会治国平天下，更不是神明，能普度众生，恩泽天下，但我们拥有一颗助人的寻常爱心就好。"

父亲对他的影响很大，他从父亲身上收获了永不枯竭的人生瑰宝。如高山流水，林海松涛，大地氤氲，蓝天彩虹，生命之光……供其一生享用不尽。小吴现在才知道，他父亲的生活理念触及钟飞飞的灵魂，可钟飞飞的人性光泽已经深深照进了她的内心。她如沙漠中的跋涉者祈盼甘露一般要和他在一起。当然，人啊人，从一个人生命的程序角度看，她无法拥有一丝真正与他相知相聚、相濡以沫的机会。可她还是关注他的一言一行。

"钟处长，我错了，为了你，我怎么弥补都行，只要对你不再造成伤害。"她趁着他身边无人，走到他办公室悄悄地说。

"你也太马虎了，你这样是让我给领导出难题。在这个时候，你说他批准还是不批准，这个过错实际源于我。"他有气无力地说道。

　　"唉！"他叹口气继续说，"你知道，从另一方面讲，你去帮助我说家庭的事情，领导会怎么理解这件事，再说单位里早就有人说三道四、搬弄是非了。在眼下的世俗状态下，这无疑对你是一种伤害，我怎么能熟视无睹呢？"钟飞飞关心地看着她。

　　"你别说这些，那是我个人的事情，我愿意，与你和别人无关。"她红嘟嘟的小嘴噘得老高，"我做我愿意做的事情，他们凭什么这样乱嚼舌头？更何况我做了什么？我们又做了什么？你怕的话，我去找领导给你澄清还不行？"钟飞飞看到她眼泪如涌泉般流淌下来，顿时覆盖其清秀的面庞。

　　"小吴，你别感情用事，我的情况你也知道，我们现实一点好不好？世界那么大，好男人多得是，我不能耽误你一辈子。听话好不好？不要把精力放在我的身上。"钟飞飞低声祈求般地对她说。

　　"我做我的，又不干扰你的生活，又不耽误你的前程，我只觉得你在 H 国救过我的命，我就要用一生来感恩回报。你有你的为人处世标准，我有我的做人准则，知恩图报，这就是我的生活态度，随便外人怎么看。"她哭得更凶了，委屈得很。

　　"小吴，我求你别哭了，很多事我们找时间聊聊，谈谈人生、谈谈理想、谈谈家庭，甚至包括爱情、幸福。我们单独找时间，我也跟你聊聊，今天就这样吧，我要安静一会儿。"他声音一改刚才的低声悄语，甚至理直气壮起来。

　　小吴接过他递来的餐巾纸，擦擦眼泪，带上门出去了。他无力地回落到椅子上，小吴的话挑起了他的思维神经，脑海里迅速掠过第一次走出国门，飞赴 H 国维和的情形……

第十七章

钟万昌与腾林格尔和亮子他们看得真切，随着一阵猛烈的炮火，鬼子的小分队全部报销。打仗确实过瘾，即使当时他们没有枪支，但仅在远处观战，也能感觉到打仗是一件很刺激的活儿。作为男子，他们内心的激情、身体里的每一个细胞、全部的精神，都像被纷飞的子弹和滚动升腾的硝烟瞬间挑动起来了。

"好！好！好！" "打得好！" "有劲……" 他们大声叫好的同时，个个摩拳擦掌道："我们要打仗。炊事班干个啥？不让我们打仗，就走人！" "对！我们要打仗……" 三个人一起叛逆地叫嚷着。炊事班长看了看，总觉得这三个人不是给他当下手、安心烧火做饭的主，心里顿时有了念头。

做饭虽然与打仗是两个概念，但也有联系。每当他们把伙食送到阵地供战士们分享的时候，他们听到的全都是有关打仗的议论。渐渐地，通过了解，他们逐渐认识到男儿当兵不是为了解决温饱，而是为了报效家国。他们听说了那位批准他们参军的首长的情况。他是这支部队的一位高级军官，有着很高的品格和良好的素养。他长得膀大腰圆，体壮如牛，力大无比。他早年曾跟随一位爱国民族抗日将领学习过治军。

据说1933年初，侵华日军铃木师团直抵长城喜峰口，时任国民党第二十九军三十七师一○九旅旅长的这位将军，接到急令后，奔赴长城御敌，并任喜峰口作战前敌总指挥。他率部血战两昼夜，守住了喜峰口。他性格豁达，粗犷豪迈，充满血性，忠贞爱国。他曾经说过："抗日救国，军人天职，养兵千日，报国时至。只有不怕牺牲，才能救亡。今夜我们绕至敌后，与日军拼个你死我活，要让日军知道，我们中华民族还有不怕死的军队。"他亲自率领将士们手挥大刀，夜袭日军军营，把日军砍杀殆尽……

他们三个人从此对这位首长生出一种无限的敬仰和爱戴，决心好好向首长学习，刻苦训练，使自己能尽快成长起来。虽然他们憧憬有朝一日走上战场，但也觉得部队的每一件事情都很重要。他们逐渐懂得一名真正的男儿的理想和情怀的归宿，要到需要的地方去。进入部队一个多月，他们随着这支队伍一起成长。随着队伍的扩充补给，沿途所经之处，很多青年踊跃入伍。这支部队越来越变成真正的一支大部队。

在班长的极力推荐下，也鉴于他们的综合素质条件，三人均被编入了所属部队三营五连的战斗班，这应该算是一个战斗力较强的先锋连队。在接受了短期快速的训练后，就跟随部队投入紧张的战斗中。他们打起仗来异常勇猛，但连队军官讲话时却说："千万不要认为当兵就是一种好奇，打仗也远非儿戏，那可是要用生命作赌注的。所以，我们每一个人每时每刻都要保持警惕，每一场战役你们能安全回来，才是我们的期望。"起初的几场战役，他们都很幸运，战场上死伤无数，但他们却相安无事。

接下来的一场战役尤为激烈，在战斗中，钟万昌、腾林格尔的战友和童年玩伴亮子头部中弹牺牲。"亮子，你不能死，你死了，我们也不活了……"腾林格尔哭得死去活来，钟万昌只是默无声息地落泪。在部队就地掩埋牺牲战友的命令下，战友强行拖走了他们那伤痛的心。钟万昌和腾林格尔被即将开拔的战友从亮子的坟边强行拉进了队伍。

痛失亮子的现实时刻撕咬着两人的心。其间，腾林格尔多次提议离开部队、另谋生路，均遭到了钟万昌的反对。一方面，那年月兵荒马乱，部队相对是安定之所；另一方面，在部队里有严格规定：不许逃跑，否则枪毙。部队的纪律教育实质上早已灌满了战士的头脑。

既然命运把他们植入当时战火纷飞的大地，他们的内心和青春渐渐沉入生命适逢的岁月。他们打起仗来非常勇敢，不仅令敌人胆寒，甚至连战友都望之兴叹，同时也投去敬佩的目光。他们彻底了解到所在的部队首长是那一时期最有名的常胜将军。在这样的部队服役自然也秉承了为将者优秀的品质。

对钟万昌来说，他最先决的条件就是拥有苍茫大地一样宽阔的情怀，也有着北方草原人万古积蓄的粗犷和本色，为人厚道、善良、仗义，每遇到危险，他都会冲锋在前，尽量把生的机会留给腾林格尔和其他的战友。在一次守护战役中，战斗相当艰苦惨烈，日本鬼子动用数倍于他们的兵力，试图拿下高地。他们拼死抵抗，把敌人的一次次进攻击退。敌人又采取迫击炮轰炸等手段企图赢得胜利。在密集的炮火下，战士们很难睁开眼睛。一颗炮弹落在战壕里一名战士趴窝处的头顶部位，而这名战士并没看见。首先发现的钟万昌突然跃起，将炮弹狠狠用力抛向远处，随后扑倒在战友身上。空中炮弹开花，战友有惊无险，钟万昌眼角被弹片擦伤。钟万昌被送到了战地医院，从战场清扫归来的被救战友含泪拥抱了钟万昌。

"真的感激你，你是我的救命恩人，你入伍早一些，但你的年龄比我大不了多少，依然是我的再生父母，永远感恩你的大德，当涌泉相报，至死不忘。"他说着哭着，慢慢屈膝跪在了钟万昌的面前，说道，"谢谢你，谢谢你……"小战友连连磕头。

"起来起来，这是干啥？战友之情，患难相依，生死与共，遇到危险，一起担当，天经地义，没有啥，赶快起来。"钟万昌觉得他一个小战士受此折腾，实在担待不起。

被救下的战友擦擦眼泪，站了起来说："我们还年轻，路还漫长，我一定能找到报恩的机会。"然后头也不回地走了，临行前抛了一句话："我走了，咱们会相见的。"

时间能治愈一切，钟万昌的伤终于好了，他回到了所在的部队。随着战争的深入，钟万昌所在的部队转战于东北辽阔的黑土地上，参加了解放吉林等重要城市的战役。可在一次攻坚战役最后冲锋时，他们的云梯被炸断，正在云梯上的钟万昌和一起失声呐喊的八名战友一起从空中坠落……

第十八章

　　钟丽丽打电话到张旭单位时，单位同事告诉她，他们的舰长出海访问时，遭遇狂风大浪，为救一名海军战士，被巨浪卷入大海。电话那边张旭同事的声音突然停止，好像为此事十分悲伤。钟丽丽听到这一消息，顿时胸闷气短，一阵晕厥。她分明感受到了对方内心的痛楚，欲哭无泪。

　　冷静一下后，她想问后来的情况。这时对方的声音又低沉地响起：后来大海平静了，多亏舰长的素质和毅力，加上我们精心搜救，终于在离舰艇三公里的海域里发现了他的身影。可他体力耗费过大，人已奄奄一息。现在他正在海军医院治疗休养。

　　听到对方在电话里的这段话，钟丽丽长长呼了一口气，心情逐渐地变得平静，但泪水淹没了她整个俊俏的面庞。"大海呀，大海，往日温情如诗的大海，怎么能制造骇人听闻的人间悲剧？要是真的扼杀了生活中的每一份真善美，有多少人要对你诅咒？"她心里的失望和惊恐被松弛和安慰取代。她至今也不知道，为什么对这样一个萍水相逢、首次谋面的人拥有这份心情，而且前后变化反差很大？难道她真的对这个人有了什么感觉？她真的弄不懂平素矜持高傲、对一切从来不屑的她遭遇了生命中的恋情？简单地问了一下地址，她就挂断电话，急忙出门赶往张旭疗养的医院。

　　钟丽丽此时理解常人说的人生如梦、人生如戏、人生似谜的道理。当这一切降临到自己身上时，她多么无奈啊！她现在心里明白，她已不能自抑，她要主动靠近那个人，揭开他生命的谜底。她这种感觉是从来没有的，以往好也罢，孬也罢；丑也罢，俊也罢；穷也罢，富也罢；官也罢，民也罢……对她来说只是来往过客。而今不是了，这个人灌满了她的整个灵魂。坐在出租车上，她心里翻江倒海。望着窗外京城的风景，一切似乎都是麻木的摆设，无法进入她的眼帘，她的思绪还在那个叫张旭的海军军官身上。她想起了有人给她讲过的话：爱情不是找寻的，而是等待的。有的人一生寻觅，可能无一可爱；有的人坐守路口，终有一人相会……这种等待，是生命的等待、真情的守候、爱情的际遇、缘分的垂青……

车子到了，她慌忙付了费，直奔那个人所在的地方。这时手机响了，她看清号码后，瞬间一股狂喜好像海浪一般覆盖她的全身。海，又是海，由于深受父亲的影响，这一生她最喜欢的就是大海。曾经因为海，她生起过怨恨，甚至懊悔自己当初怎么会选择海洋污染防治这门学科，但现在这样的念头消失了，立刻转向对海的亲近和眷恋。不过眼下这种海水漫过的感觉，清爽温润，舒适宜人，抚慰着她全身的皮肤和细胞，让人感到美妙眩晕，太好了！她把手机如黄金一般沉沉举在了耳畔。

电话正是张旭打来的。

走进病房，张旭正斜靠在病榻上，头上扎着绷带，左手打着吊针，右手同钟丽丽打招呼，笑盈盈地等待钟丽丽的到来。钟丽丽径直走上去，放下鲜花，用力拉住了张旭的手，眼泪几乎同时飞满脸颊。

"看，怎么哭了？不是当年的大学校花、高傲无比的海洋公主吗？怎么也有伤心的时候？好了，好了，坐下吧！"张旭看到她这副状态，赶紧调侃解嘲。

他这一说，钟丽丽眼泪更加汹涌了，脸上变成了一个大瀑布。她自己也不知怎么突然变成这样。一贯娇弱文雅的她不知从哪里来了那么大勇气。要不是张旭坐在床上，她会扑倒在他的怀里。原本已经平静的她从前面接到电话到现在眼泪一直不干。她深知张旭的电话真如她情感荒原上的甘霖，整个滋润了她干涸的心田。她承认，她终于服输了，拜倒在张旭关于海洋的故事传说中，拜倒在他关于舞蹈的认识中……而张旭的电话又为她争得了心理和自尊上的一丝安慰和胜利，毕竟他先给她打了一个电话，正如一名战场上的将军，由绝望到充满希望，由服输到握手言和，战事总算有了结局。

梳理复杂的思绪后，她现在笑了。"我不是什么公主，也不是什么校花，我只是一名普通的研究工作者。你经常穿梭于舞厅，穿越在大海之上……你才是社交之神、海洋之星，星神也会有受伤的时候？"钟丽丽这时依然抓住了点反击的理由。

"这不是因公救人吗，再说天使也有折翅的时候，神也有伤心的时候，不要乘人之危、落井下石，好不好？"张旭为自己的负伤解嘲。

"那你怎么连个电话也不打？"她问。

"我刚刚不是给你打过吗？"他回答。

"那是因为你单位同事告诉你我找你，你尽人之常情罢了。"她有点怨他。

"没有人告诉我你找我呀！我是一有好转就给你打了电话的。"他很吃惊，"再说了，单位害怕惊扰我，不敢告诉我任何事情。"他补充说。

"嗯，原来如此。"她轻轻地点头。

"怎么会这么巧？我正来找你的时候，你就来电话了。"她还有一丝不解。

"心有灵犀呗！"他也笑了。

"贫嘴。"她嗔怪道，"我错了，你赢了！"

她把漂亮的眼睛转向窗外，然后笑了，偷偷地。

"哎，你说你是怎么进来的？这里警卫工作这么严？"他很好奇。

"连你这神明都不知，还怎么知道我的心事，我们真的心有灵犀？"她反问。

"那自然，那天在舞厅我就发现你是我今生遇到的知己，我有第六感觉。"他很自信地说。

"你不仅是舞蹈之星、海洋之神，还是一位出色的演说家。"她羞涩地笑笑，顺势摇摇头，但看得出来，她的两个酒窝里储满了蜜意。这恐怕与她心底的情绪有关，她的离奇遭遇和神秘心思从某种意义上已经得到回应。她的青春季节和女性世界的收获是丰硕的。凡幸运者，甜美和幸福如酿制的美酒，香气四溢。人一样会从心灵深处发出快乐满足的信号，如春风自然荡漾在脸上。

"我进来很简单，我说我是你的恋人，就让我进来了。"钟丽丽大方地告诉他。

"噢耶！万岁，我太幸福了，我有恋人了……"他在床上高兴得手舞足蹈，被子被踢掉在地上。

"别忘了，你还吊水呢！"她提醒他，俨然真成了他的家人。

"感谢，感谢，我要出院，我啥毛病都没有，伤也好了。你看我的精神有多好？"他拍拍胸脯，让钟丽丽看他。

"你是神，总行了吧！"钟丽丽不屑地说。

"好，明天就办手续。"他对钟丽丽说。

"也好，等你出院后，我可能会跟你们先出趟海，初步探寻一下海洋的有关数据资料。"她有点不好意思，本来想说"跟你出趟海"，改成了"跟你们"。

"太好了。我陪你先出去，不，先到海上转转。过段时间，我们两个单位再一起去调研。"张旭高兴地说。

"就这样讲定了。"钟丽丽微笑着看着他，但张旭这次看得真切，钟丽丽确实美若天仙。

爱情是人世间最纯美的乐章，她瞬间可以改变一个人生活的走向，或者让人谱写出更美更壮丽的生活诗篇。张旭不久伤愈出院，两人开始人生的恋曲，联手开拓并徜徉通往未来幸福海洋的河流。

他们因工作太忙，只能一周见一面，但几乎天天通话；碰到出海出差，就在电话里倾诉思念之情、离别苦乐。偌大北京，因他们的同游而变得美丽多彩。爱情的力量是神奇的，当其降临时，一切都富有意义。故宫的幽深，昆明湖的清澈，长城的雄伟，天坛的巍峨，十三陵的玄秘……他们共同领略和游历。自然与灵魂相随，美景与精神合一。爱情是人类永恒的话题，也是人性追逐的心灵生活。爱情是生命河流中激起的浪花，是两颗心相互吸引和互相追求的结果，她是跟随人的心性自然而来的，没有任何虚假和矫饰。爱情一旦在两人间产生，那将是一生的承诺和守护。爱情是甜美的，相聚时的幸福把人紧紧笼罩和包围，即使暂时分开，她依旧让人整个身心愉悦；爱情是折磨人的，她让人心神不定，时刻牵挂，心里不停地流淌着一丝淡淡的离别愁绪……张旭和钟丽丽的职业不可能让两个人天天相聚在一起，但他们在享受相聚的快乐心情的同时，把上班出差的分离时间用最简洁时髦浪漫的方式，从另一种角度来体验二人世界。两人相约：面对祖国，大海作证，同心协力，用忠诚和职守为民族和国家奉献才智和人生年华；执子之手，两心相悦，相濡以沫，用爱谱写人生华丽诗章。

爱情主弦已定，需要生活的诸多音符和元素去充实搭配，才能铸成生活的经典乐章。他们在更多的时间里，谈的是各自的岗位、专业、工作和奉献；谈环境保护、谈海洋污染的防治；谈祖国的发展和富强……两个人的职业都涉及海洋，所以他们每每都会谈到大海……当然他们也会谈及各自的家庭、父母、亲人……不谋而合，两人的感情世界因海洋的联络更加紧密。

张旭的父母亲都是部队领导，一生与大海结缘。钟丽丽的父亲对大海更是情有独钟，在她孩提时代，就带她去观海，给她讲关于大海的传说和故事，教她带有"海"字的诗句，如李白的"君不见，黄河之水天上来，奔流到海不复回"，王勃的"海内存知己，天涯若比邻"，张九龄的"海上生明月，天涯共此时"……父亲想告诉她，大海是博大的、宽广的、深邃的，同时它与人类有着千丝万缕的联系，海洋与人类有着亘古不变的渊源。

从远古至今，人类一直在探索海洋秘密，与大海斗争，试图完全征服海洋，并利用海洋为人类服务和造福。从父亲的教诲里，钟丽丽真正感受到父亲的良苦用心，人就要有大海一般的胸襟，宽广、坦荡、磊落和无私，把人性美好的东西赋予周围的需要者。父亲用海洋这个宏大深刻的自然话题教育和引领了她成长的整个过程，并试图灌输到她一生的思维过程中。他让她报考了海洋类研究方面的专业。

每每想到这些，钟丽丽总是泪潮涌动，感触良多……她突然想到了一次海边的漫步。

"你父亲作为一名普通党员干部竟会有这份情怀，真的难能可贵。"张旭听着钟丽丽讲父亲的往事，凝重地在一旁议论。

"那是父亲经历使然，刚刚记事，家庭就遭受苦难，后来历经炮火洗礼，遭受战争创伤，再加上后来的人性苦痛等种种变故，他认为人活着本身不易，甚至称得上神奇伟大。"她的眼光变得凄楚，仿佛见到当年父亲的模样。

"那说明你父亲是位智者，更是一位善者，把苦难和挫折当财富，继而醒悟，以德报怨。"张旭对她的父亲也赋予赞美之辞。

"那当然，"钟丽丽很是欣慰，她抬头看看张旭，一副深情的样子，"父亲真是感觉到做人的不易，希望天下人都活得好一些。当然这也和他与生俱来的善良天性有关。"她声音越来越低，好像父亲能听到似的。

"丽丽，你父亲是个好人，他虽然在文化素养和地位上不如我爸爸妈妈，但他的人生高度超过了一大群罩有各类光环的人。"张旭的话很平静，听起来很真诚。钟丽丽看着他，像注视一杯清澈透明的泉水，脸上滚动着泪花。

"丽丽，我们不说大海的事了，你伤心了。"张旭拥着丽丽向前走去。

"不，不关大海的事，我想爸爸了！"她唏嘘了一下说。

"那我们抽时间回你老家看看你爸爸。我也想见他。"张旭有点激动。

"真的，太好了，太好了，万岁！我回去就请假。"钟丽丽弯腰捡起一块贝壳扔向大海，激起一团浪花，接着向前奔去，"哦，我要回家了！"

"我马上就能看到我的未来岳父喽！"

张旭的声音响彻海边，钟丽丽听得真切。她倏地停下来，转脸看了张旭一下，接着奔向张旭。张旭张开双臂，和飞进他怀抱的钟丽丽紧紧抱在了一起……

第十九章

　　因炮火异常猛烈，城墙被摧毁，云梯被炸断，云梯上的战士大多摔死或者摔成重伤。钟万昌就是受重伤者之一，被再次送到了后方医院。在医院里，他听到了更为遗憾的消息：在这场战役中，那位著名的才子将军壮烈殉国，他为了捍卫华夏土地的完整，抗击日本侵略者，三十九岁就走完了自己光辉灿烂的一生。他是抗日殉国的高级将领之一。这件事对钟万昌和腾林格尔等一批战士的震动和打击很大。恰在钟万昌住院养伤时，一些战友先后接到家乡亲人的来信和消息，都在传递家乡条件变好，分得了土地和牲畜等方面的情况，也由此引起腾林格尔等人内心的波动。腾林格尔心事重重，透露出要弃甲归田的打算。钟万昌得知后，在腾林格尔来医院探视他时，委婉劝阻。钟万昌认为血性男儿理当报国。比如，牺牲不久的那位才子将军，那么大的首长，都能为国尽忠尽职，他们普通一介草民，为国效力，有何不可？何况历史上也有许多类似的人物和故事，岳飞精忠报国，屈原抱石投江，花木兰替父从军。清末良将邓世昌曾说过："吾辈从军卫国，早置生死于度外，今日之事，有死而已！"北洋大臣李鸿章为建设北洋水师而广集人才，遂将邓世昌这位"水师中不易得之才"调至麾下，担任"镇南"蚊炮船管带。在1894年9月17日的黄海大东沟海战中，邓世昌指挥"致远"舰奋勇作战，后在日舰围攻下，"致远"舰多处受伤，全舰燃起大火，船身倾斜。邓世昌紧急时刻，为鼓励全舰官兵说出了上述那句感人肺腑之言，然后毅然驾舰全速撞向日本主力舰"吉野"号右舷，决意与敌同归于尽。日本官兵见状大惊，集中炮火向"致远"射击，不幸一发炮弹击中"致远"舰的鱼雷发射管，管内鱼雷发生爆炸，导致

"致远"舰沉没。邓世昌坠落海中后，其随从以救生圈相救，他毅然拒绝后并说："我立志杀敌报国，今死于海，义也，何求生为！"其爱犬亦游至其身边，拼力用嘴衔其臂，邓世昌用力按犬入水，自己亦同沉没于波涛之中。

钟万昌把这些故事历数给腾林格尔等身边的战士听，期盼他们以民族为重，不要半途而废。他的举止果然见效，很多人以此互相激励，纷纷打消了退伍回家的念头，发誓留在部队，与战友共患难、同生死。

实际上，钟万昌和很多战士一样，也接到了家乡的传书，有哥哥寄来的，也有齐林达娃的信函。但他粗略地看了一下，就收了起来。随后立即给哥哥与齐林达娃回了信。他告诉哥哥，他身为儿子，不能与他们在家侍奉父母，在膝下尽孝，实为不孝之举。但身为军人，转战疆场，报效国家民族，又堪称大善壮举，请家人理解，父母原谅。田间地头、床前膝下，端屎端尿、看家护院……一切家事都拜托给哥哥等兄弟家人了。他将会安心打仗、保卫国土，为亲邻争光，国土安宁、凯旋之日将是全家团聚之时……

在给齐林达娃的信中，他一往情深地述说了他们的相识相恋过程，倍感珍惜和惋惜。他回忆当时两人在家乡一起时的情形说：

"齐林达娃，看到你的信，你可知道我有多么幸福！我真的担心你会有事。你现在还好吗？全家人都生活得幸福吗？离开你们的日子，我的心里装得满满的都是我们在一起的情形，即使离开你们再久，一刻也没忘记你们，时时在为你们祈祷！

"我至死都会铭记，你是一个美丽善良的姑娘。在饥荒的午月，你把所有好吃的拿给我，让一名正在成长的少年增加营养和能量。我们一起追逐在大草原上，一起奔跑在河畔；一起去草坪上沐浴阳光，一起在夏日里去河里戏水冲浪；一起去隆冬的北原上滑雪竞技，一起去村头湖边仰望星空，数星星、看月亮，畅谈梦想；一起去大西坡放牛羊，一起去学堂听老师娓娓讲授……我们纯真的快乐时光，永远留给了草原、河流、湖泊、林海和学堂……如果人生可以选择，我会选择永远不要变老，永远在家乡享受快乐的时光。我们会一起玩耍、相恋、结婚生子，一起慢慢变老，最后回归草原。只可惜人终究要长大的，我们要面对事实说话。命运钦定的程序，会牵着我们一步步走向应归的地方。人生来的愁苦决定了未来的一切。你看，自然的灾荒、家庭的苦难、年月的纷杂、生活的需要，决定着我们必须北南西东，天各一方。

"你很清楚，我已经多次表示过：我喜欢你，非常非常喜欢，从两性交往的角度说，我非常爱你！只可惜岁月和苦难让我们必须在感情的世界里落荒。如果上苍让世间一切都和顺美好，我们肯定是幸福的一家人。当然上苍总是捉弄人的，不然这世界必定是一个阳光明媚的世界，永远不再有苦难和哀伤！但又怎么可能呢？

"说什么为时已晚，我们毕竟处于两个不同的生活状态，往日的自由和欢乐早已随生活的浪花飘逝远方。每天我除了颠簸于战火，就是思念你和故乡。家乡的草原和亲人啊，我多么盼望有朝一日，这一切重新温暖我的心房……

"我珍惜的齐林达娃，虽然人生无常，岁月弄人，但多数人的生活还是安宁稳定的，人不能因为一次坎坷、一个变奏、一段不顺而放弃对整个生活的信念。你作为一个好姑娘，除我之外，应该有很多的青年对你心仪和钟情，你应该拥有正常的家庭幸福生活，我会为你祝福的！切记，切记，不要因为我扰乱了你和家人平静的生活，那我会永不甘心的。

"另外，你寄来的东西和信函，我会和它们一生相伴，这是我生命的留存和财富，更会驻扎在我的精神和记忆里。

"让你伤心的钟万昌。"

钟万昌写完了这封信，他泪流满面，不知道这封信会给齐林达娃带来怎样的影响，但他却有一丝忧虑。唉！怎么办呢，现在只好如此了。

正是这样，那个年代，国家的命运、民族的屈辱，让捍卫和反击的战火铸就了钟万昌等一大批有志青年的青春梦想。纵然家书频传，亲情期盼，但他们必须忽略个人的情感和幸福。他们都已经深深地感到了国家和故土、民族与个人的密切关系，真正理解了"有国才有家"的深刻道理。所以，当他在医院遭遇善良单纯的殷丹的爱情攻势时，他平静地用一句话委婉地推托道："我们北方人心中的大英雄霍去病说得好，匈奴未灭何以家为？好男儿在祖国需要时，理当尽力为国尽忠。"

当殷丹含泪躲闪跑开的时候，家乡再次传信，让钟万昌回家与齐林达娃结婚成家，不然齐林达娃可能会想不开，因为前不久她已经寻短见两次了，碰巧都被人救起。钟万昌为此陷入了惊慌和困惑之中……

第二十章

钟威请朋友徐斌在家里聊天，内容涉及人类战争方面，扯得很远。两个透明的玻璃水杯立在茶几上。

徐斌说："你父亲说得对，战争真正的祸首是那些拥有权力、具有虎狼之心的政要们，他们一心扩充自己的领地，干涉别国的内政，玩弄手中的权势，企图掌控一切、达到最终吞噬世界的目的。"看得出来，他说话时胸中聚集了不满和愤慨。

"确实是这样，我父亲这一辈人刚明事理就从军打仗，饱受战争创伤和痛苦，硝烟的阴影几乎困扰了一辈子，对战争和由此引发平民的不良生活状态，肯定是愤恨至极。"钟威深知父亲的感触，话出口时像父亲一样咬牙切齿。"不过父亲对反侵略和抗击非正义的行动给予一万个支持和赞同。如果一个国家、一个民族在遭受侵略和外侮的时候，哪个国家、哪个民族，没有人站出来奋起抗击？任人宰割，那将会国将不国，家破人亡。所以，从这个角度上说，在特定时期，国家和民族要树立提倡英雄主义和精英意识；从捍卫国家和民族利益为出发点，爱国、卫国、忠贞是一个民族必须拥有的高贵品格。我父亲对自己这一生参与的战斗始终怀着自豪光荣的心态，他对生活和美好的一切充满了信心。"钟威讲得很沉重，通过他的话能看出他对父亲所怀有的敬畏和爱戴。警卫参谋徐斌仿佛看到了站在他面前的是一位满脸沧桑、一腔忠诚的老战士。

"我也经常思考一个问题，就是扩张、垄断、称霸的意识是源于与生俱来的人之本性，还是源于后天各种环境的熏染和困扰？我想这个问题很多人都在琢磨和探寻。答案又在哪里呢？"参谋眼神里流露出一丝犹豫。

"贤弟，这个问题远比我们想象的要复杂得多。天性和后天，天道和自然……很多事情是在综合环境下形成的，但我觉得一个人的天性和心理在整个生命过程中对个人行为所起的作用要占很大的成分。"钟威看了看参谋，继续说，"比如'二战'时期德国元首希特勒。他很小的时候那颗稚嫩的心田里就长满了狂妄和野心。据说有一次，老师在课堂上问每个人的理想是什么，当问到希特勒时，他傲视一切地走到讲台上将地球仪抱在了怀里，并轻蔑地对老师和同学说：'我的理想就是征服全世界！'"钟威静静地看着身边这位朋友。

"你说得对，虽然这只是一个关于人物的轶事，但代表了希特勒本人的残暴和雄心。"参谋说。他又看了一下钟威，接着说："希特勒这个人，人们都知道，他主要是受到早期生活和政治的影响。话说回来，每个人最初的灵魂是纯净的，后天的环境影响了他的主观世界的形成。可是他的毒害影响太大了，所以让人觉得他就是魔鬼。"他再一次看着钟威的眼睛，他知道钟威会赞同他的见解。

"你说得完全正确，你想想希特勒的种族灭绝政策使六百万犹太人丧生，整个'二战'期间，大约有三千五百万人失去生命。这是怎样的惨绝人寰？"钟威情绪变得低沉，好像他就是一名直接受害者。

钟威有些激动，他平静了一下，继续说："希特勒打心眼里到每一根神经和细胞就有毒。他怎么那么憎恨犹太人，特别在掌权期间，实行种族灭绝政策。纳粹分子为了实现这一目标，建造了庞大的集中营，在他所征服的每块领土上，无辜的男女老幼被捆绑起来后装上畜车，投进毒气室，将其活活毒死。从人性的角度，他是泯灭人性的恶魔，希特勒对人类历史的影响是极端负面与恶劣的。"钟威显然对其特别憎恨。

"消消气，咱不说八竿子打不着的事了，还是讲讲我们自己的事吧。"参谋劝他。

"也不全是，毕竟我们工作的目标就是让人类生活得安宁幸福，看着很远，实质上就是身边的事。"钟威说得虔诚。

"说得也是，人类是一个大家园，每个人都去守护珍惜，安宁和谐必定惠及每一个生灵。"钟威这时彻底发现徐参谋在关于战争的观点上和他绝对属于知音。

现在许多年过去了，钟威还是为那次聊天感到肩负的责任，但这份责任不属于他自己，而属于全人类。

钟威在后来很长的一段日子里，一直不断地思考着一个问题。既然战争狂人和变态者可能随时降世，战争不会绝对避免，那么要极大程度地消除战争带来的危害，那就要预防和制止，条件是自身力量必须强大。

第二十一章

"烽火连三月，家书抵万金。"这样的消息对每一个战士来说都是惊天喜讯，更何况那是钟万昌故乡人生的初心和初恋记忆，当然是宝贵的，也是值得他珍惜的。但他对这人生最美好的情感只能一笑置之，并托人告诉那位好姑娘，让她尽早成家，找到生活的幸福。

钟万昌此时已经成为一名真正的军人。他有着挺拔的身躯、敏锐的思维、灵动的感官、激情的梦想和血性的品质内核……这些都足以在战火纷飞的岁月里和苍茫的大地上抒写着善良、高尚和尊严。他在战场上救过首长和战友，也救过妇女与孩子……似乎他总是在别人遇到危险的时候，拿自己的生命予以置换，那一次尤为明显。

那是抗战已进入末期的一个冬季傍晚，当时他和一名战友穿便装执行侦察任务，突然发现村里的两个孩子误入敌人封锁区，显然两个孩子因疯玩才忘记了自己所处的位置。

"坏了！危险。"他惊悸地告诉战友。

"呀，这两个孩子，怎么去了那个鬼地方，赶快喊住他们，不然来不及了！"当战友明白缘由时，也感到了极大的担忧。

"不行，这样可能毁了孩子，也暴露了我们。"钟万昌多方考虑后担心地说。两人面面相觑，一时不知如何是好。钟万昌心想，疯狂的日本鬼子如秋后的蚂蚱，正在作最后的蹦跶。

"这怎么是好？"战友趴在地上，急得只抓头发。钟万昌脑子像飞快的车轮极速旋转着。这时敌人好似发现了情况，对着孩子就是一排扫射。

"情况刻不容缓，你隐藏起来，不到万不得已，不要暴露自己。我想法吸引敌人的注意力，让孩子脱离危险区。"钟万昌飞身朝着背离战友和孩子的另一侧跑去。当他经过孩子身后时，低沉地喊叫两声："我去引开敌人视线，你俩赶快向后面跑开，跑到安全的地方，敌人的装甲车追不上你们！"

两个孩子明白了他的意思，同时弓腰低头趴在了地上。

大地灰暗，雾霭升腾，夜色和寒冷渐渐弥漫开来。他边跑边举着已经点着的从棉袄中拽下的棉絮，让游动的火球在夜幕下格外耀眼。敌人果然发现了这一情况，然后"嗒嗒嗒，嗒嗒嗒……"，子弹连续从装甲车里成排地射向钟万昌跑动的方向。钟万昌匍匐、奔跑、翻滚、跳跃、俯卧……估计时间差不多了，就把火把掐灭，一溜烟跑回了原来和战友一起侦察的地方。

两个孩子跑到了安全区域，他俩也基本掌握了敌人封锁区内的兵力和武器设备情况。与孩子会合后，他们问清了孩子的住址，便以脚夫名义将其送回家。这是他救下的孩子，他十分羡慕他们的童年，可又担心战争会带给他们危险，所以他心里逐渐形成对孩子不息的牵挂，当然这是后话。

又一次，他与一名战士乔装打扮成售货郎和卖瓜汉去敌人占领的村庄侦察，意外发现几名日本兵在村头调戏一名浣衣归来的中年村妇。其他村民们都关门闭户，不敢出门，中年妇女处境十分危险。这时钟万昌和一名战友化装路过此地。为不暴露身份，他们没有动武救急，而是采取送酒吃瓜手段。

"长官，来来来，这么热的天，娘儿们有啥好玩的，还是尝尝我的美酒和大西瓜吧！我这可是一流的好酒好瓜，平时你到县城都是买不到的，这可是祖传手艺酿的酒，种的瓜哟，香极了，甜极了，来——来——来呀，我的美酒和大——西——瓜呀！"他半说半唱半调侃着。

"呦西，呦西……"几名骚扰村妇的鬼子顿时把脸转向他，实际上把眼光落在了面前的酒桶和西瓜担子上，眼睛像放了光一样跑向这边，嘴里一片怪叫声和戏谑声。他们不由分说，稀里哗啦，一起把西瓜和酒一扫而光。在他们疯狂抢食的时候，钟万昌朝那名村妇使了个眼神，妇女匆匆跑开了。当鬼子酒足瓜饱的时候，似乎发现那名村妇不见了，这才走到钟万昌他们面前道："你们什么的干活？是八路的死啦死啦的。"鬼子有被戏耍的感觉。

"哎，长官，长官，你这就不对了，我们的瓜和酒分明被你们吃掉了、喝掉了，钱我们就不要了，还怀疑我们，明显我们就是走街串门的货郎汉。"说着，钟万昌还掏出一把零碎钱。

鬼子四处看看那名妇女，但早没有了踪影。

"你的，和刚刚那个女的，分明是串通一气的八路，找不到她，我的，枪毙你们的。"鬼子没有因美味一场而减轻怒气。

"长官，你这样说，冤枉我们了，不信你们可以跟我一阵去问问这周围的老乡，我们可是跑江湖的售货郎。如果我们讲假话，你立马枪毙我们！"钟万昌指一指身后的村庄，说着，就要往村里去。

"你的，我们相信，如果说假话，我们饶恕不了你！"一名头头模样的鬼子走过来对钟万昌说，他的态度让钟万昌心里踏实了很多。

"我们的，开路，你们的良心，大大的好。下次还给我们多弄点酒和西瓜。"他接着说了一句话，转身离开了，其他的鬼子都跟着走了。

钟万昌和战友对视着，久久没有讲话。钟万昌的战友自然地擦了一下额头，好像他有点冒汗。

看着战友额头的汗珠，钟万昌这才感到了后怕，心想万一暴露，不仅救不下那位中年妇女，而且很可能自己也出事，完不成侦察任务，给部队带来更大损失。巧的是他们机智装扮，略抛诱饵，就巧妙瞒过敌人，并顺利完成侦察敌人力量和部署的任务，受到连队领导的表扬。

四季更迭，岁月流转，在倥偬的军旅生涯中，转瞬间多年过去了，钟万昌也追随岁月的足迹变得成熟硬朗，在英俊刚毅的外表下，裹藏着一颗善良厚重的心。正是在长期硝烟弥漫的战争中，他慢慢理会军人的要义就是保护那些本该在和平环境下生活的人们。

当然他对日本帝国主义的侵略恨之入骨，由此激起了他在战场上的杀敌愤怒和勇敢。然而，当人们普天同庆日本无条件投降的时候，新的战争阴云开始笼罩中国这块苦难的土地。解放战争又起硝烟，钟万昌他们接受新的战斗任务。打过辽沈战役后，钟万昌他们跟随部队，千里跋涉，越过秦岭黄河，来到一马平川的淮海大平原。这里没有北方草原的广漠浩渺，却有着中原大地的雄浑苍劲。中国土地上的百姓并不富裕，且在饱受着战争的创伤。钟万昌想，作为一名军人，他和战友们应当为百姓改写这种生活状态，让他们都能平安幸福地活着。

在辽沈、平津两大战役中，钟万昌和战友们经过浴血奋战和殊死搏斗，解放军和国民党军队力量悬殊发生了改变，终于迎来了总攻的时刻。"打过长江去，解放全中国"，在一阵嘹亮的冲锋号角声中，钟万昌和战友把军旗插在了南京总统府的楼顶。

1949 年 10 月 1 日，中华人民共和国成立了。当人们沉浸在欢庆的喜悦中时，钟万昌的很多战友手拿着奖状，胸前满戴缤纷灿烂的军功章，纷纷转业复员，准备享受安稳太平的日子。

"一定要回老家吗？"钟万昌在寝室里惋惜地问即将退伍的腾林格尔。

"对，我要走了，你比我们有头脑，人又好，有前途，再干两年，说不定会有大的发展。"正在整理包裹的腾林格尔慢慢直腰转身，深情地望着钟万昌。腾林格尔要走了，他对部队生活也有些不舍。但他家里人，特别是人家介绍的一位姑娘在盼着他回去。战士这时候一阵风似的纷纷转业退伍。腾林格尔经不住诱惑，也太想家，就作出如此决定。

"我回家等你。你放心，好好干。你在部队一天，你家中的事情我会照顾的。"他知道钟万昌这时也难过，想回家。

实际上，钟万昌确实想回家。人心都是肉长的，更何况远方的亲人在翘首盼望，时刻牵挂他。但一想起很多地方还没解放，很多人还在受苦，他就攥拳狠劲，暗暗发誓，只要有穷苦百姓受罪，他就会留在部队。

"那就安心回去吧，听说家乡都在打土豪分田地，回去结婚办喜事，生个大胖小子，把日子过红火点，我们在部队为你们当好后盾。希望战友们和如今当家做主的老百姓都能过上好日子。"钟万昌说话的时候，明显对家乡的一切充满了憧憬，只是他现在因为军人情结而务必割舍对故乡的依恋。他眼圈有些潮湿。

"你别难过，不然我挺不住了，我会哭得一塌糊涂，真的不想走了。"腾林格尔给钟万昌打气。

"好了，好了，不说这些事了，在哪儿干都一样，前后方都是我们的家，随时来信。"钟万昌忽然起了精神。"不过，"他接着说，"你回去帮我看看齐林达娃，她的生活我们要多关心才是。"腾林格尔感到他一提到齐林达娃，脸上立刻飞上喜悦的神情。但他突然觉得不好意思，眼神转向别的方向，紧随着掠过一丝忧郁。

"难道你，你还……"听到钟万昌说去看齐林达娃，腾林格尔打了一个冷战，可他原以为钟万昌知道齐林达娃的情况，现在他才清楚钟万昌却蒙在鼓里。他将要说出口的话又咽了回去。

看到腾林格尔欲言又止，忙催他道："你说呀，怎么吞吞吐吐的？"他只等着腾林格尔把话说出来。

"你不知道就算了吧，你还是不知道的好。"腾林格尔疑惑地看他。

"你说呀！到底发生了什么事？急死人啦！"钟万昌急匆匆地要得到结果。

"难道你不知道齐林达娃已经出事，难道你还不知道齐林达娃已经不在人世……难道就没有人告诉你？唉，我明白了，他们怕你伤心。"腾林格尔说着，低下头去，他突然害怕看钟万昌的眼光。

"啊！你说什么？齐林达娃已不在人世，什么时候的事？我怎么不知道呢？"钟万昌拼命摇晃着腾林格尔的身体，几乎让腾林格尔不能站立。

"两个月前，家人来信顺带说的这个事。"腾林格尔说完，反而平静下来。

"啊！可怜的齐林达娃，我对不起……"钟万昌口中的"你"还未吐出来，突然，他自己的身体晃动起来，他感到营房也跟着旋转，然后身体无力地、慢慢地向下坠落。

"来人啊！班长昏过去了……"随着腾林格尔的失声大喊，门外同寝室的战友一起冲了进来……

第二十二章

那一年，公安部指派钟飞飞带人筹建维和处，刚工作不到两年的吴娟也被选为筹建小组人员。其目的是抽选维和警察赴西半球某国开展维和工作。因为年初该国发生战乱，总统被迫下台流亡国外，当地成立了临时政府。驻联合国大使和公安部领导都非常重视。公安部汇报并经中央同意，决定派125名人员组成的警察防暴队赴那里维和。受命组建维和警察防暴队的公安部边防局当即决定抽调钟飞飞等人成立维和处，要求挑一批精兵强将，为国争光，不能出任何问题。通知从公安部发出，一星期内，报名者不下万人。经过层层选拔，最后剩下近二百人集中在河北某市进行三个月的集中培训。上级规定，维和培训处的工作人员一同接受培训，必须同样达到维和队员的标准，方可参与维和工作。吴娟为此犯愁，她的英语并不符合培训要求的八级水平。

三个月的时间里，培训中心的工作人员和初选入围队员要适应军事化管理，参与出早操、自卫哨、晚点名、查铺查哨、内务卫生评比；还要迅速提升外语水平，快速掌握并精通维和知识、武器运用和射击、驾驶、通信、识图、防雷、排雷、急救、安全、野外生存等业务课程。一段时间里，吴娟哭丧着原本白净漂亮骤然间晒得黝黑的脸，像别人欠了她八百吊钱一样，除了基层来的学员，处里和培训中心的人谁也不理。不是在偏僻处读外语，就是在操场上踢腿出拳练格斗……

"小姑娘，不行就放弃吧。去找领导，如果不同意，我去给你说情。"一直忙于管理、又忙于自我素质训练的钟飞飞对吴娟说，他是真正从关心她的角度给她提建议，他发现吴娟最近瘦了不少。

"你什么意思，不要总从门缝里看人，我就不相信我过不了关。"她的嘴撅得可以挂一个大油壶了。

"哎，小姑娘，怎么这么大火气？我是关心你，不行我给你通融，换一下工作。"钟飞飞关心地说。

"谢谢领导关心，我靠自己的能力过关，不需要怜悯。"她一副不依不饶的样子。

钟飞飞笑了，说："你这人真是，我是为你好，你却不领情。"他清楚这个姑娘可是个犟脾气，讲明了就是固执，要让她服输，简直比登天还难。别说这个时候让她放弃参加维和了，上次他们两个人着便衣到北海参加与非洲某国的警察交流活动，途中乘公交车发现两名扒手，略施手艺，人赃俱获，可是要把人交给辖区派出所却需要时间。眼看时间快到了，扒手一时无法脱手。钟飞飞认为先向上级汇报，必须把事情处理完毕后再赶去参加活动。但吴娟认为不能因为两个小毛贼影响他们参加重要的活动，领导得知此事会认为他们不分轻重缓急。而且钟飞飞还是活动的主持人，吴娟提议自己带着失主，并将铐着两个扒手的手铐也铐在自己的手腕上，一同将他俩送交反扒队或者派出所。钟飞飞坚决不同意，觉得于公于私这都违反常规和道理，更何况吴娟是一名女同志，万一发生什么意外，自己也不好交代。时间飞快流逝，两人的争吵引起车内乘客的围观。就在北海附近公交车停靠站大家争相上下车的时候，吴娟胳膊肘将钟飞飞拐下车去，急忙吩咐司机关上车门走了，生生把两名年轻的扒窃男子送到了发案管辖区派出所。事后领导批评钟飞飞太莽撞。但他接受批评的同时，心里嘀咕道："跟她这样的人在一起，能有我做主的份儿吗？"这次又遇到了特殊情况，他深知她的脾气，而且她又那么自负。

"喂！咋不吭声了？生气啦！"她咋咋呼呼的。

"我是肯生气的人吗？再说了，维和任务区充满了危险和挑战，我劝你还是不要去。在机关安安稳稳的，不是更好吗？"他满脸忧郁地看着她，他觉得以她的素质将来会有更好的发展，目前毕竟只是临时性的工作。

"看！你还是怀疑我的能力，危险和挑战怎么了？我就喜欢新鲜刺激的事物，包括紧张神奇的警务工作。"她一副轻松自如的架势，然后晃了晃头接着说，"咱虽然参加工作时间不长，但您老人家是知道的，咱起码算是业务精通吧？再加上近几年来，咱从未放松过学习，不断地学习新知识，提高业务水平。虽一直在机关工作，但也算常深入一线，与基层民警一起去所队，看现场、阅卷宗，而且撰写过大量调研文章，多次被部里和国家级刊物采用，何况我在公安机关的大练兵活动中，在部机关女民警中，我的各项技能不能算首屈一指，也算名列前茅吧？头儿，我的英语虽然只有六级水平，但我自信通过急速充电，胜任维和任务是不成问题的！嗯，不要认为我就是一名肩不能挑、手不能提的花瓶摆设。你太瞧不起人了吧？"她斜睨了他一下，继续说，"当然这种选拔是残酷的，是一种近乎死亡淘汰，但我坚信一定能过关，一定能为国争光，不辱使命，请您相信同志！"她的眼神由斜睨转换成了轻蔑。

看着她的神态，他实在无语了，心想只能由她这个自负狂去折腾吧。

有一天，队员在场上训练格斗的时候，武警教官让每名队员，不分男女，都赤手空拳进行实战。可在始终不败的吴娟迎战第四名对手时，面对如凶猛的饿虎扑食般的直拳猛冲下，随着吴娟一个急速侧蹲扫腿，只听"哎哟"一声，在场的所有人全部目瞪口呆……正拿着本子记录训练情况的钟飞飞心里"咯噔"一惊，心想这下坏了。

钟飞飞常想起这件事，一名貌若天仙的警花怎么会有如此神奇的功夫和狠劲？难道她内心对自己认定的目标与事情也和他一样，怀着奋力追逐、永不放松的劲头？可自己内心深处有着父亲根深蒂固的熏陶，那就是对和谐、安宁的向往和憧憬，而她难道有什么深藏的心思？他觉得找时间一定得跟她深聊一次，一旦找到某种灵性的契合点，或许她能在工作上与他形成默契，一起牵手，担负起更加重要的任务，那将是任务区人民的幸运。他身边也确实需要这样无私、坦诚、善意的得力助手，他能够如愿以偿吗？

第二十三章

战友们听到腾林格尔的惊叫，意识到钟万昌出事了。当他们赶到屋内，围在钟万昌身边时，钟万昌正倒在腾林格尔的怀里，"吁……"的一声长喘了一口气，慢慢睁开眼睛，苏醒了过来。看着大家一张张惊慌和担忧的面孔，他似乎有点不好意思了，说道："没什么，我昨晚没休息好，头刚刚晕了一下，好了！谢谢大家，都各自忙去吧。"他搓了一下手，晃晃头，振作了一下精神。

有的战士说："我看还是送班长到医疗室看看吧？"

有的说："对，让医生瞧一下稳当，不然不放心。"

"你自己感觉怎么样？"腾林格尔问他。

"没这么金贵。"他看着腾林格尔，"什么时候学得婆婆妈妈的啦？"他半真半假地奚落腾林格尔。

"我们不是担心你吗？不然我不走了。咱们兄弟一起干，等全国都解放了，军人都赋闲了，我们一起复员退伍。"腾林格尔说得有点酸楚。

"那怎么能行呢？部队又不是菜市场，想来就来，想走就走的，根据战士申请和不同情况，全是由上级定的。你把全班集合一下，我给弟兄们讲几句话。"钟万昌严肃地看着他。

"好吧，你要注意身体才行。"腾林格尔说完便走了。

钟万昌知道他发晕的真正原因，他对齐林达娃有着很深的感情，或者说是友谊，这种友谊就是在特殊的岁月里筑成的，远不是常人所说的青梅竹马和同学同伴所能代表的。当年他作为一名小小男子汉，为了替家庭分忧，也为了能活下去，他舍弃了最珍贵的童年伙伴，舍弃了与齐林达娃纯洁的感情，毅然决然离开了故乡，走上了南下从军的路程……没想到在漫长的岁月里，他无法或者说很少同齐林达娃联系，愧对了她的一番心思和一片苦心，造成了她的失落和绝望，最后她竟然命绝于世。他实在无法接受这个消息，听到腾林格尔的话后，仿佛五雷轰顶，难以控制，加上战争本来给他留下的头痛创伤，使他突然间感到天旋地转，要不是腾林格尔动作迅速，自己险些栽倒在地。苦难的岁月、苦命的同伴、可怜的女孩、真心的初恋……就这样永远地淹没在他酸涩的生活长河中。眼泪顺着他的眼角静静流下来，像无声安详的小溪，漫过面颊，流进胸膛，流入他灵魂的深处……现在不能流泪，战友们还在等待着他作为一班之长的临行祝福。生命就是这样，犹如鲜花，犹如落叶，犹如季节，犹如时光，飘零和流走的就让他们远去吧，只有把住留存的和眼前的才是最好的选择，要把一切幸福和美好赋予身边需要的人。他揩干净泪水，深吸了一口气，挺起胸，朝着营房后面即将分手的战士们走去……

根据上级的要求和钟万昌本人的申请，留在部队的钟万昌和一些身体情况特殊的干部、战士暂时到部队医院进行治疗和休养，其他指战员集中休整，部分优秀的分到各军校培训。本来上级打算按照优秀士兵的条件送钟万昌去军校深造的，但考虑到他头部遗留的伤情，命令他先到医院治疗，待恢复后再酌情而定。钟万昌至此开始了一段漫长而又枯燥的病员生活。

这是一家历史比较久远、医护设施条件一流的部队后方医院。院内环境优雅，空气清新。高大挺拔的冬青和梧桐树网格似的交织在院内每一条路旁，房前房后的通道两旁全是郁郁葱葱的低矮花丛和茂密的植被。植被深处绽放着七彩纷呈的花朵，各色花朵相拥映衬，形成锦簇绮丽的组合式花园。偶尔可见规则整齐的水池，水池内喷射着形状多变的水柱或水帘，或冲向空中，或抛落水面，仿佛要和水池旁的人握手，又像绽开纯净素雅的笑颜。在僻静的花丛背后深处，常常立一处阁亭，亭内备有木质条椅，供悠闲者休息放松……这里设施比较齐全，拥有世界先进的一体化检测、医疗、保健、康复、疗养设备，同时也有一批赴苏联、美国、德国深造回国的医疗专家和高级护士……中华人民共和国成立前，战事吃紧时期，这里每天都会接待很多从战场上运回的伤病员，有时整个大院医护人员忙得不可开交。可现在这里终于安静下来，宛若一座别致温馨的大花园，仅供军人休闲疗养。夏日的黄昏，太阳还高高遥挂在西边的天空，大地热力还未散尽，知了躲在树上反复地叫嚷着要"告状"。人们不甘高温的侵袭，开始四处寻找纳凉和休闲的地方。在医院西部的一个亭子里，一名身着病号服的二十多岁男子正在看报。从他长时间纹丝不动的安静状态看，他的注意力十分集中，称得上专心致志。可是突然间，他的身体猛地移动，明显因为精神上受到触动而引起了反应。

"简直欺人太甚！"他自言自语地发泄了一句，引来了几位散步经过者的疑惑的目光，然后散布的人继续走远了。他头也没抬，继续看着报纸，说："天下竟有如此侵略者，狼子野心，毒害天下苍生。"突然他又自语了一句，而且声音很大。

"钟万昌，怎么啦？发这么大的火！"正好被一位医生看见。

"哦，对不起，林主任，没什么，我在看报呢！"钟万昌很礼貌地站起来打招呼。

"好的，不管什么情况，不要情绪波动，不然对你的头部恢复不利。"这位医院理疗康复中心的主任医生总是时刻关心她的病员。

"明白，谢谢你，林主任。"钟万昌彬彬有礼。今天晚饭后，钟万昌待在房间里觉得太闷，容易引发头疼。一台电扇有些陈旧，有气无力。为了让其他病友多分享点清凉，他拿着报纸出来了。谁知他阅报时看到了朝鲜战争的情况。最令人气愤的是面对半岛纷争，美帝国主义竟强行武装干涉。热爱和平的中国极可能出兵援朝。"这次又有仗打了！"他心中感到一种说不出的痒痒。

钟万昌得知这一消息，赶紧打报告向院部申请，当然他没有陈述直接原因，只是说他的身体和精神都已经恢复，要求立即回到部队。

"绝对不行，你的治疗周期没到，还要继续进行康复治疗，同时你必须保证有足够的时间休息放松，不然头疼眩晕会随时复发。"林主任语重心长地告诉钟万昌。

"我感到我已彻底恢复，没有事的，求求你批准吧？"钟万昌嬉皮笑脸，一副软磨硬缠的神态，说着上去拉着林主任的胳膊。

看着这位年轻英俊、身材挺拔并始终微笑的军人，林主任顿时起了恻隐之心，心想他肯定有什么心事，不然怎么会突然提出返回所在部队？"我告诉你，我刚刚讲得很明白，部队野营训练和各种任务很重，你回去头疼眩晕很可能会再犯，甚至会出现其他问题，我绝不是危言耸听。"林主任这次表情更加严肃。

"林主任，我的病情我自己知道。在部队跟大家在一起，我更觉得轻松随心，对我病情恢复大有好处。另外，锻炼的机会更多。"他陈述着心中想好的理由。

"小伙子，你也知道，既然回部队，就有随时打仗的可能。一旦打仗，战场上的危险不讲，最主要的是枪炮的声音和硝烟尘土等混乱的状况都可能加重你的病情。"林主任已经不苟言笑，似乎她说的话将成为事实。

钟万昌听到她讲到"打仗"二字，心里"咯噔"一下，可能老太太窥测到了他的什么心事，自己千万不能让她看出什么，即使她有发现，自己死也不能承认。国家大事，个人哪能揣测？只是自己已经习惯部队生活，特别是对军人履行职责的最高境界更情有独钟。对了，现在不能想这个事，不然林主任肯定不会放行的。

"没有，没有，和平时期哪有仗打？我只是想回部队跟战友在一起，更有利于身体恢复。林主任，您看这样行不行？我先回去半个月，如果效果好，就在部队康复；如果不见效果，立即返回医院。"他说得胸有成竹，听起来很有道理。

"这……我得先向院领导汇报。"林主任有点勉为其难。

"谢谢您，林主任，求你了，你就批准吧！"钟万昌晃着她的手背，让这位身着白色天使服的医生一脸难色。

"好吧，我去试试，弄不成你也别怪。"她总算答应了。看得出来，她是一位十分善良负责的医生。

　　"噢！万岁，林主任，谢谢您，谢谢您，万岁……"钟万昌上前对林主任行了一个军礼，突然"哦"一声："我怎么会头疼？"钟万昌的身体晃动着，歪了下去。

　　"看，不行吧，对你讲过，一激动就会复发，你不听话！快送急诊室……"

第二十四章

穿过京津门户，穿越齐鲁大地，火车把钟丽丽和张旭带到了开阔的淮北平原。这里的气候融合了南北方的特点，兼顾着南方的细腻和北方的粗犷。既有"羌笛何须怨杨柳"的幽怨和"春风不度玉门关"的朔风霜冷，也有"灵山多秀色，空水共氤氲"的雾岚飘浮；既有"雨狂风转急"的狂飙雷霆，也有"江南飞絮雨濛濛"的烟雨；在建筑上，既有恢宏壮观的高大楼群，也有精雕细刻的楼台亭榭。人品个性蕴含北方人的豪爽豁达，也隐匿着江南人的精致温婉。这块土地上曾孕育了诸多的英才名宿和仁人志士，这里的一切确实具有非同一般的地方特色。钟丽丽的老家就在这个叫榴园的县城。她父亲一方面为女儿的突然降临而高兴，同时又为她扔下工作来家闲聚而动怒。看到女儿带来一位一表人才的小伙子，内心还是充满了说不出的高兴。

"大千金，怎么这个时候有时间回来，放假了吗？要么就是休假了？"钟万昌还没等他们进屋坐下，就故意质问女儿。实际上，他是知道钟丽丽此次回家的用意的。

"爸爸，没放假，我也没休假，就是想你和妈妈了，抽空看看你们。"她看出了父亲的意思，责怪她有事无事朝家跑。她说着，看了张旭一眼，因为她眼神的牵引，他父亲也看了张旭一眼，弄得张旭不好意思地转过脸，伸手端起桌上的茶杯。

"那好，最近工作干得好吗？我的宝贝女儿，你可是研究海洋污染防治的，需要的是大量时间，更需要安心。"钟万昌最关心的就是每一个孩子的工作，实际上就是要求子女把自己担当的事情做好，拿着国家的工资，不能对不起老百姓和单位组织。

"爸，你就放心吧，我绝对不会给你丢脸的。你别光说工作，来的人你还不知道是谁呢！"她把"爸"字声音拖得很长，她怪父亲这时不讲面上的情理。

"我的千金宝贝，我没猜错的话，这位是我的未来女婿，你爸又不是木头。"他突然道出主题，如同昏暗不明的小屋突然打开了四面的窗户。

"哟，爸，你含蓄一点好不好？太直接了，人家这么大了，也不留面子。"钟丽丽一边慌忙捂脸，一边怪她父亲直言不讳。张旭也不好意思地红着脸。

"好好好，我的错，我不讲方式。不过，我觉得千金长大了，有什么不好意思的？常言道：'女大当嫁'嘛！"钟万昌半笑着半严肃地逗着女儿。

"我饿了，妈妈呢？赶快弄饭吃。"钟丽丽问父亲。

"老十五有点感冒，你妈妈带老十五去文化站诊所打针去了。"钟万昌告诉她。

"噢，我去看看吧，老十五该长大了。让我妈休息休息，你们太累了。"钟丽丽一想到父母的忙碌就有些心疼。

"啊！老十五，不会吧？你家怎么有这么多……"一旁的张旭似懂非懂，诡秘地瞅着钟丽丽。

钟丽丽嘴噘着唬他道："去去去，没你的事，这是秘密！"

张旭看看她的神态，再听她这么一说，如入五里雾中。

"你别多嘴，我马上带你出去看我妈，再看看我们的城市。"钟丽丽说。

"现在有什么好看的，无非多盖了几栋楼，多修了几条道路，基本上还是老样子。这里跟人家大城市可不一样，搞建设和发展都有系统的规划。"父亲好像有埋怨的口气。

"爸爸，听你说话怎么有这么大的怨气，你本身不也是一名干部吗？"钟丽丽露出了诡异的神态。

"这些人不像话。"钟万昌越说越气，越气越说，"我们想搞块地方盖几间房子，收养那些孤儿和走失的孩子都难死了，求爷爷告奶奶的，这也不管，那也不行的……"

"爸爸，您不要生气，最后肯定有人会主持公道，纠正这种不正之风的。"

钟丽丽安慰爸爸道。

"远处不讲，一个副科级干部借着工作的便利和出差的机会，都想捞点好处……"钟万昌气头未消，声音开始变低。

钟丽丽看看父亲，顿时明白他有所指向。"你讲的是你们单位的同事，一位副局长，我的钱叔叔吧？他本来就是一位名利之徒，好占便宜。他不是一直想让你提前退休，取而代之吗？"

"他一直盯着这件事，四处活动，上次要不是几位正直的领导发声，他就上来了。你说说，他要上来，有多少人遭殃。换别的人，我早让贤了。就是他，我坚持不让，绝不能养痈为患。"钟万昌有点激动，张旭在一旁有些丈二和尚，摸不着头脑。

"单位不是有纪律约束，有纪检委监督吗？再说了，你是一把手，可以直接或者委婉地批评他。"钟丽丽说。

"闺女，你就不懂了吧，我这时候能讲话吗？有人不说我怕他取代我吗？他又不显山露水的，再说他时而威胁个别知情者，有朝一日他可能上来做一把，有一点眼光的谁敢张嘴？"钟万昌眼睛一眨不眨地看着钟丽丽。

"你们就由着他恣意妄为吧，我看早晚你也会承担领导责任的。"钟丽丽担心她父亲的做法。

"千金，你刚回来，我怎么给你讲这些？我们讲点高兴的事儿。"钟万昌突然来了精神，笑容也回到了脸上。

"爸爸，你刚才说，还搞几间房子干吗？上次办事处刘阿姨不是挤出几间旧染织厂的厂房给你们当孩子课堂了吗，怎么又要房子？"钟丽丽问父亲。

"闺女，亏你记住这件事，你想想现在离婚的人这么多。离婚后一方出走，另一方打工，这种情况往往家庭关系复杂，矛盾很深，其他亲人再对孩子不管不问，孩子会流落街头、上网逃学，将来可能会危害社会。我和你妈知道了能不管不问吗？再说了，派出所发现了，也得管呀！外出做事的人这么多，无人照顾的孩子实在不少，那几间破房子哪儿够呀？所以说，我们想弄点地，盖学校。你说累，我和你妈怎么不累？这可都是你的弟弟妹妹。"钟万昌一气之下，说得有点凄楚，脸上皱纹写满了沧桑。

"爸爸，我知道你们这一生为我们这些落难的孩子受尽苦累，我们一定要让你们晚年幸福。"看着爸爸，钟丽丽眼泪旋转在眼眶里。

"孩子，别难过，你能有这么多兄弟姐妹，累也值得。别人想累还没这个福气呢！我们这辈子活得开心着呢！这不，你带来这样的小伙子来，不就是我们的财富和骄傲吗？"父亲得意地说。

"爸爸，不再说这事了，我和张旭去看妈妈，看老十五的针打好了没有？"钟丽丽抹了抹泪水。

"好，你们去吧，让人家看看这穷乡僻壤的小县城是什么模样？车多，慢一点！来客了，又是礼拜天，我去张罗几个菜，中午好好聚聚。"

"哎，我们去了！"钟丽丽拉着张旭的手闪身出门了。

世俗风云变幻莫测，时光和季节的流转却自然有序。他们手挽手走在大街上，此刻的闲适与轻松是长期在机关忙碌所无法拥有的，特别是钟丽丽，心情无比激动和喜悦。她毕竟是刚过花季的纯情女青年，身体里洋溢着青春的气息和美好的憧憬。经过一家电影院前的广场时，他们悠然驻足下来。这家电影院叫东方红电影院，母亲曾经是电影院的售票员，当年她常跟随母亲来这一带玩耍和看电影。那时影院只有两层，建设于二十世纪五六十年代，上层是办公人员工作室以及放映室，下面是观众大礼堂。礼堂内依次布满千余个座位，最低端是一个大舞台，舞台上面是一张宽大的银幕，是集放映、演出、会议和各种晚会于一体的多功能厅堂。在一楼放映礼堂的南北两扇门口设置了几道留观众进出的栏杆通道，也供工作人员收验电影票用的。影院门口是水泥台阶，台阶前是一个偌大的广场，人来人往，川流不息。在台阶左侧就是一个不大的售票房，当时电影票总体还属稀缺物，现在已经大为改观，但从状态上看改建工作仍在继续。两边建筑崛起，满地建筑垃圾，显得很凌乱。后来她也是从这里集合出发，踏上了北上京城的列车。可眼下今非昔比，影院的规模要宏大壮观得多。往昔的一幕幕在钟丽丽脑海里回放，她不会忘记那曾赋予她疼爱娇惯、幸福满足的儿时快乐时光。

美好的岁月掠去的不光是诗情和画卷，也有孩提的梦想和激情及灵魂的悸动和歌唱。青春和奉献全都是人类生活最美的篇章……

张旭的声音把她的思绪从过往中拉回来，多少有些依依不舍。

这座县城确实显得凌乱，四处都在整修、改建与扩建，仿佛一个巨大的工地。散落的建筑中挺起不少高楼，估计这就是父亲所说的开发商拼命争抢的工程。脚下是新修的柏油马路，因时间短暂，颜色还没完全恢复，路面袒露着深深的褐色。

"父亲说得对，张旭你看看，为了形象和政绩，个别人不惜钱物，拆了建，建了拆。父亲真是位观察家和评论家。"钟丽丽看着张旭发出感慨。

"我觉得你父亲确实了不起，他没受过高深的教育，一位普通转业军人，科级干部，却有着很深的大爱情怀。说白了，他拥有着较高的人生境界。"张旭讲得平静诚恳，没有一丝虚假的成分。

钟丽丽斜睨了他一眼道："你也看出来啦？我爸他人好吧？"

"是的，我不讲假话，他很令人折服。你看到没有，他对亲人亲情珍惜不错，但他更重视的是儿女对所承担工作和责任的态度，实际上就是考虑别人，是更大的群体，是更多的百姓。"张旭像陈述拟好的台词一样，说得庄重而深情。

"你太厉害了，观察得那么细致！"钟丽丽嗔怪张旭的心计。

"不过，你判断得太对了。我父亲是一个热心人，既善良，又实在，做事总是考虑别人。这就是我父亲喜欢大海的原因，他的心胸远比他工作和生活的地方大得多。以后你会慢慢知道的。"钟丽丽拉着张旭的手继续向前走。

"不是我观察，你父亲给我一个启发，人一生要为大多数人着想，不能只考虑自己，不能只顾及眼前和世俗。常言道：'予人玫瑰，手有余香。'要让更多的人享受生命的幸福和美好，这才是生命的意义所在。我们不是伟人圣贤，也不高尚伟大，不能治国济世。但作为普通人，也要像巴甫洛夫说的那样，无论做什么，始终要想着，只要自己的精力允许，首先考虑为自己的祖国和人民服务。"张旭把眼光从远处的一栋新开发的楼上转向身边的钟丽丽，然后说，"我要向你父亲学习，凭借自身的平台多做有益的事情。"

"给力！太好了，我盼望着你很快能成为他的儿子，起码算半个儿子。我们一同携起手，真正干一番事业。"钟丽丽把张旭的手捏得很紧，她想扭身抱住张旭亲一口，看着向他们张望的路人，立即打消了念头。

半路上他们遇到了母亲和老十五。钟丽丽和母亲不顾行人的目光，亲密地搂在了一起。老十五长得很壮，有十二三岁，但个头仿佛一个大小伙子，鼻直口方，见到陌生人，变得腼腆而木讷。

"喊六姐，老十五。"母亲对老十五说。

"六姐！"老十五招呼钟丽丽后，脸顿时红到了耳根后面。

"哎，十五弟，我给你们买了糖果和点心，走，回家吃去。"钟丽丽转身抱住了高自己半头的十五弟。

就在全家人打算热热闹闹团聚在一起、共享欢乐的时候，张旭接到电话，单位要他立马回京，准备执行一项重要而紧急的任务……

第二十五章

对钟万昌突然返回部队，连队领导感到震惊。当他说明自己的身体状况和用意时，连队领导也无可奈何，仿佛看到了一副血性男儿临危不言情、战时不言伤的铮铮铁骨。

此前，美帝国主义在武装干涉朝鲜内政的同时，派出军舰封锁台湾海峡。毛泽东胸怀和平，心系苍生，以博大的气势审时度势，反复思索，多次召开专门会议。经过多方运筹，最后形成决议。1950 年 6 月 28 日，毛泽东代表中国政府发表讲话，号召"全国和全世界的人民团结起来，进行充分的准备，打败美帝国主义的任何挑衅"。

恶行昭彰，必犯众怒。美帝国主义多次派飞机侵入中国领空进行侦察和轰炸扫射，当地人民陷入弹雨和炮火的笼罩中。美帝国主义战火直接染指中国的领土、主权和人民。朝鲜告急！平壤告急！鸭绿江告急！中国告急！在这唇齿相依、一衣带水的朝中两国遭受侵略的燃眉时刻，中国应朝鲜政府的请求，运筹帷幄，果断作出了"抗美援朝、保家卫国"的决定。

开拔的日子临近，钟万昌他们听说这次率军援朝的是一位在解放战争中就横刀立马、战功赫赫的高级将领，并由毛泽东亲自部署和安排，内心异常激动。不过，对钟万昌这样一位军人来说，手中长时间离枪，早已感到生活乏味。他认为只要天下一天不太平，只要有侵略，只要有战争，他们就难熄心中的参战斗志。

果不其然，同年 10 月 8 日，毛泽东代表中央军委正式下达命令，组成中国人民志愿军，支援朝鲜。

按照中央军委部署，10月19日，以彭德怀同志为司令员兼政治委员的中国人民志愿军跨过鸭绿江，进入朝鲜。钟万昌就是其中的一名援朝志愿军班长。但每一名战士都是怀着一腔保家卫国，向往和捍卫天下和平的情怀，众志成城，奔赴前线。他们联手的力量可以排山倒海，非常巨大。

在出发前的连队动员表决心的大会上，全体指战员热情高涨，激情澎湃，个个直抒胸臆，真情表达了捍卫祖国和人民，誓死痛击美帝国主义的坚强决心。很多战士流下了激动的泪水。钟万昌在决心书上这样写道："……我是一名共和国土地上成长的热血男儿，当豺狼的魔爪伸向边境的时候，我当义无反顾地扛起枪炮，奋力捍卫伟大母亲的尊严，保卫祖国领土的完整……不驱豺狼，誓不罢休……"后来这封信连同其他几位战士的表决书还登在了《人民日报》上。

钟万昌在给亲人的告别书上这样写道：

亲爱的父母和亲人：

我明天就要赴朝打仗了，因为我们的祖国正遭受豺狼的侵犯。原谅儿子的不孝，我从十几岁起，就一直在外，没能在家中跟随侍奉。但你们给了我生命和童年快乐的生活记忆，人常说，没有天哪有地，没有父母哪有儿女？感谢你们的大恩大德，你们永远是我生命的源头和故乡……我深深地爱着你们。

但我还有一位母亲，那就是我们伟大的祖国。在她的怀抱里，在你们的培育呵护下，我成长为一名军人。军人的职责就是行军打仗，保家卫国。如今祖国母亲正在哭泣流血，我们作儿女的就要挺身而出，冲锋在前。既然打仗，就会有流血牺牲。如果儿子在朝鲜战场上光荣牺牲了，你们不要悲伤，都要好好活着；细想这一步本身就是每一个人的最后结局，何况我是为祖国的利益、为母亲的尊严、为人民的幸福先行了一步。家乡好了，你们一定会生活得幸福……我会为你们祝福的！

再见了！我相信我会凯旋！

永别了！万一如此，我依然会对你们微笑！

钟万昌躬身敬拜

1950 年 10 月 16 日

"雄赳赳气昂昂，跨过鸭绿江，保和平为祖国就是保家乡，中华好儿女齐心团结紧，抗美援朝打败美帝野心狼……"

当雄壮的歌声响彻鸭绿江畔，当整齐的步伐踏过中朝大桥，当世界的目光转向东方的中国，一切鬼魅邪恶必将在正义的刀剑下现出原形。从 10 月 25 日至 12 月 24 日，中国人民志愿军同朝鲜人民军一道连续进行了两次战役，歼敌 5 万余人，于 12 月 26 日收复平壤，并把敌人赶回"三八线"附近，初步扭转了朝鲜的战局。

那天，当志愿军通过祖国边境，越过鸭绿江的时候，钟万昌的心情慷慨悲壮的同时，也增加了些许伤感。他走过鸭绿江的一刹那，面对一江幽静瓦蓝的河水，面对蜿蜒交织的青山绿水，面对一片片七彩纷呈的农舍家园……他骤然升起一种不舍和依恋。这一去或许不再复返，和祖国的一切将成为诀别。如果世间没有战争多好，男耕女织，和谐相处，国泰民安，犹如古人神往的"世外桃源"。可作为生命精灵的人类总会为生存滋生各种欲望，为了实现这些目的而不择手段，战争就是最残酷的一种方式。现在想来，早年在家乡生活得那么困苦，甚至一场自然灾害就能让很多百姓逃荒饿死，民不聊生，主要的还是兵荒马乱和四处打仗造成了物资的短缺，当局者没有积粮备急备荒的概念，也很少有剩余存物储粮的机会。战争消耗了人类基本的生活物资，也扰乱了人类的正常思维和精神意志。古人说："兴，百姓苦；亡，百姓苦。"他曾经看过一本书，书中列数了战争的罪恶和危害。作为一种特殊的社会现象，战争是人类权力集团之间的武装斗争。其出现以来就给人类带来了深重的灾难，给人类的生命和财产造成重大损失。特别是二十世纪以后，随着科技的进步，战争方式不断翻新，致使战争造成的破坏更加严重。它直接造成生灵涂炭，物资暴损，环境受到破坏，人们流离失所……人类精神世界和物质领域深度失衡。

战争史料记载，第一次世界大战持续了 4 年多，参战国有 30 多个，卷入战争的人口达 15 亿以上。战争参与方动员军队 6500 多万人，军民伤亡 3000 多万人，直接战争费用 1800 多亿美元，财产损失 3000 多亿美元。这是多么惊人的人间惨剧啊！

一位大师说过："人类的希望就像一颗永恒的星，乌云遮不住它的光芒。特别在今天，和平不是一个理想、一个梦，它是万人的愿望。"

可怎么能杜绝战争呢？每遇到挑起事端和战争的始作俑者，必须有正义者挺身担当，必须是富有正义与使命感的国家力量和强大的政治团体奋起阻止。如今中国就成了这一职能的维护力量和强大战斗力量，人民领袖也成了这一使命的主持者和担当者。钟万昌脑海里跳出一位哲人的话："上天赋予的生命，就是要为人类的繁荣和平与幸福而奉献。"作为军人更要时刻听从召唤，一切跟党走，自己现在不也是这股正义力量的一分子吗？忽然间，他心中有种被神圣和自豪所覆盖的轻松感：为了母亲的永久安宁，我们一定要彻底抹去她身边的阴影……他的步伐更加坚定有力，更加雄壮威武。"雄赳赳气昂昂，跨过鸭绿江……"耳畔再次回想起那首嘹亮磅礴的歌声……"同志们注意，敌机来了，注意隐蔽……"这时，一阵急切的报警声响彻行军队伍的周围。钟万昌和战士们急忙抬眼望向空中，灰苍苍的西北天幕下，一大片雁阵似的飞机向这边快速飞来……

第二十六章

钟威调到外交部门工作已经很多年了，但他和警卫参谋徐斌的接触时间并不算长。人海茫茫，情缘无限。人一旦相识，话语投机，便会牢牢把握机会，续写情缘，愈久愈深，乃至成为莫逆之交、生死弟兄，终生不渝。走进中国历史，犹如畅游一条雄浑壮丽的长河，美好的道德故事和佳话随时卷起激情多姿的浪花。华夏儿女在生活中尤其在意人的际遇和缘分，他和徐斌就是这样的朋友。他们所从事的都是很秘密的工作，一个从事警卫，一个从事外交。工种不同，目的相同，为党的光辉事业、为祖国的繁荣安宁、为世界和平稳定而努力工作。两人闲暇的时间是有限的，但一有空闲就会在一起，谈论工作，谈论如何更好地为人民服务，谈论如何提高自身的各项素质。

为了提高自身业务素质，钟威在业余空闲时间里，抓紧阅读和充电。他觉得自己的知识面太窄，作为一名外交工作者，知识面一定要宽泛，不能做井底之蛙。除了自然科学书籍之外，他找来了《红墙里的瞬间》《毛泽东的魅力》等书籍，汲取伟人和一些高级领导的工作与处事作风，期望自己在外交工作中避免言语不当，减少工作差错，杜绝服务失误，不因孤陋寡闻给领导决策提供误导，不因失职给国家尊严和荣誉带来损失。真善和美好互相传递着，为此徐斌也找来了各种具有专业性质的书籍，希望能通过多读多看，拓宽知识面……不管如何，目标只有一点，做称职的党员干部，完成国家使命与世界和平大业。两人虽不在一个部门，但性质基本相近，为领导服务。大政要务，领导出访，方针决策……都能获悉和知情，他们成了同一战壕的战友；再加上徐斌家住山东，和淮北平原邻近，从某种意义上讲，他们也是邻乡弟兄。友谊就是人与人之间的真情实感，情感就是心灵之间的距离缩小为零。经历很多事情后，他们方觉得人的感情是人世间美好的东西，丧失感情，人会落入孤寂的荒漠，何况他们共同是有重大担当的国家职员，更需要真挚的友谊和有力的联手。他们彼此越来越离不开对方了。最难忘的是那一次一起随代表团出访非洲某国。这一次遇见的事情，让徐斌终生难忘。

银鹰穿越辽阔的撒哈拉，像一只蜻蜓飞翔在巨大的浅黄色地毯上；尼罗河如一条白龙，一阵狂舞欢唱后奔向了地中海；无尽苍茫的原始森林给非洲涂抹着缤纷的色彩；一群群朴实厚道的黑色人类精灵纵情歌舞，祈愿着生活幸福、世界和平……他们到达时，受到了当地居民的热情迎接。这个国家历史悠久，是一个独具特色的国家，有着许多与众不同的风俗习惯。当地人性格豪爽，待人热情，讲究礼貌。他们见到外国客人，习惯于用手或头作出各式各样的动作，以烘托自己语言所表达的含义，从而加深宾主之间的感情交流。外来客人如果能够熟悉并掌握当地一些加深感情交流的动作，即使不懂当地的语言，也能够同当地人进行简单的思想上的沟通与交流，向当地朋友表达见面时的诚挚问候。如果不了解，就会出现误会，甚至会引起冲突，引发事端，造成争执。正是那次非洲之行，一名参加欢迎仪式的当地民众，在徐斌警卫的目标旁突然将右手举至与肩平齐的高度，前后频繁摇动。徐斌以为他对代表团首长实施过激或者危险行为，准备予以制止。眼明手快的钟威先行一步走到徐斌跟前，低声告诉他说："他是对一号团首长表示初次见面的问候，没有恶意。"徐斌马上会意并停止出手，不然差点儿弄出笑话或者误会。

当地人认为，触摸领导和贵人等于靠近神明。寻常百姓遇到来访的贵客，喜欢拼命拉扯和热情相拥。警卫工作要求和规定之一是，一方面，接受一切友好善意的表达方式；另一方面，除了特殊安排的人员外，又不允许一般人近距离接触警卫对象和保卫目标。在外事活动中，要谙熟各种细节和要求，千万不能大而化之，囫囵吞枣，一知半解。但当弄懂真相原委，果断处置好活动中的特殊情况后，可使整个仪式平安顺利，主宾轻松愉快，群众载歌载舞、舞动彩旗和鲜花，铸成欢乐和幸福的海洋。那一刻钟威真切感到，自己所选择的职业崇高神圣，他真心感谢为他参谋鼓劲的父亲。为安居与和平奔跑太美妙了，如果天下一家，同住一村，那他们的事业将是人类最辉煌壮丽的。但后来他听到和了解的并非全是鲜花与掌声，有的国家和人民正在遭受自然灾难和战争创痛。后来他们去了称为"非洲之角"之一的埃塞俄比亚，这里遭遇了60年不遇的大旱，全国百姓都面临饥荒，更有超过数万的儿童营养不良。踏入这块土地，钟威的心始终揪得很紧。

"怎么这么多人还挨饿？"徐斌看到一群端着碗乞讨的儿童，忧心忡忡地问钟威，他的面孔布满疑惑和同情，仿佛那些孩子都是自家的孩子。

"这只是挨饿，还有很多孩子生病没法救治，他们遭受的是多重痛苦和磨难！"钟威受到感染，立即陷入伤感的状态。

"那怎么办呀？"徐斌担心地问。

"所以我们国家在设法向这些国家和地区发出救援与帮助，此次来的目的也在于此，不仅进行友好访问，还要与困难国家和地区签订援助协定，让世界人民都能享受和平幸福。"钟威深情地望着徐斌。

"代表团首长吩咐过，我们会根据现有条件与他们签订援助协定，以提供人道主义援助。在访问中个人也可以根据情况对特殊对象予以爱心捐助，在现场也可以通过当地相关组织提供援助。"钟威略微透露救助工作原则。

"那好，我要把我身上所带费用都捐给这些孩子，他们太可怜了。"徐斌眼睛有些湿润，说着要掏自己的口袋。

"哎，你不要太着急，这样容易引起难民之间的分歧，稍不留心，让他们认为我们厚此薄彼，出力不讨好。我们现在先完成本职工作，过后研究方案，看怎么捐助，让有关人出面分配我们的一点心意。"钟威显得很谨慎。

"这主意不错，过后听上面安排。"徐斌说道，"好吧，有你的老钟，我听你的。你见过世面，我平时可是'瞎子逮蝈蝈——先听听音'，你可是走南闯北、亲力亲为的。"徐斌像完成了一件大事，轻轻松了一口气。

"哪是见过世面不见世面的事，主要是我们都出于怜悯之心，一般人都会这样做！我看着也难受，若全世界都行动起来，饥饿问题应该能解决。"钟威说。

徐斌说道："我觉得你爸爸的观点真具有典型性，若天底下的灾难都能避免，人类生活就幸福多了。"

钟威看着他笑笑，然后摇摇头道："这哪是我爸爸的观点，有一点良知的人都会有恻隐之心，我爸爸他比一般人心思要重一些。"

"还是我们中国好啊！华夏文明走过五千年历程，很早的时候，就有关于追求和谐与和平的记载，所以中国人最向往和平。"钟威说得语重心长。

"嗨，每个人都是父母所生的血肉身躯。痛苦和灾难不长眼睛，让每个人都痛呀！我们需要的是世界和平与安宁。"徐斌叹了口气，慢慢跟随着人群向前走去。

"前面有人打架了，快过去看看。"代表团里谁喊了一声。大家循声望去，在前面不远处，好像有两个黑影在地上厮打着，滚作一团……

第二十七章

　　敌机一阵狂轰滥炸之后飞离了。他们不想大规模地耗费物资和弹药。刚刚部队在指挥员的命令和指挥下进行了有目的分散和隐蔽。敌人的炸弹只是一种大面积和摧毁性的杀伤武器，即使是最愚蠢的敌人，盲目无端抛掷和浪费也是不甘的。敌人轰炸的目的显而易见，他们阻拦中国对朝鲜的增援。实际上，他们哪里知道，精神的强大胜于一切，人心一旦合围成势，便如高山倾倒，洪水决堤，排山倒海，倾覆一切……反对战争、维护和平的中国人民彻底看清了美帝国主义的嘴脸……饱受战争之苦的善良中国人，肯定不会答应。如今全世界的华人就一个愿望，维护正义，捍卫和平，打败美帝，守住朝中两国的安宁，还两国人民安定清丽的幸福天空。钟万昌等到一切安静后慢慢地抬起头来，抖抖头上的泥土。他这时才感到自己的半个身体正压在一个战友的身上，这是他长期战争生涯中自然养成的一种习惯。他侧身看看周围的战士，大家都平安无事，特别是高炮连的炮口正盯着机群逃离的方向。炮手们还意犹未尽，一边收拾，一边擦着脸上的烟灰。有人骂道："胆小怕事的东西，偷袭一下就跑……算什么好汉。""就是的，有本事真刀实枪地面对面干一场！"……接着便是，纷纷攘攘的议论声。他突然想，毛泽东同志说得真对："美帝国主义和一切反动派都是纸老虎。"这不，来势汹汹，嗷嗷怪叫，一阵狂轰滥炸后立马变成了一群夹尾巴的狼……

　　钟万昌心里最为清楚，战争是残酷的，战役是艰苦的。任何战争无不用日月降色、天地暗淡、生命屠戮来形容。钟万昌所在的部队，任务非常艰巨。每推进一步，都会血染土地；每占领一处高地，都会有很多战友倒下；每获得一次捷报，都伴随着战友的热血倾洒……其间，邱少云、黄继光等英雄模范及大批烈士先后涌现，各类战报和消息充盈着他和战友的耳鼓。作为出身尊贵血统的蒙古族血性汉子，钟万昌儿时就在灵魂中长满了英雄情结。根据史料记载，蒙古族是一个古老悠久、蕴藏着诸多故事和神秘色彩的民族。十四世纪用波斯文写成的《史集》一书，记载了蒙古族的一个古老传说：蒙古人被其他部落打败，遭到残酷的屠杀，只活下来两个男人和两个女人。他们逃到了一个地方，周围都是山林，中间有良好的草原。这个地方叫作"额尔古涅昆"（额尔古纳河畔山岭）。他们在这里生息繁衍，世代相传。这个传说里的"额尔古纳"，就是流经呼伦贝尔草原的额尔古纳河，它就是蒙古民族的发祥地。

另据《蒙古秘史》记载，苍狼和白鹿是成吉思汗的祖先，他们奉上天之命降生到人间。然后共同渡过腾汲思，在斡难河源头、不儿罕山前开始繁衍生息，生下了巴塔赤罕。这里所说的巴塔赤罕就是成吉思汗的始祖。其实，苍狼和白鹿在蒙古语中分别读为"勃儿帖赤那"和"豁埃马兰勒"，只是汉译为"苍狼"和"白鹿"……这样一个雄浑粗犷的民族在长期的游牧生活中，形成了自己的独特文化和生活习俗。

孩提时代的生活造就了钟万昌的内在品格和才能，他不仅懂得摔跤骑马技巧，而且嗓音浑厚，歌声嘹亮，拥有一副好嗓子……在战争之余闲暇时，每遇到战地会歌、文艺表演等活动，他便会露一手，让战士们一饱眼福。赴朝鲜后，战事十分紧张，部队机关为了鼓舞中朝军民士气，缓解战事紧张气氛，让双方战士打起精神，于是各个师团组建"宣传队""战士文工团"，依次巡回演出，活跃部队文化生活，借此提高部队战斗力。当然文工团为了演出时交流和语言方便，每个文工团都邀请朝鲜族的人员参加……战士们自己为了打发无聊，互凑热闹，偶尔也自娱自乐。每到这时候，大家都会推举钟万昌来一段。钟万昌毫不客气，像模像样地"登台亮相"，然后在一片掌声中"谢幕"。久而久之，他的才艺被大家公认，他变成一名"战地歌手"，有人喊他"才艺王子"，也有人叫他"摔跤大王"。在一次大战前夕，为了能按时拿下高地，师部文工团和部队联合举办一场演出。因为有各级首长参加联欢，这次活动场面宏大，气氛热烈。

　　当钟万昌走上临时搭建的舞台时，他的威武，他的俊朗，他的出色，他的表情，他的严肃，再加上他的装束……都让人感到新奇。他让人敬慕，又让人忍俊不禁。如果你不认识他，可能以为他就是一名喜剧演员。他的表演在一片好奇的欢呼声中开始。

　　一段雄浑、抑扬顿挫的诗朗诵《嘎达梅林》引起台下暴雨般的掌声。嘎达梅林是蒙古族传奇英雄，捍卫牧民的利益，因反对开垦草原，被捕入狱。他被营救出狱后，毅然率部起义，并进行顽强的斗争，后因寡不敌众英勇牺牲。他的朗诵引起了为正义和安宁而战的指战员的共鸣，掌声经久不息，有的甚至还为诗中主人翁的命运流下了热泪……

　　他的第二个节目是一段舞蹈。一米八多的挺拔身材，协调匀称的肌肉线条，灵敏动感的舞姿，使他接下来的表演极具特色。随着温雅婉约的琵琶、胡琴、古筝伴奏和马头琴声的袅袅流转，仿佛把人们带到遥远的北方草原。纷杂的情绪也把钟万昌这个草原小伙的心灵鼓动起来，使他更能用心发挥。只见他抖肩、翻腕、拧身、弹腕、软硬手变动……他的舞姿造型挺拔豪迈，步伐轻捷洒脱，彰显出蒙古族男性的剽悍英武、刚劲有力之美……下面掌声如潮，但钟万昌却全然不知，依旧沉醉在自己的世界里。蓝蓝的天幕下，茫茫的草原上，太阳放射着耀眼的光辉，河水倒映着奔跑的牛羊和马群，雄鹰在空中尽情翱翔，林中的鸟儿正在联欢纵情放歌美丽的牧民家乡，欢歌笑语飘向四方……伙伴们骑着马儿悠然地奔驰在绿莹莹的草原上……一个多么快乐的民族。蒙古族，自古以来就是一个舒心快乐的游牧民族，如狼群和白鹿，逐水草而居；像雄鹰一般，自由飞翔。"苍穹当被，大地作床"，直接与神明对话，面对面和土地交往。小时候受习俗和传统滋养，他爱马、爱草原、爱生活、爱自己的家乡……他们粗犷、豪放、真诚、善良……然而，草原有阴影遮挡阳光，天下有战争和豺狼，他们这些和平善良者一定要凝聚力量，奋起痛打，直到把全人类的生活环境都变成和谐、幸福、美好的生活乐园……他祈祷着，畅想着，描绘着，想象着，毫不理会台下的无数双眼睛……豺狼来了，他和战友们跃马扬鞭，飞驰追赶，万马奔腾，"嗒嗒"的马蹄声如疾风骤雨，带动了音乐的节奏，也牵动着下面无数眼光；他们焦急地等待着，揪心地期盼着，深深地震撼着……终于声音戛然而止，灯光闪亮，犹如大地从巨大的震荡中突然变得安静……幕帷徐徐拉上了，钟万昌犹如一匹刚刚静止下来的骏马，站在舞台中央气喘吁吁，大汗淋漓，清癯俊逸的面孔带着自信和微笑，正彬彬有礼地向台下致意……掌声、欢呼声、口哨声……声声震耳，台下又是一阵沸腾，这是随时都有流血牺牲、随时都有兄弟永别的特殊岁月，他们不能不为钟万昌的表演所感染……因过于投入，没人看到有一位站在远处观看的朝鲜族姑娘。她带着一种赞许而又羡慕的复杂眼神，悄悄地离开了现场。

援朝部队的火热生活，朝鲜人民的友谊，战时的现实状态，都让钟万昌备受鼓舞，心潮澎湃。他和战士们面对越来越惨烈的战斗不仅没有退缩，反而让他们这些幸存的勇士们踏着战友的血迹继续坚定地前行……

这是一个被称作上甘岭的高地，拿下这个高地的主要目的是掩护后续部队进入前方。上甘岭高地实际不足三平方公里，交战双方先后投入十几万兵力。双方投入的炮弹量也是历史之最。在漫长的拉锯战中，志愿军战士使用坑道战反复抢夺表面阵地。但对方也不甘服输，疯狂反扑。双方伤亡很大，并在不断增加。坑道里的志愿军战士缺水缺粮，要夺下高地，务必要经历一场场血腥战斗。后来事实也证明了上级首长的判断。即使在回国后的岁月里，钟万昌每每回想这次战斗，都感到触目惊心和永世难忘。

双方似乎都判断出了目标的战略意义，从一开始，中美双方都为此投入重要兵力。敌人的炮火是凶悍强烈的，一个个吐着火舌，要吞噬中国的勇猛顽强的年轻士兵。一批一批的血肉躯体倒在了阵地前。鉴于这次战斗的重要性，务必要取得胜利，为后来的部队打通障碍，双方根本没有放弃的打算，那就必须要连续勇猛地进攻。钟万昌是一名幸运者，一直滚打在炮火硝烟中，不停地和一批又一批后援部队奋力地冲向前面，艰难地向高地推进，每一步都和死神挽手前行，战斗仍在继续……

严冷腊月，酷寒的季节，朝鲜的冬天更加肃杀，更加无情。因物资缺乏，战士们还穿着单薄衣服，有的冻得难以忍受，直打哆嗦，就把身体贴在地上，以此避免寒冷的侵袭……因攻击时间无法确定，潜伏和进攻时间太长，炮火过于猛烈，战士们无法享受后方伙食供给。本打算要以饼干充饥，以凉水解渴的，可是在这样的季节，要想把军壶的水保存下来谈何容易？打起仗来忘了饮水，当停止进攻饮水时，水竟不流动了，俨然一块坚硬生冷的大冰砖。

"好家伙，这水变冰砖了，不能喝呀，我的嘴干死了。"班里新来的一名小战士发起了牢骚。

"我看看。"钟万昌关心地看看他的水壶，又拿起来晃晃道，"哎呀！怎么都冻上了。我看看我的怎么样？"他把自己的军用水壶拧开，头朝下不见水流。"坏了，满满一水壶，我还没喝呢，怎么都冻上了，这可怎么办？"他的脸上布满忧郁。战争的危害太大了，如果没有战争，天下没有人在这艰苦与死亡围困的环境下生存！只可惜天下正义与邪恶同存，天使与魔鬼并生，人心不古呀！他自嘲地摇摇头。

再后来，战役时间太长，又没有水源，大家只能喝尿……

又一轮战斗打响了，钟万昌他们犹如猛虎般一跃而起，扑向敌人高地，转眼间幻化成插入敌人心脏的钢刀，敌人的炮火和硝烟权当送给战士取暖的工具……

如孩子过年的爆竹，仅仅一阵炮火，敌人的火舌好像吞进了毒药，立马嘶哑了。钟万昌心里清楚，他们的几个火力点被志愿军的炸药包掀入了火海……但由于我军伤亡太大，上级再次命令停止进攻，等待新的进攻方案。钟万昌和战友又能喘息一会儿，他和一名刚入伍的小战士谈起了家乡，谈起了祖国。

他们将枪支擦拭后收起，翻身躺在战壕里，淡淡的光线照着他们一个个布满灰尘和硝烟的脸，他们突然意识到已经到了晚上。一轮皓月悬挂在天空中，给大地洒下无边的银晖。钟万昌望着她，心中涌起一股淡淡的乡愁。"月是故乡明"，同一轮明月下，天下却有着千万种不同的生命状态，何年何月才能分享"但愿人长久，千里共婵娟"的美好生活呢？他忽然有点思念家乡。

"你是刚刚才来的？"他问身边的那名小战士。

"对，我去年入伍的，今年我主动申请到朝鲜战场来的。"小战士很天真。

哟！年龄很小，他还和自己"志同道合"呢，钟万昌心想。

"家里还好吗？你为什么不在家乡上大学呢？"他问。

"家中都好，我上了一年大学，觉得还是到部队有劲，就当了兵。今年这里要人，我就报名来了，谁知道这么艰苦，不过我不后悔！"小伙子很爽快地答道。

钟万昌寻思这还是个有学问的兵呢？真没看出来，年龄太小。

"我不小，我长着娃娃脸，人家都叫我大男孩。"他猜到了身边这位老兵的心思。

"噢！有意思。我错了，有眼不识泰山。"钟万昌开玩笑说。

"瞧你说的，我怎么忽然年龄变得这么老？"他笑了，很可爱。

"我的年龄可比你大多了，那我们还在同一起跑线呢，将来说不准你能当军官，当首长，当将军呢！不过，现在我们是同一战壕的战友，还得并肩战斗，等你将来……"钟万昌还没说完，忽然冲锋号又响了。

"上！"钟万昌大喊一声，翻身带头朝前方冲去！

小战士毕竟刚随后续部队过来，讲是大男孩，实际只有十六七岁，一脸的稚嫩。虽然脸上沾有黑色的烟灰和湿润的泥土，依旧掩饰不住他的惊恐和慌乱。

敌人的又一排手榴弹迎头打过来，有一颗在这名小战士身边落下了。看到那个屁股冒烟的黄乎乎的家伙几乎蒙了，他"啊啊"叫着。弓着腰前进的钟万昌发现这个险情，他迅速奔跑过去，就势用力拉住了小战士猛地往下一带，拽到自己的后面猛然转身扑倒在他的身上，继而铺天盖地的泥土从天而降，他像陷入一个幽深无知的昏暗世界……

第二十八章

　　吴娟最后各门科目全部以优异成绩过关，她和钟飞飞双双获得了带队去南美一个国家维和的资格。吴娟看到钟飞飞时，偷偷地夸奖自己道："咱是艺高人胆大，功夫不负有心人。"她心想：你小瞧咱，咱就露一手给你看看，咱现在不是过关斩将，顺利通过了吗？看你还有什么话说。吴娟赴某国后，被分在总部行动部的观察分析中心，这个部门直接对副总警监负责，同时协助钟飞飞负责中国维和警察在异地的后勤保障和协调管理工作。她首次出国维和，心情别说有多激动了。在飞机上，她总是哼着歌曲。

　　"这么兴奋，还没到地点，就唱凯旋歌了！还不知道你能不能胜任呢？维和可不是逛超市购物，随心所欲，悠然自在。我们这次任务很重，那可是要流汗、掉肉的，绝不是过家家的游戏，你要有心理上的准备。"钟飞飞企图用严肃的表情镇住吴娟。

　　"你别再吓唬我，这次集训你还没看出咱的身手，即使面对真刀真枪，我也不是吃素的。再说，我总代表正义吧，你难道不懂正义必定战胜邪恶的道理？所以，队长同志，你就放心吧！"吴娟一副肚里有根小竹竿的样子，说完，她还漫不经心地看着钟飞飞。其他警察看着他们斗嘴，才了解到，这两个人竟有这么高的素质本领，亲自带领维和战队出征，对他们来说，那可是如虎添翼。

　　钟飞飞看到吴娟的表情就来气，她一个青春阳光、美丽端庄的大学毕业生，一身本领，不安心找对象，成天把心思放在他的身上，便歪着头，调侃道："你这样强势，小心将来找不着对象！"

　　"我就没打算过这辈子嫁人！你就气吧。"她声音低低地狠狠地回击他。

"嘿！我……"他环顾左右不再言语。

他们出发前，那个维和国家发生了一场地震。到达之后，钟飞飞负责协调中国维和警察在该国的工作，时而组织党员开展党员学习活动，传达国内的大政方针和各项政策精神。而吴娟同志到总部工作时间不长就被调到行动部行动中心，这是震后最直接的行动部门，负责护卫世界各国的救援队、国际组织，以及人道主义援助物资，同时对来此地的世界各国首脑要人，进行重点保卫。吴娟每日早出晚归，跑外勤，工作十多个小时，顶烈日，冒酷暑，时刻暴露在越狱逃犯和非法武装分子枪口之下。她每天只吃两顿饭，挤在搭建的帐篷里，雨季潮湿，蚊虫满地，篷内到处是水，生活用品全部浸泡在水中。

有一天，钟飞飞带两名同志去吴娟所在的工作区巡视，吴娟正和同组的其他国维和警察对震区实施搜寻和救援。她忙前忙后，累得满身是汗，原本白皙的皮肤被阳光蒸烤成了黧黑色。她丝毫不顾地震刚过、余震频发的危险，从震区搬出了不少物资，从民房和建筑缝隙中转移和救出了不少当地居民和工作人员。钟飞飞想这个小妮子"果然是巾帼不让须眉"，她让中国警察大增光彩。于是，他们也不甘落伍，纷纷投入抗震救灾的战斗中。当天下午，钟飞飞和吴娟他们开车去总部大楼装运救援物资，途中汽车突然发生了剧烈的摇晃，路边的墙不断地往下掉落石块，一部分墙体发生了塌陷，扬起了漫天的烟尘。他们下车又来到一个相对安全的十字路口观察情况。忽然路旁一处房屋倒塌，向他们站的位置倾覆而来，情况十分危急。眼看离房屋较近的吴娟和同组一名美籍同事就要遭遇危险，眼疾手快的钟飞飞一个箭步冲到两人跟前，用尽全力将两人紧拉几步，一起倒在了地上。钟飞飞张开双臂半覆着两人的身体，一块粗大沉重的棕榈木材砸中了吴娟的小腿，美籍女警安然无恙。随后救护车将吴娟送往医院。

几天后，当钟飞飞看到一家媒体说他"临危不惧，挺身而出，置生死于度外，全力救助战友……"的报道后，他自嘲地笑了笑……只有他自己知道那一刻的真实想法。

一周后，吴娟痊愈出院，回到了岗位上。吴娟在医院的日子里，中国的维和战友及她的外籍同事都先后去医院探视她，陪护她最多的是钟飞飞和中国维和女警刘瑛。钟飞飞因为工作忙，他想让刘瑛留守时间多一点。但刘瑛汇报，只要她陪在医院，每次吴娟都心烦气躁，或者声称伤情加重，要求转院……而每次钟飞飞在那儿陪她，她立马就说："咦，我的腿好多了，再坚持三天，我就能出院了。"钟飞飞无语地笑笑。

造物弄人，后来不久发生的一起事件似乎是对钟飞飞冷漠心态的一次惩罚。吴娟站在他的床前又一次点头嘲笑着，心里说："看，你还是离不开我吧！"

这件事来得非常突然。一天晚上，吴娟和刘瑛等三人一起在维和总部钟飞飞办公室连夜加班撰写一份维和工作汇报材料，并且拟一份发放救援物资的计划表，完成后已是深夜。刘瑛和另一名警官驱车回住处去了，而吴娟翌日上午还要到总部开会，若回去已经很晚，第二天来不及赶会。钟飞飞为节省时间并保护她的安全，让她到总部不远处他自己的住处休息，自个儿留宿在总部办公室。

后半夜，在办公室木椅上将就的钟飞飞听到一阵呼喊声，他从窗户上看到他的临时住处一片火海，周围一片混乱，很多人都在往来奔跑着、喊叫着救火救人，不时有伤员被人们救出来……他脑子顿时蒙了，吴娟还在自己的屋里休息。

他拎起一张毛毡，飞身跑出总部，直奔住处。他紧急找现场救火用的水桶把毛毡濡湿，披在头上不顾一切地直扑早已被一片烟雾火光笼罩的寝室，想道："坏喽！吴娟要出大事。"可他冲进寝室后低头看看床上没有人影，后面的窗户却被打开了。他大脑旋转和疑惑的时候，听到了外面一阵外国人的惊叫道："救出来了，太好了……"火势越来越猛，他感到一个巨大的火球砸在了他的身上，身上越来越烫，毛毡已经着火，他潜意识里只有一个想法，赶快逃离这儿，赶快寻找吴娟。他慢慢失去了记忆……

后来经调查得知，这次大火是非法武装分子策划实施的一次袭击事件。有一名外籍维和警官在大火中罹难，多名当地警官和工作人员受伤。大火发生后，周围维和驻地的人员和临时救援队紧急投入了救援。非法武装分子从前面放火行凶，有的前门被歹徒上锁封死。大火燃起后，救援人员从前门无法开锁进入，只有从后面窗户实施救援。加班后睡意很深的吴娟被救援人员从床上拉起，之前她还在梦里。她第一个想法是庆幸自己救下了钟飞飞，而她并无大碍。

钟飞飞在医院里住了半个多月，他背部多处烧伤，后被一块房屋木料砸中，倒在了住房的门口，被守在房前的救援人员救走。半个多月时间里，按照上面的安排，吴娟需要天天守护在钟飞飞身边，这当然是正中她心意的安排，比她从事其他维和事务更为合适。钟飞飞基本痊愈，即将出院前的一天，吴娟站在他的床前，点头笑着，像微笑，又像嘲笑，心里说："看，你还是离不开我吧！"钟飞飞心里清楚，如果这次不是她，他很可能真的光荣了。他心底有个声音悄悄发出来："谢谢你，我们扯平了！"可是，他们彼此都没听到对方的表达。

他们先后都经历了一场劫难，当他们都康复痊愈后，当一切平静、任务区局势基本稳定下来后，钟飞飞重新回到原维和岗位上，吴娟出院后被调到了报告及政策规划部门……

时间如流水般，转瞬穿过春夏秋冬，一年很快就要过去了。由于工作表现突出，在任务结束前一个月，总部多次找吴娟谈话，希望她能留下来，作为警察总部的特别代表派驻联合国维和任务区进行妇女儿童保护工作。警察部门的人事总监也专门跟她谈话，希望她能留下来。但是吴娟心里只有一个心思，她的顶头上司，这次的带队队长，也是她的救星钟飞飞去哪儿，她就期望到哪儿，甚至他亲自安排她的去留和任务最好。纵然他对她行使权力，她多么希望啊！她越来越离不开这位自负且清高的上司加同事，他的性格和人生轨迹越来越和自己融入一个轨道，也越来越默契。他对自己似乎并不热心，甚至有点若即若离，只是在工作上相信她、依赖她、关心她、支持她，在某些方面没有一丝成分，而她已感到百倍的满足和温暖。他的言行举止、他的一切在她的世界里深深地扎下根来，她的每一根神经、每一刻思维都会倒映着他的影子。她在等待着他的表示和决定。一个男人总不会对一个女人的心思毫无察觉吧。

她把自己的精力、心思投入忙碌的工作中，脑子一有空当，就会装进他的影子。她不停地撰写警队月报、旬报，以及各种会议纪要、总结及开展各项活动的汇报。在一次地震发生前十几分钟，她为代表团撰写了一篇长长的工作汇报稿。随后，她不断地修改和制作汇报视频。她还一直不断地积极为警队维和管理与发展献计献策，积极同国外警队联系，开展中国警队在维和任务区的援助项目和活动。

　　地震夺去这个国家二十多万人的生命，百万人无家可归，使这个世界上最贫困的地区雪上加霜，人民生活更加艰苦。孤儿四处游走，用期盼的目光祈求着善意的帮助。在维和过程中，维和队员们，特别是钟飞飞，不止一次地流下眼泪。不知为什么，他的每一次落泪都牵动着吴娟的心，她知道她这位领导看上去一副刚强威猛、康健有力的形象，却天生菩萨心肠，遇到伤心事就挺不住，眼泪像珍珠一样，既朴实又珍贵。他的行为感染着她，她把自己融进他的生活。她当初极力苦训，目的不就是跟着他一起去追逐梦想吗？现在终于有了机会。他在做事的时候，常常会发现后面不远处还站着个她，在做着与自己一样的事情，他会心地笑了。后来他们每天在完成维和工作任务的同时，从警队战友及其他外籍维和战友那里，设法搜集食品和饮用水，利用工作间隙在上下班路上，将食品和水分给路边的妇女、儿童。同时，他们还积极与外籍警队联系，利用他们精通当地语言、人熟地熟的长处，共同探访孤儿院，了解那里紧急所需，然后列出条目，制订各项救助计划，将国内救助基金和中国维和警察捐款分发落实到各孤儿院，解决孤儿院的部分住房重建问题和特困时期的食品供应问题。后来很多当地人见到中国维和警察就会自行列队，行注目礼，表示欢迎，让他们切身感受到当地人民的善意和感激之情，有的当地人还流下了感激的眼泪。他们常常一起哼唱这样一首歌：

　　　　伸直你的右臂　抬起他的左肩
　　　　我们手挽手编成一只花篮
　　　　为世界和平祈祷
　　　　为地球安宁祝愿
　　　　让环宇鼓荡歌声

让苍生溢满笑脸

不管春夏秋冬人间最温暖

站在这里　我们心甘

站在这里　我们情愿

这就是中国维和警察的誓言　誓言

我们流血　我们流汗

能忍受天涯的孤寂

能击碎海角的磨难

任它烈日曝晒　风急云乱

浊浪翻滚　雷鸣电闪

上上下下

千难万险

还有那躲不过的疾病祸患

站在这里　我们心甘

站在这里　我们情愿

因为我们维护的是人类的尊严　尊严

站在这里　我们心甘

站在这里　我们情愿

因为我们维护的是人类的尊严　尊严

尊严

　　终于到了离别的时刻。公安部已作出决定：全体中国维和警察按期圆满完成维和任务，确保自身安全，顺利回到祖国。吴娟婉拒了维和警察总部的挽留，跟随钟飞飞和中国维和警队飞回祖国的怀抱。他们这些和平使者，这些中华优秀儿女，这些警界骄子……为了世界和平，为了地球家园的安宁，在飞机上又接到了一项新的维和任务……

第二十九章

当钟万昌醒来时，已躺在后方中朝合办的友谊医院里。医生告诉他，他腰部以下被炮弹炸伤，左大腿上小腹部位伤势尤为严重，主要脏器没有受到大的伤害，但具体情况还得作进一步检查和观察，眼下医疗设备条件一时很难作出明确的结论。钟万昌一听没有大碍，立马高声说："既然没有问题，我要立马上前线去，前方需要人。"

"你这人思维有问题，没有大碍，那不代表没有问题，刚来时还昏迷着呢。我已经讲了，详细受伤结果还要观察，因为火药撞击、高温烘烤和剧烈震颤都能造成身体内部受到伤害，只是外边有外创伤，没有明显伤害后果。你着急也没用，起码伤口得愈合吧。"医生生气地制止他的冲动鲁莽。

"咳，我这样会急病的！不病也得疯。求求您，让我走吧。"他像个孩子般，医生看着他直摇头，然后没理会他，扭头便走了。

"嗯！"钟万昌气得"哼哼"的，随手用力捶了一下面前的被子，"哎哟"叫了一声，砸在了自己的伤处，一脸痛苦的表情，但还是无能为力。

他躺在床上看看左右床上的病友，看架势他们的病情不轻，明显和他不一样。

过了一会儿，医生带着护士又来到钟万昌的病房。医生郑重地告诉他说："你必须安心休息几个月，虽没有生命危险，但千万不能劳累。"

"啊！几个月，我受不了，无论如何也不能等那么长时间。"

"随便你吧，你要走可以，你不属于轻伤范围，光我这个院部主任说还不行，需要单位首长和医院领导的批示。"医生非常严肃地说。

一听"首长"二字，钟万昌顿时没有了气力，他知道那意味着什么样的条件，他没希望了，顿时如泄气的皮球。

"哎！主任，你在这里。"这时一位战士进来找耿主任。

"对！我马上过去。"耿主任对小战士礼貌地说。

"你怎么也在这儿？"钟万昌忽然看到了那名获救的小战士。

"你醒了，我知道你在这儿，以为你还昏迷呢。"说着，他伤心地过来拉住钟万昌的手。

"他也在这治疗，他的脚踝受伤，不过属于轻伤，很快就可以出院。"耿主任告诉钟万昌关于小战士的情况。

"大小孩，不对，小战士，我们战友重逢吗？太棒了。"钟万昌跟他打招呼，心情高兴万分。

"您好，老班长，真高兴见到您！"小战士百感交集。

两人都紧紧抓住了对方的手臂。

"走，出去走走，吊针不打了，我根本没事。"钟万昌说。

"那怎么行？主任会反对的，不行，打完针再去，正好我找主任谈谈出院的事。"小战士低声征求他的意见说。

"什么，你也要出院？我为这事正在跟她吵架呢。"钟万昌非常吃惊，没想到小战士的心思跟他一样。然后又说："你没有大碍吧，你年轻不要逞能，该治疗就要治疗，绝不能马虎。"钟万昌关心地说。

"老班长，你放心，我绝对没事，所以要明天出院回前方。"小战士非常精神地对他说，好像他来医院是冤枉的。

"耿主任，我们出去走走，等一会儿再吊水。"钟万昌提高嗓音，对戴着眼镜的耿主任说。

"不行，你是战斗英雄，伤势不轻，你每天要按规定接受治疗，不然我们是要挨训的。"耿主任穿着一身蓝色的医疗服，戴着紧箍的无檐蓝帽，俨然一副老学究模样，高度的近视镜后面隐藏着莫测的眼神。可能她平素接受或者自我框定的绳索条条太多，所以也始终准备给别人念着紧箍咒。在她看来，人活着就要被圈定、被约束。

"耿主任，你看我这不好好的吗？"钟万昌拍拍自己的胸脯，学习从前的做派，想展示自己的体魄。

"我看这样吧，散步可以，做什么都可以，我让小林跟着你，做你的专门护士。什么时候打针吃药由她来安排决定。有事情你跟她说，她过后会跟我说，咱们一级对一级负责，好吧？"耿主任不依不饶的，转身对正在给一位病人量血压的小护士喊了一声道："小林，你过来一下。"

……

"你怎么打算？前方战事那么紧，我想早点回去。"钟万昌问小战士。他们不知不觉走到了医院内的一块草坪上，林护士远远地跟着。

阳光照耀，温暖宜人，空气中散发着清新的味道。散步对病人是最好的调养和治疗。

"我怎么办呀？我想回前线。"钟万昌皱着眉头，一副沮丧的表情。他在这位小战士面前也不讲新老兵的资格和尊卑了。

"老班长，您是真正的伤员，所以不能着急，伤治愈了，才好更多地消灭美国鬼子。我们老家大人常说一句话：'磨刀不误砍柴工。'"他这句话一说，让钟万昌感到俨然大小孩变成了老男人。钟万昌愣愣地疑惑地久久地看着他。

"你说得有道理，我听你这位大小孩的，我安心养伤，然后我们共同上战场杀敌人。"钟万昌认同眼前这位小战友的观点。既然医生让自己住院，就有住院的理由。可明明没有什么大伤，为什么非要他住院呢？莫非医院认为他身体某一个部位可能有毛病，他心里犯着嘀咕。

"耿主任可能明天就放我回前线了，我一辈子也忘不掉你的救命之恩，我会继续好好打仗，勇敢杀敌，多杀鬼子，以报答你的恩情。另外，我参军前，母亲交给我一个任务，到部队尽量找到当年抗战时期曾救过她的人，不管在不在部队，不管活着还是死了，都要打听到他的消息，一定要感谢他的大恩大德。母亲说那个人长相是……"

"什么？找一个救过你母亲的人，这是哪一年的事，什么地方？"钟万昌打断了小战士的话。

"大概在抗战即将胜利之际，冀中敌占区。"小战士说。

"可是一个洗衣女子回村路上遇到了鬼子？"钟万昌迫不及待地问。

"对，你怎么知道？"小战士也好奇起来。

"可记得什么人救的她？"钟万昌问道。

"母亲说是两个年轻的换货郎。"小战士回忆道。

"不对，应该是卖西瓜的。"钟万昌用肯定的语气说。

"哎，对对对，就是卖西瓜的，而且我妈说，那两个人绝对不是真正的生意人，而是八路军化装的，临走时他们的眼神告知了她这一信息。"小战士眼睛紧紧盯着钟万昌，生怕自己一眨眼，眼前的人就会溜走似的。

"哦，我明白了，原来那是你妈妈。当年我和一名战友奉命到敌占区执行侦察任务。一个年轻的妇女在洗完衣服回家时，碰上几个巡逻的鬼子上前动手动脚。我和战友急中生智，骗鬼子过来吃西瓜，让那名女子走掉了。当时是怪危险的，想起来都后怕，弄不好，不仅不能救下她，而且我们也暴露了。"钟万昌脸色变得阴郁。

"不错，就是这样的。母亲逃走之后，吓得回家蒙头睡了好几天，神神道道拍着我，嘴里反复念叨：'儿子，快点长大吧，一定把鬼子都杀光。'我当时还不到五岁。在正常情况下，鬼子遇到女人肯定不会罢手的。你太伟大了！"他拉着钟万昌的手直晃，眼泪也下来了。

"这有什么？我恨鬼子，更恨他们发动侵略中国的战争。"他咬了一下牙齿。

"我终于找到了，我赶快写信给我妈妈，她会高兴的。这个人不仅救过她，也救过她的儿子。命运造化，可真是惊人奇巧；人生相逢，简直天地奇缘。我太爱你了，老班长！感谢上帝如此安排啊！"两人都百感交集，深情拥抱在一起。

"你妈妈还好吗？"钟万昌拍着他的肩膀问他。

"很好，家乡正在'土改'，轰轰烈烈，农民日子越来越好。所以，母亲一心让我参军打仗、报效国家，让我在军队里打听救他的好人。"小战士非常自豪地告诉他国内的一些情况。

"太好了，农民生活好了，我的家乡肯定也好了，父母亲和家人生活该都好了，感谢党的好政策啊！"钟万昌仿佛看到了家乡火热的生活场景，眼睛里充满了幸福憧憬。

"老班长,我要回前线多杀敌人,多立功,报答你们这些好人。好,我走了!"小战士说完,再次拥抱了钟万昌,转身便离开了。

钟万昌目送着小战士走远,回头时突然看到林护士站在不远处正守着他,手里拿着一封信,眼里充满关心。

"这是你家乡寄来的吧?"她举着白色的信封递给钟万昌。钟万昌看了她一眼说:"谢谢你!"

"你是特级战斗英雄,全国人民都该谢谢你才对!"小林说着,悄悄转过脸去,脸色倏地变红了……

第三十章

张旭和钟丽丽在中原老家只待了一天多，他们相继接到单位要他们返回的通知。钟丽丽所在的研究所要派几位人员随军舰去一个海区调研考察，那里的鱼类等海洋生物大面积死亡，海面上出现了种类繁多、五花八门的生物尸体，还出现了捕鱼的渔民中毒的情况……上级紧急通知组成联合调查小组，前往该地区核查调研，取样化验，探明真正缘由。原本准备在夏天进行的活动因情况突变提前进行了。配合调查的舰船正好是张旭所在单位的巡逻舰。任务真正下来了，这跟她有几次闲暇时跟着张旭顺带巡海出游绝不是一样的性质。钟丽丽一方面责怪探亲时间短促；另一方面又感到高兴，这一次她有一种与张旭平起平坐的自豪感。

北京的四月依旧春寒料峭，虽然是春天，但到处还显露着冬天的迹象。"人间四月芳菲尽，山寺桃花始盛开。"其实公园的桃花及其他花儿并没有绽放；路边河畔的植被刚发新芽，尚未涂抹绿色；许多市民还裹着厚厚的棉衣，有的为躲避寒冷，把头紧缩在衣领内，甚至连眼睛都不想让寒意侵袭；阳光照在高大密集的建筑群落上，夹带一丝凉意，慵懒而乏力……

"我们各自准备，等单位通知后会合。"张旭恢复了他常用的命令口气，对他来说，不论在何时何地，只要涉及工作，立马精神上进入战备状态。

"我先回单位，看研究所哪些人一起出海。"钟丽丽看到张旭严肃的表情，也一本正经地看着张旭。她知道，平时相处随便一点，但涉及两人工作的事可不是闹着玩的。

两人依依不舍地深情地互望了一眼。他们要去真正的大海履行使命了，各自的内心感到神圣和庄重……

回到研究所，单位的领导和同事正在等着钟丽丽。

"美女专家回来了。"有人还跟她调侃。

"对不起！我回来迟了。"钟丽丽旋风似地边道歉、边放置行李。

"没事的，你一来全齐了，你没看那边人家舰船上的帅哥们眼睛都瞪得像灯笼，血都往下滴了。只要你去，确保出海万无一失。"一个同事说。

钟丽丽诙谐地笑了，说道："老郑，别拿我开涮了，人家都啥待遇，能看上我一个穷酸研究人员？我们都安分守己吧。"她向老郑挤了一下眼，让老郑一愣神，她的眼睛太漂亮了，乌亮有神，像天上下来的仙女。老郑也就三十多岁，但在孤寂枯燥的科研单位，对美女谁也不会排斥。

趁老郑愣神的机会，年轻的小彭也跟着插话。

"老郑，我们就别担心了，人家可是名花有主了，美男子还不是随她挑？"小彭跟着调侃道。

"去！你一个小不点儿也凑热闹。"钟丽丽狠狠地瞪了他一眼道。

小彭与钟丽丽同龄，刚分来时也对钟丽丽有想法。后来他觉得这女子眼光高，也就放弃了。前不久经人介绍，他跟一位银行出纳员结婚了，但心里还是痒痒的。

钟丽丽白了他一眼。

"好，美女，打住。"他知道这位美女的伶牙俐齿，甘拜下风。这时所长从办公室出来，招呼钟丽丽进去。

钟丽丽说："别闹了，恐怕马上要出发了，好了，去见领导。"转身走向所长办公室。

一艘中型巡洋舰悬挂着国旗，载着钟丽丽一行五名研究人员和舰船官兵迎着初升的太阳向海洋深处驶去。早晨阳光洒满大海，映出万道霞光。近处，海水拍打着海岸，像渔民撒大网一样，撒到沙滩后又迅速收回。放眼远望，大海无边无际，苍茫而辽阔，如一块巨大的宝石，闪着幽深和斑驳的光泽。一阵凉风吹来，大海翻卷起层层浪花，雪白而透亮。海洋真是七彩的魔盒，神奇无度，变幻莫测，时而发出诡谲难辨的奇特声响……

站在甲板上，钟丽丽神情专注地观赏着眼前的一切，好像她的思绪又在流浪，她在想象着人类无法彻底探知的大海，曾孕育着多少神奇的故事……
她把眼光从远处收到了近处，舰艇排出的浪花，似一朵朵蘑菇，像一股股喷泉，瞬间抛向远方，同时又像一条路，一条浪花铺成的银色之路……

"想什么呢，大美女？"钟丽丽的同事小彭问。

"大海为人类造就这么大的福祉，但也酿造许多的祸端，谁能知道每年全世界海洋曾毁灭多少财物，吞噬多少生命呢？"钟丽丽发出深深的叹息。

"大美女，你怎么杞人忧天？我们哪能顾及那么远。"小彭觉得钟丽丽一大早脑子像有问题。

"我们本身就是从事这项工作的，不能仅限于一些肤浅的研究，什么污染呀，变质呀，要为人类打造完整的海洋生态保护救援体系，并且全面消除因海洋而导致的人类灾难。"钟丽丽满脸沉重的表情。

"你讲得有道理，可是谁来重视和牵头预防海洋灾难的发生，我觉得这应该是个关键问题。"小彭好像受她的感染，情绪变得忧郁。

钟丽丽是一个多愁善感的人，小时候看到一只蚂蚁在树下一动不动，她以为它死了，伤心地喊爸爸过来。谁知那只蚂蚁在驻足休息，蚂蚁翻个身又走了，钟丽丽才破涕为笑。

"我的闺女这份菩萨心肠，将来长大了怎么经得起风浪哟！"父亲为她不无担忧地说。她一想起童年的往事，就觉得爸爸真是个大善人，一生不伤害别人，只想着做善事。妈妈受爸爸的影响，跟爸爸养成了同样的习惯，从无半点恶意。正如常人所说的"不是一家人，不进一家门"……

"天下不尽人意的事很多，我们作为凡夫俗子爱莫能助啊！"小彭打断了钟丽丽的心思。

"说是这样说，可人作为万物主宰，要为人类的未来大计着眼，总得居安思危。如果各国都注重保护生态环境的话，我想世界或许是另一种状态。"钟丽丽从往事中回过神来。

钟丽丽把眼睛转向远方，看着一群不知名的白色鸟儿整齐地从半空飞向舰艇行驶的相反方向，直到漫入天际……

头顶的海鸥凌乱地飞舞着。她想海鸥是一种胆怯的鸟，在狂风骤雨、惊涛骇浪和黑暗恶劣的天气是不敢出来的，怎么会在这种寒凉的天气出没呢？除非嗅到了海上某种信息？

舰船轻轻震颤了一下，仿佛遇见大海的"心跳"。钟丽丽涌起一种从未有过的奇妙感觉，这分明就是实实在在的生命跳动。钟丽丽忽然觉得海洋竟如此博大深邃，如果被人类征服，将是怎样的福祉？舰船短促的震颤后恢复了平稳。那边的甲板上出现一阵忙乱，张旭与几位海员及钟丽丽的同事也在大声争吵着。

"你看那儿！"小彭惊叫一声。钟丽丽看到舰船后面被托起一连串翻腾的巨大花瓣。浪花是大海上永远的景色，像一位舞蹈家，总会把最美丽的舞姿展现给智慧且永不言败的航海者，并使他们抛开烦恼，尽情观赏。

"确实是漂亮，只是消失得太快，不给人记忆。"钟丽丽轻轻地自言自语道。

"彭子，你说可是巧合，我父亲一生收养孩子，我的大哥在家乡公园管理处工作，二哥在派出所工作，三哥在干外交，四哥搞维和工作，数我差点儿，但从事的也是为人类做贡献的职业吧，我们家能组成一个地球综治办喽！"钟丽丽讲到这儿，一副眉飞色舞的样子。

"你还少讲一个人，那边那个穿军服的军官还是个共和国军人哩，他的职责也是保家卫国吧！讲白了，保卫我们祖国的海疆安全！"小彭诡秘地朝她坏笑。

"又来了，小心张旭把你扔海里喂鱼！"钟丽丽绷着脸吓唬他。

"好好好，我不敢了，他真动怒了，我可吃不了兜着走，那身威武劲，我可惹不起！"

"扑哧！"钟丽丽笑喷了。

"嘿嘿！"小彭脸红着跟着她笑了。

舰船平稳地向前行驶着，中间的五星红旗和海军军旗迎风招展，发出"嗒嗒嗒……"的清脆响声。钟丽丽和小彭再次将眼睛转向大海。

舰船底处，成群的鱼儿欢快的畅游，天空中越来越多的各种海鸟在空中翻飞盘旋。而海上那层层激起的小浪花，宛如白莲一般，天上那悠然自得的云朵在瓦蓝的天幕下，自由自在地飘着。上苍真是伟大的造物主，他让大地、大海、天空和自然界的一切，共同造就了这个祥和而美丽的世界。

"彭子，你怎样看待大海与人类的关系？"钟丽丽问，俨然一名考官，眼神要求他务必作出回答。

我曾经看过这样一段对海洋的描写："大海是美丽的，不管它是平静，还是愤怒。平静的大海带给我们的是一种恬静、一种惬意，是一种平实的心态。愤怒的大海呢，它带给我们的是许许多多的勇气和斗志，是向往，是憧憬，是激情。平静的大海是一个蓝色的世界，无风无浪，心平气和。而又有谁知道这平静之中隐藏着危机呢？平静是大海虚假的一面。大海不是淑女，而是力拔山兮气盖世的英雄；大海不是美丽的蓝地毯，而是一望无际的流动沙丘。愤怒，才是大海最真实的一面。"小彭此时变成了诗人。

"谁让你描摹大海的状态，我想听听大海到底与人类是一种什么关系？"钟丽丽不太满意他的回答。

"我说的就是人和海洋的关系，只有掌握了海洋的特点，利用它的益处，才能为人类所用，为人类造福。这不是你讲的征服吗？对不对，美女专家？"小彭说完后直盯盯地看着她。

钟丽丽脑子转了一下，认为他说得似乎有些道理。"真正大海有哪些危险因素呢？"她问他。

"那还不简单，比如海下暗礁、冰山、漩涡、暗流，以及天气恶劣时的飓风、暴雨、气流、海中具有伤害性的生物。"

"我认为，还有一个重要的因素。"

"什么因素？"

"我认为，人也是危险因素。"她看他一眼后继续说，"还有人对危险因素的预测也很重要，可以做到及早准备、提前预防。历史上几次大的海难都是由于人为原因而造成了惨绝人寰的悲剧。"钟丽丽深思熟虑地说。

舰船依旧在行驶，船尾的海浪一排追着一排，像九天飘散下来的条条雪白的银练，银练粉碎后，变成了无数朵浪花，花儿那么硕大，花瓣的层数又那么多，直看得人眼花缭乱……近处海面浪花飞舞，银光闪耀，远方浩然无际，遥渺虚幻，扑朔迷离，藏着一个神奇的未知世界。大海有时真如北方草原那片苍茫的土地一样，凝聚着一种无法言说的神奇魅力，让人面临一种飞越自然的深邃……父亲当年带她回草原探亲时留下的印象至今未变。迷人的大海啊！钟丽丽观赏着，想象着，陶醉着……

"大海太奥妙无穷，深藏玄机，简直是自然界赋予人类的一个神奇造化和精彩的世界。在哲学家眼中的大海更具有多变性。"钟丽丽收回了远望的目光。

"你说得很对，没有神奇的自然，没有广阔神秘的大海，没有辽阔的土地，人类看不出自身的渺小，忽略宇宙时日的长短，会沉湎于狭隘的生活功利圈内，永远走不出自己目光触及的视野和阴影。"小彭已经陷入沉思状态，他也被带入钟丽丽的情绪中了。

小彭人很精明，个头不高，面相虽不俊朗，人可简单豪爽，基本上属于大方的现代男子。他是北京一所综合类大学毕业的高才生，是由学校推荐到研究所工作的一名最年轻的研究人员，精于国学知识。他的条件让他对心中的另一半要求很高，后来在钟丽丽的影响下，找了一位满意但不算漂亮的女孩结为伉俪。像钟丽丽这样一位他心仪已久的女子，与自己深谈还是第一次，他心里有一种被触动的感觉。

小彭的谈话很有哲理，钟丽丽朝他点点头，表示他的看法和她相同。"你说得真好，我也这么看待生命中的一切事物，所有事物都是美好的，有些美好是要经过锻造加工后才可以收获。比如说海洋吧，"她又看一下小彭，接着说，"在诗人眼里，大海是一个五彩斑斓的世界；在思考者眼里，大海是一部人类生活的典籍，隐藏着无尽的生命音符和故事；在探险家眼里，大海是一个神奇的世界，无数的宝藏和未知等待他们去解码；在航海家眼里，大海犹如一个广阔的赛场，他们要领略其中的精彩和风光，冲刺每一条夺魁的底线；在军人眼里，大海是一个大显身手、纵横厮杀的自由战场，任由身手和命运较量；在渔民眼中，大海是一个赖以生存的家园，他们世代守望着这决定生死命运的粮仓；在游客眼里，大海是一个精神公园，他们只要那片浪漫的海滩，与自己的家人和亲友，去寻找幻想的世界以及美好的回忆……讲白了，大海给每一个人的印象是不同的，比如我们想趋利避害，把大海里一切晦暗不良的东西去掉，让国家和人类都享受海洋带来的美好成果。嗯，小彭？"钟丽丽讲得很投入，她在等待着小彭的回复。

"你讲得很精彩，大海的确有着不同的面孔和内涵，关键看人类如何面对，以及所选择的态度。它就像一匹骏马，不管温顺，还是刚烈，人都要设法将其驯服，为人所用。"小彭赞同她的观点道。

"你们看，那边海面上飘着的是什么东西，白花花的一片？是鱼！"那边有人大喊，他们把脸都转向前方。

"就是各式各样的海藻及海底生物什么的。"等船靠近以后，有人看清了海上大面积漂浮的东西。

"呀！你们看这海水，怎么会是这种颜色？"有人惊叫道。

钟丽丽和小彭朝张旭他们靠近。

"是啊，怎么会变成这种颜色？我在海上也这么多年了，很少见到这种情况。"张旭很是疑惑。大家都向下看去，舰船行驶在红褐色的海洋里，船边溅起的浪花，像翻转跳跃的血浆……

舰船速度慢了下来，他们都贴在舰船栏杆上，细瞧海上的密密麻麻漂浮的鱼类及水生物。各式各样，相拥相随，有的层层叠加，有的自由飘动……这无数原本鲜活自在的生命忽然陨落在茫茫的大海上，让人感到隐隐悲楚。可以判断，这里曾经发生过灾难。

"这就是渔民举报的污染海区。"大家转脸看着钟丽丽说话。

"就这一块污染吗，源头在哪儿？"有人问道。

"这儿应该还是内海的深水区，还没有到公海。污染的源头估计是岸边的化工厂排放的工业废水和垃圾，它们具有很大的毒害性，扼杀了这些海洋中的生命。"钟丽丽判断道。

"那为什么当中还有未被污染的地方呢？"小彭问钟丽丽。

钟丽丽脑筋急转弯，再看远方依稀缥缈的连绵工业建筑群，面向大家说："这是一股汹涌的有毒液体，当它们被排放到大海的时候，顺着风力或者暗流的方向朝着一个地方快速旋转前进。当风速减弱或者暗流涌动的力量消失时，有毒液体就停留在了一片海域里，然后慢慢和区域内的海水混合交融，再被海藻和各种海底生物吸食，从而造成了现在海域被大面积污染的后果。当中还有未被污染的地方，是因为毒液没有在这里停留。"

大家纷纷点头，张旭对钟丽丽投以一种敬佩的眼神。

"不要再找了，渔民报警的就是这块地方。我们就在这块海区取样。回去作进一步鉴定，查一下里面的成分，就清楚这些海洋生命的死亡原因了。"钟丽丽胸有成竹地说。

在这儿，她是这船上研究人员中的负责人。所长让她带队跟海军配合，来勘测和调研海洋污染事件。

"我看这样吧，小彭和小芳，你们准备好取样工具，让张旭他们配合，到海里把检材装好，回去抓紧做鉴定。"钟丽丽像是命令般对小彭和他同事林小芳说。

"明白了，我们去准备！"两人异口同声地回答道。

……

一切工作就绪，大家又回到欣赏大海的悠闲状态，他们都站在甲板上说笑着。

只顾大海的美景，忽略了天空的容颜。一转眼，太阳快要下山了。西天一轮又圆又大的红日悄然落下，张旭舰长说："天黑了，我们该归队了。"

大家恋恋不舍地眺望着广阔神秘的大海，翻腾一天浪花的蓝蓝海水如玩累的孩子般，静静地躺在金色苍穹下，轻轻地喘息着，等待着下一次的精彩嬉戏。

坐在归航的船舱里，钟丽丽回想着一天的活动，心情十分欣慰。她庆幸自己的职业，不然她没有机会频繁地投入大海的怀抱。对大海的深情和依恋要感谢父亲和母亲。她孩提时学唱的儿歌和童谣里，很多是关于大海的。海水在自己的视线下流淌，浪花在眼前翻腾，渐渐流入她的思绪，融入了童年的记忆……

"闺女，睡吧，爸爸给你唱首歌，一听你就睡着了。"爸爸一边拍打着她，一边轻轻哼起歌，软软的，柔柔的，仿佛来自远方，又仿佛来自心底……妈妈在旁边一手端着碗，一手持着汤匙，焦急地看着她，等她渐渐安静下来，才放下心来……

> 小时候妈妈对我讲
> 大海就是我故乡
> 海边出生　海里成长
> 大海　啊大海　是我生长的地方
> 海风吹　海浪涌　随我漂流四方
> 大海　啊大海　就像妈妈一样
> 走遍天涯海角　总在我的身旁
> ……

　　她睡去了，沉沉的、甜甜的、香香的……等她从漫长的梦中醒来时，她依旧躺在父亲的怀抱里。父亲慈祥地静静地看着她，眼角还挂着泪水……她觉得父亲那一刻流的是高兴的泪花，孩子的平安健康给他们带来幸福……有时醒来会躺在妈妈、姐姐抑或哥哥的怀里，不管是谁，也不管他们多忙碌，他们始终给她的是温暖的怀抱……

　　后来，父亲也带她去过大海边，没有真正在海上观光旅游过，也没有和大海做过亲密的接触和交流。但大海却给她深刻的启示：宽阔、神秘、深邃和博大……给人无限的遐想。工作以后她又听过一首歌：

> 我的心像柔软的沙滩
> 留着步履凌乱
> 过往有些悲欢
> 总是去而复返
> 人越成长
> 彼此想了解似乎越难
> 人太敏感

爱舞长天

活得虽丰富却烦乱

有谁孤单却不企盼

一个梦想的伴

相依相偎相知

爱得又美又暖

没人分享

再多的成就都不圆满

没人安慰

苦过了还是酸

我想我是海

冬天的大海

心情随风轻摆

潮起的期待

潮落的无奈

眉头就皱了起来

我想我是海

宁静的深海

不是谁都明白

胸怀被敲开

一颗小石块

都可以让我澎湃

有谁孤单却不企盼

一个梦想的伴

相依相偎相知

爱得又美又暖

没人分享

再多的成就都不圆满

……

她拥有太多的亲情，拥有太多的爱……每一份感动都让她温暖，每一份关心都足以让她心潮澎湃……她想做一片海，让人生漂流在情感的激流中，要多久就多久，愿人类感情的帆船，永远没有彼岸……

她清楚自己并不是海洋，自己就是自己，这就是一块性情和感性的集散地，期望储藏所有的美好，驱散一切不幸和荫翳，把所有的欢乐传输给身边及需要的人。海水何不如此，海面波涛汹涌，波澜滔天，海底平静似水；表面风平浪静，平坦如水，海底却波澜汹涌，暗流翻滚。大海无法主宰自己，但人类要让其释放出有益的能量和光辉。她想如果一个人在备受恩惠和呵护、受到关爱的时候，应该表现一种啥样的状态？复杂多变的人生旅途，不管遭遇什么委屈与恩怨、坎坷与艰辛，依然要怀有善意，甚至以德报怨。平静的面孔下应该裹藏着善良、朴实和高贵的生命内核，这个世界才会真诚美丽，才值得守望和留念……

"怎么坐在这里发愣，你怎么不出去看看傍晚的海景？"张旭进来了，他似乎看到了钟丽丽的不开心。

"没什么，我在想着污染的事。"她无意间碰了一下眼角。整整一天，她怕影响张旭工作，从来都不去主动打扰张旭，他是这支舰船的领导，怕过于靠近影响不好。

"退潮了，大海像换了一种颜色。"张旭分明看到她的动作，转移视线说。近一个时期，他察觉到他的恋人钟丽丽始终是一种郁郁的神态，特别一谈到大海呀、战争呀、灾难呀之类的话题就莫名其妙地生出一种伤感。原来他以为她是一个纤弱善感的女子，但在与他交往的过程中，她表现出的阳光、坦率、真诚，甚至有点大胆泼辣的一面连他都不敢相信，可就是一触及人类和生活的话题，立刻换一种心绪。

"海洋永远就是一副新面孔，与它直接交流默契的人不多，说变就变，很难把握。所有人对它都很陌生，当然也包括你们这些大海之子——太阳使者，更包括我们这些琢磨它的人。"

她出口就是一种哲思口吻，她的视野并非他想象的那种偏激，而非常人都能够理解。

"你说得对，我还得拜你为师哩！"他笑着说，露出漂亮的牙齿。

"少贫，忙你的事去吧！"她说。

"我忙完了，上午为了确保你们的安全，我们要按照材料反映的海区研究路线，确定方位和准确位置，加快巡查时间。现在我没有事了，就专门陪你看海了。走吧，我带你去看海，你看看傍晚的海洋要演哪一出戏？"他拉着她就往船舱外走。

舰船的甲板上聚集了许多人，有钟丽丽的同事，也有执行观察任务的海军战士，他们正在吵嚷着、议论着、赞叹着大海的壮美。黄昏的海面壮观极了，仿佛镀金的银白色海浪一个紧接着一个向远方奔涌着，浪花如调皮的孩子一样跳跃着。大家看了，情不自禁地发出了一阵"哇哇"的惊叹声！

太阳西落了，云雾散去，天蓝海静，大海又露出了一张新面孔，忽然变成了金色的练兵广场。无数的海浪并排站立，金戈铁马，兵戟刀剑，宛若即将出征的将士，只待一声令下，挥戈冲向目标和远方……

"你瞧，到了！"这时有人喊叫一声。前方静静地躺着大片玉屑似的沙滩，碧绿的海水轻轻地拍打着沙石，像是对游子归来表示欢迎，又如对远行亲人亲切地问安……"祖国的江山如此美丽，海洋真是祖国画廊中的美丽一景！"钟丽丽发自内心地赞誉了一句，引得大家凝神注视。这位海洋污染防治专家姣好的容貌下藏着多少深刻的生命内涵呢……在即将靠岸的时刻，忽然舰船右侧传来杳渺的喊叫声："救命啊！"所有人都被这突如其来的喊叫声惊呆了……

第三十一章

在治疗期间，钟万昌得知当年抗战时期他在敌占区侦察时救下的那位险些被日军糟蹋的中年妇女就是小战士母亲，心中难以平静。他十分庆幸当年的做法挽救了无辜善良的生命，又痛恨侵略战争带来的人为灾难。谁都不可能救下所有的遇险者，但又有多少善良的百姓受难，或者死于这样的战争呢？他常常为此整夜失眠，他对战争又增加了一层痛恨，唯一能解恨的方式就是付诸行动，他要返回抗美援朝战场。

这时钟万昌收到老家的一封信，信是退役回家的伙伴加战友腾林格尔写的，说家乡闹"土改"，他家里分了地，这让他正好有条件讨了老婆，还生了一双儿女，特别是那个白白胖胖的小子，让他天天乐得合不拢嘴。这封信勾起了他的思乡情绪，他时常想起北方的大草原，想起大草原的一切……经过前思后想，在脑海里反复斗争，他深切感觉到人活在世上，还是要以大义为重。这方土地大舞台上造就的那些英雄们，哪一个不是把国家民族沉甸甸地放在心中，而后才可为家的？他还是当好军人吧！思前想后，他希望尽快康复，返回前线。那个他救过的小战士没枉费他当年的用心，早已回到战场了，好男儿就要志在四方。

小林每天跑前跑后地照顾着钟万昌，几乎一刻不离。她是一个善良的女孩，白皙清秀，皓齿明目，齐耳的短发干净利落，两个甜甜的酒窝储藏着青春和阳光的信息，红润的嘴唇写满了天使的职业，没有开口，那儿已发出友善的笑意。她从不多语，而是尽职地完成着自己的工作。

"林护士，我自己想出去转转，你放心，我会当心的，你休息吧！"钟万昌想到街上呼吸点新鲜空气，在医院里有点发闷，便对她说。

"那可不行，耿主任有交代，我得处处跟着你。你是特级战斗英雄，享受特殊护理待遇。"她说得有板有眼。

钟万昌心里气得哼哼的，嘴里却说："林护士，我又不是小孩子，不会有问题，出事我自己负责，不然我给你写个条子。"他简直要疯了。

"我才不要你的什么条子，出事了条子又不能说话！"她愣愣地看着他，眼睛睁得像圆圈，里面涂抹着黑白得当的色彩，让人看到，对她说不出个"不"字。

钟万昌实在没法，走到医院大门口，又跟她回到了天天散步晒太阳的那块草坪。

"我哪是什么战斗英雄，我简直是个囚犯。"他边走边自言自语。

他回头看看林护士，她停下来与他对视。

"我是哪辈子欠了医院的债，今生要还你们。"他声音号啕一般。

"英雄一般没有机会出现在医院里，尤其是特级战斗英雄，很多都躺在地下了，我父亲就是。"她说得十分平静。

沉默。钟万昌看着她，好像一个世纪没有讲话。林护士眼角分明挂着两滴泪，仿佛两颗晶莹剔透的珍珠。他这时才知道讲错了话。

"对不起，我不该这样对你，惹你伤心了。我不是故意的，我真不知道你的家事和父亲的遭遇。对不起！"他后悔地又说了声"对不起"，希望平复她悲伤的心情。

"没什么，只要你能健康，我十分快乐，像你这种情况，能够在这儿享受宁静与轻松实属不易。"她的情绪转入正常。

"那是那是，所以我要珍惜！"他内心涌入一丝内疚。

林护士慢慢走近钟万昌，眼睛直直地看着他，说道："我们都长在红旗下，祖国给了我们这么好的生活环境，所以我们要珍惜。"她说得很严肃，钟万昌觉得她的话有点像指导员给他们在动员会上的讲话。

旁边一棵高大的榕树上有两只鸟儿鸣叫着，好像在述说着它们自己才懂的心里话。小林抬头看了一眼，接着说："我非常敬佩你是一名英雄，为了祖国和人民的和平事业浴血奋战，身负重伤，幸好能够活下来，这是多大的造化啊！"她的眼睛再次湿润了，她抹了一下眼角又说，"我在国内护校学习时，我们整个寝室的学员都是烈士后代。有一名同学的父母在战场上双双牺牲，她变成了孤儿。我们在一起谈到人生、理想、父母亲情和家人团聚这些话题时，该多么伤心啊！每逢过年过节，很多人在享受天伦之乐，而我们这些烈士的后代却在隐忍着失去亲人的痛苦，那可是血肉分离啊！岂不知人生的主弦一旦断裂，其他的生活内容还有什么意义？但人总得要活着，路总是要走下去的。"她的泪水汹涌而下。

"我……"林护士摆摆手，阻止了他的讲话。

她并不擦拭泪水，继续说："我知道医院是个枯燥、无聊，弥漫着低落和愁绪，甚至痛苦呻吟的地方，不像外面的世界……但毕竟你是一位病人，要先把伤治好，让身体强壮起来，才能养足精力去杀那些世间的魑魅魍魉、邪恶强盗……让他们承受惨重代价，从而彻底让他们知道在安宁的地球上、美好的人世间，没有他们生存的地方。"她的泪水如溪流般漫过她的脸颊，濡湿了她的白色天使服……

钟万昌第一次专注地静静地看着她，本来漫不经心的心态变得凝重。他没有想到眼前这个比自己小不了几岁的护士的思想竟这般深刻，她对人生的态度绝对是他无法相比的，心中瞬间升起一种敬慕。

"我不知道你的心里藏着那么多事，更不知道你的家庭情况，所以说话伤了你的心，请你原谅我。我也没有恶意，只是想快点返回前线……所以，心里憋屈得发慌，就说了不该说的话。真的对不起！"钟万昌诚恳地向她道歉。两只鸟儿朝着两个方向飞走了，钟万昌目送着其中的一只鸟慢慢飞向远处……

林护士看着他，目光柔和温暖，然后摇摇头说："没什么，你并没说什么，我只是期盼着所有人都过上平安幸福的生活，不要只想着打仗、打仗，听着多揪心！不过，我知道你也许是没办法，也许想追随自己的梦想吧。"

"不完全是，我也可以选择复员回家、耕田种地、娶妻生子，但我作为军人，只要国家有难，只要国家需要，只要这世界上有侵略，为了正义，我这七尺男儿就要义无反顾地站出来。或许我不该说，你也比我小不了几岁，我斗胆猜测，当年令尊大人恐怕也是因这个想法才走上战场的。"钟万昌这时只能一吐为快，不然眼前这位美女护士真的认为他脑子有病，为什么非要放弃休养治疗的机会，伸头钻进炮火纷飞的战场，不是找死吗？

"我父亲就是……"林护士突然听到有人提到"父亲"这个字眼，心里"咯噔"一下，但既然有人讲到父亲，她就要把事情说明白，"我父亲是在淮海战役中长眠地下的，他也曾是一位战斗英雄，当然他比你大得多。但他打仗非常勇敢，多次立功受奖。可最后那场战役实在惨烈，双方都有大量伤亡，他终于没能挺过去。可他倒下时很悲壮，身体笔直地朝着前方。很多年了，我一想到这事，心里就如刀割一般。现在回想，如果我父亲能像你一样，在这里养伤休息该是多么大的幸运啊！可我永远只能是做梦了。"林护士心绪又低落下来。

钟万昌心想不能再聊下去了，这会让双方都伤心，特别是眼前这位林护士，她容易因战争话题产生心酸情绪。

"我们回去吧！天也不早了。"钟万昌看看头顶高悬的太阳，知道正午到了，他们还要去食堂打饭，主动催促林护士。

"走吧！"林护士伸手就来拉钟万昌的手。钟万昌本想收回，迟疑了一下，心想她是一名护士，搀扶自己的病员属理所当然，就把手径直交给了林护士。两人一起向那边院部食堂走去。突然身后有人大喊："钟万昌，住院部耿主任有急事找你。"两人停下脚步，互相凝视了一下。钟万昌脸上忽然起了精神，林护士脸色却陡然暗淡下来……

第三十二章

钟威和警卫参谋徐斌在随同领导出访非洲时，突然遇到两个十几岁的流浪男孩打起架来。这马上引起了中国代表团更加高度的警惕，遇到这种情况首先是害怕引起混乱，造成其他意想不到的后果；其次是害怕图谋不轨者利用这种事情作烟幕，趁机袭击和谋害他们心中的暗杀目标。钟威建议代表团暂时取消下一个活动计划，回驻地休息。同时，徐斌采取内紧外松的方式，重点部署了对代表团首长的警卫力量，安排人员抓紧调查打架事件，认真摸排情况，查清事实真相。

由于国际时局的变化，边界争端频发，矛盾冲突迭起……一些国家反政府力量和非法武装分子，会肆意制造各种恐怖或谋杀事件。多国都曾出现此类事件，特别是在政治暗流频频涌动、刺杀事件多次发生的特殊地区，钟威他们不得不引起重视。

工作人员在维和警察和当地临时保卫部门的配合下，迅速摸清事实。那两个打架的非洲少年都是孤儿，四处流浪，刚刚因为争抢食物发生争斗，一个男孩用刀把另一个孩子捅成重伤，伤者被送到医院抢救。这就是一起伤害案件，不带有任何政治色彩，也不是有意策划的阴谋。钟威和徐斌他们都松了口气，跟代表团汇报后，领导决定恢复下面原定的各项活动议程。具体活动如下：

第一，代表团首长出席与该国领导洽谈资助项目的签字活动。

第二，代表团全体成员参加在当地一运动场馆举行的现场捐助仪式。

第三，走访慰问当地一家敬老院，代表团任何成员可以私人名义探望和捐款。

第四，走访和慰问当地两家孤儿院，代表团任何成员可以私人名义结对帮扶和支持。

第五，代表团全体成员在本国使馆领导和当地官员的陪同下参观一家慈善机构，做好资料收集和保存工作，以便为开展抚恤、救助和帮扶工作提供参考。

之后的几天时间里，在代表团全体工作人员的齐心协力下，各项工作非常顺利。在非洲的茂密植被下，在低矮结实的简易房内，在平坦的柏油路上，到处铺满鲜花和绿色，洋溢着掌声和笑声……代表团虽在异国他乡，不远万里，一样享受着归家的温馨和温暖。可在最后一天里，代表团离开时又发生了一件谁都意想不到的事情。

代表团完成各项出访使命就要回国了，大家的心情既兴奋，又沉重。祖国就在远方，十多个小时后，大家很快就要回到祖国的怀抱。不过这次出访大家虽然按照事先安排，对出访国家某些地区进行真诚援助，真正表达了中国人民的深厚友谊和爱心，但那些弱势和穷困者的生存状态和情形毕竟在钟威他们心里留下了失落和伤感。他们都深切知道，地球上的人类群体还需要互相帮助，共同努力，尽力打造一个美好安宁的幸福家园……世间的贫困和灾难不需要永久留存。

"这次出来感觉怎么样？"钟威和徐参谋坐在同一辆赶赴机场的黑色轿车上，窗外稀疏的棕榈和低矮的植被急速向后甩去，参谋轻声问身边的钟威道。

"唉，以往我真不知道世界上有那么多的人受苦遭难，天下的善良者责任不轻哟！"钟威眼睛注视着前方首长一行乘坐的车子，一脸闷闷不乐。

"我就知道你这两天情绪不对，我看到你吃东西不像在家时那么香。这几天接触的人和事，肯定会让你心情低落，多愁善感的人一般都是这样。"徐斌说着话，眼睛却警惕地直盯着前方不远处的一辆车。

太阳由正午对沙漠的喷射，渐渐变成了对万物的抚摸，很快夜幕就要笼罩这个世界。钟威和徐参谋心中这时都有一个想法，为了安全，车队得尽快赶到机场。他们一旦登机，一切万事大吉，就等着飞入祖国的怀抱了。

"天底下的太阳照着世界的每一个角落，但每一个人的生活境遇却完全不同。"心里想着安全问题的钟威，却说着与工作使命不同的话题。当然这是由他们的工作决定的，安全保卫必须内紧外松。

"咯噔"一下，车子猛然停了。"快！下车，前面发生了什么事情？"警卫参谋徐斌说着，飞身下了车。除了司机，其他人也都跟着下了车。这才发现前面的车突然都停了。

"有人拦车！"徐斌又说了一句。大家看到前方距车队两百多米远的地方，路两边密密麻麻跪着很多人，眼睛都朝着车队的方向。半道拦车，乃保卫工作之大忌，情势和气氛顿时紧张起来。这时已经有当地负责同志率护卫队员和我方警卫人员前往探听究竟。有人来叫徐参谋。徐参谋对首长和车队警卫工作作了简单安排后，也一起去了人群跪着的地方。

当地负责安全工作的人用当地语言和静坐拦车的人进行了沟通。负责同志很快回话了，说："中国人善良、重情义、极富有同情心，我们非常感谢中国代表团成员对我们的关心和帮助。我们没有礼物，就以跪谢的方式为中国人送行，并盼望有机会再来这里。我们一旦生活好转，就用最好的咖啡和奶茶招待。"原来如此，警报解除。当地负责人转达了我方的诚意，说道："友谊天长地久，即使天涯海角，总会见面。感谢善良的当地居民，中国人民永远是你们忠实的朋友，将一如既往地坚守感情，不断地支持你们……"

当地跪送代表团的居民，慢慢疏散离开了。车队继续前行，车内所有代表团人员心情松弛，如坐春风……

两小时后，一架银鹰穿云叶雾，飞翔在大西洋的上空，它载着中国人民的友谊使团和爱心成果向着东北方一路放歌……

机舱内，钟威和徐斌都在为刚刚的场面议论纷纷。

"你看出来没有？天下的友谊都是相同的，没有国界的，非洲也是一样，他们的人民真诚和善良，对别人的关心有恩必报，这次出访的意义重大而深远。我们不虚此行。"钟威心情变得异常激动。

"那是，你回国之后，不要领导布置，你已经拟好腹稿了。心中有情，水到渠成啊！"徐斌调侃着。

"你不一样，看回家你怎么跟家人交代？你把家人给你的购物款都捐了，回家编'小说'去吧，说不圆就兜着走吧！我替你担心。"钟威说话时白了他一眼道。

"老大别说老二，你也好不到哪儿去。你身上难找出几个子儿。"徐斌当即如牤牛抵牯牛。

"我可不一样，我本身带的钱少，也没有带任务来，回家一身轻，你可就暴风雪即将来临了。"钟威不依不饶道。

"哎，你别说，怪不得特蕾莎修女故去时，印度下半旗志哀，说明人们对善心和大爱都是怀有敬意啊！对不对，善心大使同志？"徐斌瞅着舷窗外一块大浮云散去后，回头对钟威说。

"那倒是，听说特蕾莎修女被美国人民投票选为二十世纪最受尊敬人物榜单之首。她生命的理念就是人活着就要爱，后来有人为她著一本书也叫《活着就是爱》。"钟威的思绪追随着舷窗周围的云彩，透过万顷云海，飘到了自己的故乡，飘向了自己的父亲。父亲只是一个极普通的人，但他的所作所为，简直让人不可思议，他一生所追求的，正如旷世稀有的爱神特蕾莎所做的那样，尽管父亲没有她那样的大成就，但他一直在尽心尽力地做好事。人到底如何做事才能真正达到人生的至高境界？他眼睛盯着流云碧海，脑海里翻涌着家乡父亲母亲和孩子们欢聚一堂的情形……

"肯定又在想你的父亲母亲，我听你说过，他们身上有着特蕾莎爱神的影子，只是服务的场所和范围不同，却都是在为当地的生活需要者服务。"徐斌平静地对陷入沉思的钟威说。

"不仅如此，实际上我父亲和母亲的爱心与特蕾莎修女的爱心如出一辙，他们生活的国度不同，所释放的能量和放射的幅度不同，都是为遭受苦难的人活着，把一切都献给了穷人、病人、孤儿、孤独者、弱势群体。特蕾莎的救助理念更加广阔，包括那些无家可归者和垂死临终者，也在她的服务范围。"钟威的眼神和思绪收回舱内，默默地补充着徐斌的阐述。

"特蕾莎修女以博爱的精神，默默地关注着贫穷的人，使他们感受到尊重、关怀和爱。她没有高深的哲理，只用诚恳、服务和饱含爱的养分的行动，来医治堵截和消除人类疾患的源头：自私、贪婪、享受、冷漠、残暴、剥削等恶行；也为通往社会正义和世界和平，开辟了一条新的道路。而你的父母使用常人的善心和自身能力化解身边人的困境和痛苦。他们散发的都是同样的人性光辉。"徐斌说。他知道他对面的这位朋友此刻满心思都是善呀、爱呀、帮助呀、救助呀……全是从父母那儿学来的。

"你可知道，特蕾莎所做的第一件事就源于一个孩子。有一天，一个说孟加拉语的小孩，向特蕾莎修女要东西吃，而特蕾莎却看到这个孩子只有一条腿，另一条腿的断肢处依然在流血。特蕾莎修女准备取药给他包扎，小孩却说他想要吃东西，边说边做出吃东西的样子。此时她身上只有五个卢比，于是很抱歉地对小孩说：'我是个穷修女，我只能替你包扎伤口。'正准备帮他涂药的时候，小孩突然抓过药品，叫着'这个给我'，便挂着拐杖向贫民窟走去。特蕾莎修女紧跟着小孩想了解究竟，她跑进一个漆黑一片的小窝棚，她在里面隐约看见木板上躺着一个妇女，在她身边还有一个婴儿和一个约五岁的女孩。三个人骨瘦如柴，目光呆滞，非常虚弱。她用孟加拉语与他们交谈，知道了一条腿的小孩叫巴布，刚好八岁。妇女是他的母亲，患有结核病。窝棚里的另外两个小孩是他的弟弟妹妹。特蕾莎修女只能把她所带的维生素药丸给他们，那妇人十分感激，向她行合掌礼，并说：'这里边还有生着病的老妇人，也请你看看她。'特蕾莎修女听到这句话，内心受到很大的震动：为什么她会有那么大的善心？自己患病，还关心着别人！那一天，特蕾莎修女连续看望了许多家庭，独腿的巴布和一些小孩一直好奇地跟随着她。巴布还请求特蕾莎修女第二天再来。白天的经历让特蕾莎修女难以入睡，这些可怜的孩子们不但没有饭吃，没有衣穿，甚至连自己的名字也不会写，不会数最简单的数字，将来长大了怎么办？要从根本上解救这些孩子，莫过于让他们掌握知识！于是，在贫民区里办一所露天学校的想法，在特蕾莎修女的头脑中成熟了。第二天，在一棵大树下面的空地上，特蕾莎修女宣布那里就是教室，地面就是黑板，愿意念书的就坐下来。经过她的耐心说服，巴布首先坐了下来，接着又坐下了四个孩子。特蕾莎修女饶有趣味地讲课，渐渐地吸引了他们，其他的孩子也慢慢地走近了大树。等到第二天特蕾莎修女再次来到大树下的时候，发现这里已经用破布、木板等物搭起了一座帐篷，坐在里面的小孩也比昨天多得多。巴布告诉她说，这个棚子是大家帮着盖的，他把朋友都找来上课了。就在这简陋的'教室'里，特蕾莎修女除了教孩子们一些简单的读读写写之外，还教他们卫生常识，比如刷牙、洗脸、洗澡等。她还亲自带孩子们到井边，一个个教他们如何洗澡。贫民窟的妇女们将这些看在眼里，记在心里，很快地，她们也仿效特蕾莎的做法，替自己的孩子洗澡了。特蕾莎修女在贫民窟办露天学校的事很快就传开了。一个星期后，来听课的孩子达到了一百多人，后来又增加到了五百多人。她还摒弃世俗的偏见，为艾滋病、麻风病等群体寻找救治途径和护理……让孤苦的濒死者在修女们的爱抚中得到临终的关怀，让他们心灵的病痛大大减弱。特蕾莎从少年立志到弥留之际，几十年如一日奔波操劳，身患重病时依然毫不停歇，只是为了世界上最底层、最悲惨的穷苦人们……这就是特蕾莎的故事，她的故事很多很多，三天都讲不完。"钟威满足地看着徐斌。

徐斌也傻傻地看着他，知道他从小受其父亲的影响太深，不管到哪儿，首先考虑的是困难群体和需要帮助的人，仿佛天下有一个人吃不上饭，他都难过。岂不知天下像他和他父亲这样的人太少了，不可能马上改变眼前的一切。而天下需要帮助的人那么多，他这样长期下去肯定要得忧郁症的。"所有世俗的浮躁和徒有虚表的繁华并不都能给街头的乞丐和流浪的孤儿带来什么，但是特蕾莎、你的父母亲以及天下所有的仁爱者会给千千万万的苦难者带来温暖，也带来做人的尊严！相比之下，在我们的城市里、乡村中，在地球上任何一个地方生活的人类庞大群体中，有些人是羞愧的，甚至有罪的。因为他们除了顾忌自己的舒适和利益，根本没有想到过那些需要帮助的人。"徐斌这时只有迎合他的心情，不然他会更加提不起精神的。

钟威默默听着徐斌的话，思考了片刻，觉得饱含哲理，赞同地点点头。他的心思还在掂量着，所有的善举都因爱而生，可这份爱又来自哪里，为何会迸发如此巨大的力量？他的思绪追随着银鹰又飘入了巨大的苍穹云海……

第三十三章

　　中朝友谊医院的榕树上和房屋的瓦楞上都压满了积雪，几乎所有的屋檐下都坠满了晶莹稠密的冰凌，宛若一支支尖利无比的刀剑，向人间展示着自然的威力。那两只飞散的鸟儿再也没回来，它们不具备人类的勇气和坚强，无法抵御季节的寒冷，可能寻找各自的舒适窝巢去了吧。而作为一个时刻准备为祖国战斗和捐躯的军人，钟万昌认为自己绝不能畏惧困难，贪图安逸。夜幕就要降临，他站在病房前，瞅着依旧满天旋舞的雪花，心里想着匍匐在寒冷大地上的战友们，心潮开始躁热起来。

　　院部根据部队和钟万昌申请要求，并综合钟万昌的病情和恢复状况，决定再次同意他回到部队，归队的时间是第三个疗程结束，也就是明天，从现在开始真正进入了倒计时。不过，今晚临走之前，他的跟班护士林春霞要和他到经常散步的那棵大榕树旁的小亭子里再见一面。上午，当他把他要返回部队的消息告诉她时，她足足有两分钟没讲话，这两分钟对钟万昌来说仿佛一个世纪。平素，她不停地询问钟万昌热呀冷呀，用她随身带的温度计和血压仪不厌其烦地"追踪扫描"，好像稍不留神，钟万昌就会失踪。钟万昌心里烦透了医院给他安了一个尾巴。自从上次谈话之后，钟万昌知道她的家事，也领略到了她内心世界的阳光，这是一名纯净善良的女孩。当她知道钟万昌真的要离开时，确实心口立刻压上了一块巨大的石头，死死封堵了她的喉咙和嘴巴，使她不能喘息，也不能说话。

　　"怎么啦？没有事吧！"钟万昌着急地问。

　　"没事。"她微微摇了摇头，艰难地从口中吐出了两个字，钟万昌感到她的声音像一朵雪花从耳边飘落一般。

"我非常感谢这一段日子里你对我悉心的照顾。"钟万昌说。

"你什么都不要说了，我们回病房吧！雪又下大了，你该回去吃药了，等傍晚雪停了来散步时再说。"她长长的睫毛上跳跃着晶莹的泪花，与飞来的雪花碰撞后，迅速化成了一片水汪……可这该死的大雪一直没停，反而越下越大了，他和马上要带他散步的林护士怎么能出得去呢？

"咱们走吧！"林护士的声音忽然从后面飘来，不知道什么时候她打完开水已来到他面前。

"雪这么大怎么走？"钟万昌惊奇地问。

"还能有前方战场上的炮火硝烟大？亏你还是个特级战斗英雄。"钟万昌感觉到她的话语中带有挖苦的意思，像一股寒意侵蚀着他的全身。他打了一个寒噤，脚下不自觉地跟着她走向榕树和小亭子。

偌大的雪和寒冷包围着大地，包围着医院，也包围着他们。天寒地冻，雪花如锦，人们早早进入了房间和被窝，医院安静得只有雪落的声音。

"你冷吧，我给你焐焐手吧，让我最后一次照顾你！"她上去拉住了他的手。

他有点拘谨，甚至紧张，但没有拒绝。他知道她的心思，这个善良尽职的护士、单纯温柔的女孩近一个时期为他投入了全部心思。

她感到了他的颤抖。"你是战斗英雄，怎么会这副身板，我又不吃你。"她给他打气。她自己也不知道从何时起，怎么会喜欢上身边这位只想着打仗却不食人间烟火，甚至有点傻帽儿的大兵。

"林……护士，我知道……你善良、热情，对人好，对我……更好，我一……辈子都忘不掉你对我的照顾。"他的嘴突然打起了磕巴，嘴里变得干涩，舌头大得撑满口腔。他奇怪自己怎么会结巴，夜晚虽冷，不至于弄到这步田地。他的手被攥在林护士的手里，她的身体被他震得微微颤动。

"我知道我攀不起你，你将来可能会被提拔，随时被重用，将来当军官，平步青云，而我只是一名小护士，一辈子拴在青瓦白房里，伺候别人，又脏又累，没有出息……"她的声音苦涩，鼻子发出"嗤嗤"的声音，明显是哭着说的。

"你不要这么说，我不是你想的那种人，我主要是因为想去打仗，战争还没结束，作为军人，不能临阵脱逃。"钟万昌感到林护士的手有点凉，就把自己的另一只手放在了她的手的外面，两双手紧紧握在了一起。

雪还在下着，寒意加倍地从天而降，好像要把这个世界封冻起来。

忽然林护士的手松开，绕过钟万昌的病号棉衣，搂在了他的腰上。

钟万昌又打了寒噤。他的手自从林护士的手移走后，一直僵硬在那里，如同木偶的双臂。林护士的手却还环抱着钟万昌，想把她的头深埋在钟万昌的胸怀里，然后慢慢地向上移动，一步步摩挲靠近他的下巴和脸颊……钟万昌歪头躲闪了一下。这一动作犹如快速行驶的汽车，双轮紧急受到了羁绊后突然停止。林护士明显感到了这一点，沉迷的状态一下子变清醒，从钟万昌的怀抱里挣脱出来。"我们回去吧，明天你可以安心走了。"她干脆洒脱的举止让钟万昌不可思议。这真是一名敢说敢做、拿得起放得下的女孩，像平时做事一样，总是利利索索的，从不拖泥带水，包括人世间难以摆脱的感情。

心中愧疚的钟万昌还站在那儿，他知道自己伤了她的心。可世事纷杂，他要做的事太多，如此沉湎于儿女情长，他又怎能完成一个血性男儿的心中梦想呢？他内心又理直气壮起来。跟着她离开了小亭子和榕树……

钟万昌回到了自己的连队，回到了自己的那个战斗班。他后来听说自己负伤住院后，副班长接替他的职务，那名人称大小孩的小战士因为战斗英勇、多次救人，被调到团部去了。他们的班在他的影响下，多次立功并受到表彰……他听到这些消息，兴奋地流下眼泪。在这火热的年代，多少火热的儿女，奉献着火热的青春，谱写了火热的英雄凯歌……他没有理由不为祖国的安宁和人民幸福而拼搏战斗。

接下来就是一场令他亢奋的战役。相对上甘岭，这场战役更加猛烈，更加悲惨，也更加血腥。参战双方是中国人民志愿军和朝鲜人民军对阵以美军与韩军为主组成的联合国军。高地在一次次冲锋后随时交换着权属，也随着一次次冲锋，倒下一批批血肉躯体。高地被炮弹削成了秃岭，植被全部烧光，天空弥漫着黑烟，战场散发着焦烟气味，也包括被烧焦的尸体味……钟万昌他们隐蔽的坑道里被炸得一直在掉土，没有任何光亮，空气混浊。毒气、凝固汽油弹、火焰喷射器、炸药包……敌人什么武器都用上了。坑道里大小便不能及时处理，烈士的遗体不能及时掩埋，混合的气味刺鼻难忍，让人窒息。坑道里最缺的是水，军用水壶里只要灌水，很快会结冰，没水的时候甚至喝尿。钟万昌滚打在这样的环境里，他为战友发愁，也为自己发愁。自从上次大战开始就一直琢磨这个问题，眼下又到了战斗间隙，他脑海里依然悬挂着这个大问号。旁边的一个战友又饿又渴，谁知他能活多长时间？他不能再看下去，把眼光转向别处，眼泪悄悄地渗入心里。远方的大草原多么辽阔，多么神秘，多么沉静，多么美丽……要不是那场灾情，或许他还在家乡的草原上骑着马，追随着肥壮的羊群，猎寻着奔跑的麋鹿和野兔，采撷着低垂的花朵，弹奏着动人的马头琴……可现在他正忍受着寒冷与饥饿，与战友一道用生命去反击敌人。当悲凉袭进他心头的一刹那，他忽然想到了祖国，想到了安居乐业的人民，想到了死去的战友，再瞅一下眼前的这位战士，所有不良的情绪、想法顿时全被击退了。他为眼前的境遇犯愁，怎么能解决这些情况呢？很长时间了，他一直在思考。"有了！"他脑海里闪过一个念头。当他看着一名战友拿着早已结冰的水壶在这位生命垂危的战士嘴边摇晃时，他似乎脑门前的窗帘打开了。作为一名军人、一名老兵、一名班长，他心里不能只想着自己，眼下战斗还在继续，双方都在坚持，死亡随时发生，他能力微小，但尽量要让更多的战友摆脱困境，走出死亡。

他哼起了小时候草原上经常唱的歌，顿时战壕里充满了生气。

这场战斗结束不久，钟万昌被调入团部宣传队工作。他有了机会向上级建议解决喝水的困难。于是，前线的战士的水壶里又装进了一种新的液体。像一种新的血液，战壕里的战士们脸颊染上了红色。当然这种液体就是乙醇加工的生活奢侈品，现在走进冰天雪地、硝烟弥漫的战场。它只有一个优点，不会结冰凝固。但对于战士，喝多了影响打仗，稍微喝一些能解点渴；往往他们早上喝一点，一投入战斗，就忘记了，到晚上才想起来再喝一点。很快部队战士中流传出诙谐的口头禅了："多喝点，少喝点，多少喝一点；早喝点，晚喝点，早晚喝一点。"但这解决了多数的战壕长时间坚守喝尿解渴的难题。

从上到下很多人都认为这个主意不错，大有该记功嘉奖之意，但很多人并不知道这是一名普通志愿军班长的创意。只要为别人做一点事情，即使人不知道，钟万昌也感到莫大满足和欣慰。

团部宣传队里有从各部队抽来的战士，他们大多数都具备才艺方面的一技之长；也有从朝鲜军民中选调的艺术人才。因为他们演出面对的是中朝军民，这样演出时沟通方便，遇到问题也好协商。这样他便和一帮吹拉弹唱的人裹着乐器和音符，昼夜辗转于硝烟弥漫的朝鲜战场上。

在遥远的北方谢尔塔拉，正和全国一样进行着如火如荼的"土改"运动，腾林格尔家和很多农民都分到了土地。当然，钟万昌一家也不例外。通过"土改"，彻底废除了旧的土地制度，彻底改变了农村的生产关系。广大牧民成了土地的主人，在政治上、经济上都翻了身，这在一定程度上也支持和鼓舞了前方的将士们。

腾林格尔乐此不疲地忙碌奔波于家庭和田野之间，后面带着一个又白又胖的乖小子。儿子已经五岁了，他成了腾林格尔的影子。无论将儿子抱在怀里，还是跟在儿子后面，反正对儿子，他有求必应。

"你就会惯他，将来长大了可不得了！"老婆不时地怪他。老婆是邻屯的一个牧主女儿，人长得厚道善良，不算太漂亮，但却有副干活的好身板。她是村上人介绍的，对腾林格尔满心喜欢。儿子出生后，两口子把心思转换到了心肝宝贝身上。但她有时看到丈夫对儿子溺爱，心里老会埋怨。

"我的儿子我知道，疼他不等于惯养他。我要让他理解，他是上帝赐给我的礼物，就是让我享受这份快乐的。但一旦他长大了，我要培养他，教他文化，教他美德，教他本领，教他要为穷人做事、为国家效力，成为有用的人。我的爱他能得到，我的严厉有一天他也会品尝。你放心吧，老婆！"他朝妻子挤了一下眼。

老婆似懂非懂，但她知道这是个正理，听着入耳，心想当几天兵，能说出来文采了，便说："你就臭美吧！"

"现在日子都好过了，很多村民都分到了土地，分到了草地，分到了牛羊。我们要感谢共产党，感谢毛主席，要珍惜这来之不易的生活。我是一名退伍军人，什么事要多带头。我们富了，要多为其他村民做事。"腾林格尔跟妻子谈谈他的心里话。

"这方面你当家，你做的事我不拦，不管是给你战友钟万昌家，还是亮子家，你给他们做事，我一句话也没说过呀！"她看着丈夫说。

腾林格尔默默点着头，她知道自己的老婆是个厚道人，从不阻拦自己为别人家做事，哪怕扔下自己的家务农活。"老婆你的确是好样的，我隐约听到有人夸我找了个好媳妇。这种贤惠和德行是村里一般妇人难以做到的。"他很欣慰自己找到了一个好老婆。

"这有什么？人就要多想着别人，别人遭难时帮人一碗，远胜于人家好过时给人一瓢。话说回来，谁都会有犯难的时候。"她说得很有道理，完全符合一个草原女子的朴实和质地。

"我真是生在福窝里了，早年遭了些罪，没有苦中苦，何来甜中甜？上天让我娶了你，明显是补偿我的。"他走到正在擀面的老婆身边，亲了她一口。

"去！没正形，儿子在看着呢。"她歪头看了一下正在玩模型马的儿子，儿子抬头看了一下，然后继续把马放在地上玩他的，嘴里"嘚儿，驾，驾……"地喊着。

"哎！老婆，不是我多管闲事，我退伍时钟万昌就有交代，让我回来碰到亮子和他家的事要多上心，这不才多忙乎了一点外面的事。你也看到了，钟万昌的父母都老了，哥哥犯了风湿病，不能干重活。姐姐妹妹各有自己的家，都在忙自家的事。本来齐林达娃能帮帮忙的，现在又不在了。他家中的活我不问一下，谁又来问？"腾林格尔跟老婆说着知心话。

"你说得也是，真没想到西屯子的那个姑娘那么刚烈，真是想不开，说走就走了，父母多伤心，以后家里怎么过呀！"腾林格尔妻子为齐林达娃姑娘悲戚难过，说着，眼泪差一点儿下来了。

"有什么办法呢，当年她对钟万昌用情太深了，以至于不能自拔。如果这次钟万昌能退伍回来，估计他们会幸福结合，花好月圆的。可是一个心情太高，心向远方；一个过于痴情，忠贞不渝。水火相克，苍天弄人！"腾林格尔被老婆说得跟着伤心。

"好了好了，不说了，反正我们俩平时多辛苦点，多干点，也尽点乡亲的责任，跟你的弟兄也好交代。"听着老婆的话，腾林格尔浑身充满了力量，他突然从底下蹿出一股冲动，想跟老婆亲一下，转眼看到儿子眼睛睁得像灯笼，立马打消了念头。"老婆，你讲得真对，以后我退位，听你的，就按你的意思做。我们为了大家多累点，大伙的日子都会慢慢好起来的。"他的老婆会意地笑了，慢慢地点了点头。

三天后，腾林格尔的这个村里发生了一起纠纷，原因是为了土地，双方不是别人，正是钟万昌家与齐林达娃家这两家人。上面分给的土地两家连边，打一个木桩作标记。春天转眼穿越冬季来到人间。春耕时节，牧民们正好耕田播种，齐林达娃的哥哥犁地时多犁钟万昌家的地一点，老大钟万银不满，两家大闹起来。最后，因齐林达娃家人的强势，武力争斗终于爆发。村民后来回忆和推测，这场争斗是齐林达娃家族蓄谋已久的，根子源于钟万昌和齐林达娃的那场感情纠葛。从很早的时候，钟万昌与齐林达娃密切来往之时，两个家族间就共同堆砌了一座火山，迟早要爆发的。不甘忍受失去妹妹齐林达娃的悲苦的哥哥，终于动手开战。双方参与人数之多在这个地方，应该是史无前例，两个家族上下几代人参加了武斗。前来拉架制止的人数之多也令人瞠目结舌。但没有人能够制止得了这场交织着利益和怨恨的冲突。人已有好几位倒在了地上，但火药味越来越重，仗越打越狠，大有无可收拾的地步。就在所有劝架和制止者束手无策的时候，腾林格尔赶到了现场，喊道："都给我住手！"这一声大喝如同从天而降的雷声把所有人都震住了，就连意犹未尽的齐林达娃大哥看看躺在地上痛苦呻吟的钟家老大和两个十几岁侄儿，最后也只好收了手中的扁担，眼神凶巴巴地看着这声音的来处。

"你们都长本事啦，都是乡里乡亲的，就因一犁子地竟然动起武来了，有本事跟敌人打去……跟自己人动粗算什么好汉？"气愤至极的腾林格尔加上刚刚的一路疾跑，脸憋得通红。

"我……"齐林达娃的大哥只讲一个字就打住了。现场的很多人大致知道他想说什么，但没一个讲明的，实际上好多事情也讲不明白。

"你什么你，多大事？过去还有'六尺巷'的故事，你们互相谦让一点又有何妨？"腾林格尔根本不给他解释的机会。

"马上回村里，我当家处理，不听的交由公家处理，我以后再也不问了。你们看行不行？"腾林格尔口吻非常武断。

齐林达娃的大哥把扁担往地上一扔，说道："地的事我由你，但有件事我们得说清楚。"村民猜测他想说什么。

"一码归一码，先把土地的事处理好，过后再讲别的事。"腾林格尔把处理事情的规则先定了来。钟家始终没有人表态，看样子是完全同意这一方法；齐林达娃的大哥本来满腹委屈不愿意，但也无法，咕嘟了几下嘴唇，再也不发声了。腾林格尔觉得时机已经成熟，他要跟随调和，一场干戈终于化解。

钟万昌已重返前线加入了宣传文工团，他的主要任务是配合政治宣传部门在后方组织演出，在当地朝鲜文艺人才的参与下，利用战斗间隙到各个前线阵地作慰问演出团，鼓舞中朝将士斗志。钟万昌还有一项重要任务就是与另外三名战士护送文工团，确保演出成功并保护好演员的安全，偶尔与朝鲜姑娘表演压台节目———一曲民族双人舞。因为美军经常轰炸和扰乱中朝的演出工作，善良厚道的钟万昌跟前跟后，尽职尽责，机警勇敢，临场不乱，深得大家的好评。日子长了，大家管他叫"安全佬""舞蹈王子"。钟万昌的天性和个人素养可是千里挑一的。美好的事物总会引起很多人的追捧和心仪，宛如多彩大地总有阳光照耀，蔚蓝的天空必有彩虹出现，皓洁的明月总有祥云烘托，绚丽的花朵总有蜜蜂追随……钟万昌每到一处，总会有女子爱慕和敬仰。说来也巧，文工团里有一名叫朴慧娴的朝鲜族姑娘，也就是那位与钟万昌跳双人舞的漂亮演员，悄悄暗恋上了钟万昌。钟万昌察觉到了这一点，故敬而远之。再说朴慧娴是一名外国姑娘，和她靠近会是什么样的结果，在他心中结成了一个大大的问号。他平时的言行十分谨慎，生怕稍有不慎，会给自己带来麻烦，也给战友们抹黑，更影响志愿军的整体荣誉。但朴慧娴并不气馁，一有机会，总是主动靠近钟万昌。钟万昌的大度和宽容、仗义和豪气已经深深注入朴慧娴的心田，宛若雨露般滋润着她爱的禾苗。

这一天，敌机又一次号叫着前来轰炸，炸弹如雨点般凌空而降。

"赶快进掩体！男同志掩护女同志先走。"钟万昌临危不惧，果断地指挥着。有些慌乱和紧张的女演员们在一片惊叫声里陆续撤入掩体内。等女演员们全部撤离疏散后，钟万昌要求并掩护其他男演员和战士全部撤离。

"快，剩下的同志都进入掩体，一个不留！"他站在硝烟中紧急呼喊指挥着大家。可就在大家都安全隐蔽，他即将最后一个撤到掩体内的时候，朴慧娴从掩体内再次出来用朝鲜语对着钟万昌大喊道："你快进来，人都走光了，你怎么还留在外面？"整个身体直直地站在掩体外。

"你快进去，危险，你出来干什么？"钟万昌猫着腰对朴慧娴急喊，同时抬头看着高空。这时一颗炸弹落在了掩体外的不远处，距离朴慧娴只有三米多远，情况十分危急。钟万昌习惯地纵身一跃，猛地推倒了朴慧娴，自己顺势趴在了她的身上。"轰"的一声，炸弹爆炸了，等飞机走远，一切归于沉寂后，跑出掩体的同志们一阵风似的喊着他们的名字，被震昏的他们都清醒过来，站起身，掸掸泥土，竟然毫发无损，没事。大家一片惊呼。大家不知这是第几次了，反正钟万昌都是最后一个进入安全地带。有一次很悬乎，钟万昌为救护团里另一名动作迟缓的演员，自己迟进入掩体一步，炸弹在掩体口爆炸了，钟万昌险些被掩口倒塌的土块砸伤……这一切都被朴慧娴看在眼里。她终于忍不住心中的爱恋，向钟万昌表达了心意。

那天，文工团在一个炮兵连队演出结束，钟万昌刚刚吃完饭去一个大水桶里洗碗，朴慧娴慌忙倒去剩下的饭食，快步跑到桶边蹲下，把碗扔在桶里，双手紧紧抓住了钟万昌的双手。钟万昌像触电一样，心里的惊愕不亚于敌机朝他扔下一颗炸弹。钟万昌很快镇定下来，他想越是这个时候，他越是要冷静，决不为个人感情所困扰。他要带着大家把部队的宣传和鼓动工作干好。他把手从朴慧娴紧握的手中用力抽出，快速站起身来，转身走开。朴慧娴还傻傻地蹲在洗漱桶边，眼睛愣着神，倏尔眼泪流满了面颊……

钟万昌过后时时为这件事烦神，内心充满了极大的矛盾。特别是在深夜，他更是辗转反侧，难以入眠。青春的火焰在燃烧着他，退伍战友的幸福在感召着他，人性的欲望在撕咬着他………他想起了朝鲜姑娘朴慧娴。那丰满白皙的面庞，那灵气温和的笑容，那秀美婀娜的舞姿，那多情美丽的眼睛……多么善良贤淑的姑娘啊！如果不是在战场上，他会毫不犹豫地和她坠入爱河，和她牵手，和她结婚，和她生儿育女……共续一段异域爱情佳话。可眼下他却不能。他身在战场，要履行军人职责，要担当保家卫国的责任，这是他懵懂时的初心，人生之初的誓言，他怎能忘记呢？在漆黑的夜里，在无人知晓的破军被中，他默默地握紧拳头：让痛苦和恋情统统见鬼去吧！他必须躲开朴慧娴的爱情之箭。

正是翌日那个灰色的早晨，在静静的湖畔，一个朝鲜姑娘正对着幽蓝的湖水发呆，这就是失落伤心的朴慧娴。她被拒绝后，整晚上都坠入痛苦的深渊。她知道，战争即将结束，钟万昌也会随大部队返回中国，在某种意义上来说，他和她将永远天各一方，很难再见，这对一个情窦初开的姑娘来说，一生将背负多么大的悲凉？她的眼泪一直没干，宛如这静静的湖水，何时能褪去生命的忧伤和凄凉？战争伤害了多少无辜的家庭，摧散多少相依为命的亲人，夺走多少无辜的生命，孕育多少苦涩的爱情，制造多少人间悲剧，又产生多少生死离别的故事啊！伤透的心让她茫然于这个世界，孤独地游走于苍天之下，像湖水里一条自由漂泊、无所归宿的鱼。

如今风景秀丽的雪岳山变成晦暗苍凉的土丘，仿佛死神丢下的巨大头盔；碧波荡漾的豆满江被战争的灰烬所淹没，宛如被魔爪撕烂的伤疤；宁静七彩的江汉平原变得伤痕累累，一副冷冰冰的面孔；葱郁蕴满生机的铁原大森林全部被战火烧光，仿佛一位身着锦罗绣衣的少女蓦然间被撕掉外装，成了一个赤裸裸的乞丐；优雅碧绿的长渊湖变成了一潭死水，宛若谁落下的一滴泪痕……这一处处、一件件的民族瑰宝啊，怎么会这般的凄惨，是谁把这美丽的国家变得满目疮痍、落魄不堪？庆幸的是，面前的这个远离战火的内陆湖泊还留存着一份安闲与清幽。但国家如此凋敝，国民这样飘零，人活着还有什么意义？更何况心中的唯一想念也已随战火飞逝，逃离应该是最好的选择，另一个世界或许没有这让人心烦意乱的苦恼。童年时代多么开心，可以在父母的怀抱里撒娇，可以与邻居家的伙伴自由地玩耍，可以做自己想做的事情……可是那些一去不复返了，人终究要长大的。主要一点是父亲后来不该让自己报考艺术学校，学什么朝鲜舞蹈，不然也不会认识那个跳蒙古族舞蹈的演员、让她情窦初开怦然心动的小伙子，又和他跳双人舞，一步步落到今天这样的结局。自己舞跳得再好，却打动不了人家一个草原男人的心……罢了，罢了，不想这些了，活着真正没有了意义，该走了，再见了！阿爸，阿妈，再见了，亲人们，也包括那个狠心人，来世咱们再相见吧……朴慧娴纵身一跳，融入眼前安静和寂寞的湖水……

第三十四章

大型波音机径直穿越着夜幕，天空万里无云，像海洋一般明净，下面正是浩渺无际的大西洋，东南方还悬挂着一轮无私的月盘。"江天一色无纤尘，皎皎空中孤月轮。"思乡的情绪突然爬上钟飞飞的心头。钟飞飞一想到海洋，看到月亮，就会想家，想到父亲，想到自己的哥哥妹妹。父亲曾不止一次地给他们介绍过海洋，带他们看过大海。他说，大海永远是一个深邃未知的世界，但大海的宽阔、包容和奥妙就足以供人类研究和探索。作为一个人，相比大海，只是沧海一粟。人是渺小的，但在有限的生命岁月里，要效仿大海，去容纳、去进取、去造福……他和兄妹后来对学业和事业的进取正是源于父亲的教诲和勉励。"天无私覆，地无私载，日月无私照。"人活着要学习古人的情怀和境界，要替更多的人考虑……文化水平不高、职位平平的父亲何时滋生了这种以天下为己任的情怀呢？他的眼角有种热乎乎的感觉，眼神迅速从水洗一般蓝晶晶的天空中收回，悄然扫了一下两旁的队友，开始思考上级部署的下一步任务安排。

"头儿，你还不赶快布置新的任务，我的手可要长霉了。"吴娟急切地想打听接下来的任务情况，实际上她是想知道下面的任务有没有自己。

"你安心在家休息吧，新任务不安排你去了！"钟飞飞好像看透了她的心思，讲完后漫不经心地看着手上的报纸。

他这句话像冬天里的一盆冷水泼在她的身上，顿时激得她打了个冷战。

"为什么不让我去，凭条件我也得优先呀！"她差点儿被刺激得站起来，好在安全带系在她的身上。旁边有几名维和队员偷偷地笑了。

"笑什么呀！"她一句话打倒一片。

"现在就是要让那些优秀队员在家休息，这次表现不是最优秀的都要被派去继续接受惩罚。"有人随口说了一句。

她侧身瞅了他一眼道："怎么可能呢？不可思议！"

钟飞飞一本正经，一句话不说，急得吴娟直晃他的胳臂说："你说话呀，到底有没有我呀？"看样子不打破砂锅问到底，誓不休。

"对领导不敬，我可要军法论处。"钟飞飞轻轻地说。

吴娟一听吓得忙放下手，漂亮的大眼睛一转，又上去抓住钟飞飞拿报纸的手，然后笑嘻嘻地说："你不要以官职压人，我可是如实询问情况。"她看到钟飞飞紧绷着的脸上布满了笑容，周围人都跟着笑了。

"好，我明白了，一到北京，我请大伙儿吃炸酱面，一个都不准缺席。"吴娟明白原委后立刻高兴地要请客。

"吴大美女，要请改时间，这次部领导要迎接我们，难道他不设宴款待我们，我们可是为国争了光的。"后面有人插了一句说。

"想得美，完成使命是我们的责任，领导安排仪式欢迎一下就不错了，还想解馋，自作多情了吧！"一句话把大家都说笑了。

吴娟说得很对，部里安排了一个盛大的欢迎仪式，标语、彩旗、掌声、鲜花和闪光灯布满整个现场，部领导对大家这次顺利完成任务给予了很高评价，临尾说了一句："大家要再接再厉，随时做好准备，祖国和部里将有新的任务等待着你们！"但欢迎仪式结束后，有一点吴娟说得不对，除了钟飞飞被她死缠硬磨，陪她到和平巷吃了一碗炸酱面外，其他队友都迫不及待地连夜回家与亲人团聚去了，三天后他们又要踏上新的征程……

在维和队员的记忆里，掌声依旧在回旋，镁光灯依旧在闪亮，彩旗依旧在飘扬……但他们奔向了新的国度，那里的时局、土地、人民也在遭受磨难和创伤。三天后，钟飞飞和吴娟以及所有的承担任务的队员们，都精神抖擞地投入新的战斗。三天时间里，钟飞飞还没有同妻儿真正亲热够，就被领导招去部署研究新任务的相关事宜。他没有时间回家看看父母、看看亲人、看看家乡的那片故园，那可是父母和他们相依为命、艰难度日的地方。如今为了更多的人生活安宁，他必须舍去心中厚厚的难以言表的情绪……无论到哪里，都难以割舍的故乡啊！有一件事情还在困扰着他，越来越让他寝食难安，就是那个山东妮子吴娟，她似乎在对自己发起了一种无形的攻势，大有不到黄河不死心的势头。他不能说，也不能强行拒绝，这样可能会适得其反，甚至弄出意想不到的后果。世间的事有时无法完全搞明白，即使如云烟流动在周围人的眼中，但你却抓不到、讲不明、澄不清。就像吴娟的事，谁人明白呢？不管是同志、是队员、是朋友……他们又能够说啥？吴娟的家人都知道她始终不愿谈婚论嫁，不愿接受朋友的介绍和好意。"女大当嫁"，眼看一天天日子流走，她难道一辈子不嫁人吗？

"我一辈子不结婚，守在你们身边不好吗？"她被父母逼急了，就会抛出这样一句话。在家人和邻居的眼里，这个有本事的大妮子到底葫芦里卖的什么药？或许真正知道的就是他钟飞飞了。周围人的眼光只是猜测，毫无边际地猜测，人间的事不管真假和虚实，有几件一定要检测和核实清楚呢？或许这才是多彩的生活。有一点是肯定的，钟飞飞的新婚妻子是心诚的，她绝对相信自己的丈夫，一万个相信，他本身就是一名优秀者，这正是她的骄傲，她没理由不信任他。钟飞飞觉得自己作为吴娟的同事，真的不知该怎样与吴娟相处了。面对神圣的职业、光荣的任务，他难道有理由去回避她吗？他的内心悬挂着一个大大的问号，与他形影不离，去不掉、离不开，人生的烦恼为何这样磨人……

"你们看，海的那边怎么会有那么大的浓烟？"吴娟的话惊动了所有的队员，也打断了他的思绪和烦恼。大家侧身歪头透过舷窗，果然看到了大海彼岸的天空晃动着大团的烟雾，宛若天柱一般擎起了半个世界。

"恐怕是战火引起的烟雾，据资料和新闻报道，那里的内乱还没停息。"一个队员说。

大家没有说话。沉默片刻后，钟飞飞看了一下吴娟道："你怎么一惊一乍的，你不知道我们来这里的目的吗？"钟飞飞脸上严肃的表情足以让吴娟无语半个世纪。大家都默默地点头，实际上他们都知道烟雾的起因，都不愿讲白，让吴娟有了新发现，包括那附和的人也是明知故问的。吴娟发现，附和的那位就是在维和选拔训练学校想讨好吴娟、显摆武艺、被其痛揍的山城帅男。在上次任务区，他总是以各种手段靠近吴娟，每次都以灰溜溜的结局收场。而这次她没有回绝，一是在众目睽睽之下，他会难堪；另外在这种场合，她需要一个有效的回应，纵然不是合理正确的，也是需要映衬的。不然，在这种安静的场合，自己的话没有一丝回音是多么的尴尬！

……

飞机经过几下轰隆隆的震动后终于着陆了，大家忙着收拾自己的行囊，忽然在机舱内响起一种异常的声音，明显是人为发出的。忙着出舱的队员们留神静听，原来是吴娟在"嗯嗯"地哭泣，顿时大家面面相觑，心中涌进了竹篮打水的感觉……

队员们经过紧张有序的准备后，迅速进入了各自的工作角色。他们亲眼看到又一个国家人民所遭遇的灾难。战火不断，硝烟四起，残垣断壁，难民云集，孤儿哭泣，尸骨遍地……这儿在发生着内乱。钟飞飞在工作动员会上心情忧郁地说："大家一下飞机都已经看到了这儿的情况，百废待兴，千头万绪，复杂棘手，但我们的主要任务是制止冲突，恢复和平。我想讲的是，既然我们代表祖国来到这里，就不能畏惧困难和危险，就要拿出一名警察的形象，展现出中国维和警察的威严和本领，为祖国争光，为人民争光。这儿不是家乡故园过家家，不是花前月下谈恋爱，不是在酒吧品酒茶，这里充满了挫折和危险，随时都可能流血牺牲。为了这块土地的安宁，为了当地百姓的生活幸福，为了世界和平，为了消除地球上的苦难和战争，为了共筑人类的美好家园，我们一定要义无反顾，不遗余力。所以，从现在起，每个维和队员都要摒弃一切私心杂念、生活琐事、个人恩怨……"讲到这里，他忽然觉得有点跑题，或者引起队员误解，慌忙开口道："当然我们可能不存在这些情况，但是我要提醒大家，绝对不能因私事影响工作大局，大家都要严格地遵守纪律，谁敢触碰，那将是……"他停顿一下，接着说，"我不说大家也明白，好了，任务压倒一切，大家按照部署分工各司其职，等到季度总结会上咱们再见！好了，如果大家没事的话，散会！"

一阵热烈的掌声。但钟飞飞看得清楚，吴娟没有对他的慷慨陈词表示出任何态度，一副冷冰冰的面孔。一散会，她扭身离开了队列。

　　这是一个拥有悠久历史的国家，早在公元前2800—前1000年为某世界文明古国的一部分。经过漫长的土地征战、岁月洗涤、权属更迭，不久才建立了自己的共和国。

　　这个国家奉行独立自主的外交政策，维护国家主权，反对西方强权政治，密切同非洲国家的合作，重视同中国等国家发展友好合作关系。同时，致力于睦邻友好，积极改善同大国的关系，外交更趋灵活、务实。他们想同世界上任何一个爱好和平的国家结成睦邻好友。然而，再好的花园也有荒草杂生，再善良的百姓也有苦难伴随，再向往和平的国度也有狼烟释放，局势变得严峻紧张……所以，在对重大国际问题的态度上，国家政要们一致认为当今世界在政治、战略、经济等各领域均处于失衡状态。新的矛盾和冲突此起彼伏，世人无安全感。怕狼有狼，他们拒绝并谴责恐怖主义，但国内恐怖组织和反政府武装频频组建，恐怖和反政府活动频频发生，扰得国内局势动荡，民不聊生。

　　钟飞飞看着这些资料，紧锁住眉头。他自此前到现在一直在为这个国家担心，为这里的人民忧伤。部里贯彻上级精神，派他们到这里执行任务，这是多么及时英明的决策。他安排好所有队员的工作，在维和总部自己的办公室里思考着下一步的工作计划。吴娟对他来说是一个不大不小的问题，但是每当这一问题出现在他脑海的时候，他总会警告自己，工作时间千万不能跑神想一些维和外的事情，生生地把那些杂念挡在脑门之外。但有时身不由己，他实在不能自拔时，就索性走出门去，作为维和队长，开车到各个队员的岗位上转转，检查队员的情况，但并不带维和后勤组的吴娟。

　　近一个时期，吴娟心里一直纳闷，为什么钟飞飞一直在疏远自己，即使有工作安排，他也减少了与自己接触，有时他就通过别人向她传达工作要求，这是她不能接受的。上次在飞机上，她想到自己抛开家人的反对，放弃一切事务，不顾一切甚至失去女性的矜持来参加维和，追求警察梦想，听从祖国召唤只是一方面，最主要的还是钟飞飞这位王子吸引着她。她每天都想和他在一起，每天都想看到他，每次讲话都希望他附和，每做一样事情都希望能引起他的注意，希望他永远都能在意她……可是这个死心眼就不动心，总是一副若无其事的样子，让她失去了女性的自尊，很没有面子。她一想起来，就无奈伤心，终于委屈地啜泣流泪……

现在她在总部保管室门口，统计着国内发来的维和物品。她深切地知道，他是一位敬业爱岗、深明大义的优秀男儿，任何时候必须干好自己的本职工作，对工作决不能有丝毫含糊。想到此，她立刻把脑海中的杂念清空，认真仔细地依据名单，井然有序地分发起来。之后不久发生了一件事情，终于让他们不再因人间这个永恒的主题而烦恼……

第三十五章

朴慧娴被送到了当地医院抢救。她正躺在床榻上打着点滴，纵然身边围满了亲人和文工团的战友，她的眼睛也一刻不离地盯着上面滴答而下的水珠，眼泪和声落下，形成了双重合奏曲。

"你怎么这么傻呢？"钟万昌质问朴慧娴道。

沉默。朴慧娴如植物人一般。

"算了，我不问了，下午有个欢送部队回国演出，我先回去安排一下。"他一副无奈失落的表情，摇着头对她床边的亲人说。可能因语言障碍，除了知道朴慧娴跳湖被救，他们或许并不知道真正发生了什么。

听说她的母亲去年在美军的一场轰炸中，在上山打水时，正中敌机的一颗炸弹。朴慧娴心里一直埋藏着失去母亲的痛苦。

"谢谢你！"她的亲人中，谁用朝鲜语说了一句感谢的话。

"没什么，她是我们的战友和同事，关心她是我们的责任。"钟万昌回了一句，可能他们还没明白，他已经走出了病房。

志愿军就要回国了，即将回到亲人的怀抱。演出会场热烈而隆重，中朝双方的高级将领和即将离朝的部队，以及当地居民参加了联欢演出。但钟万昌与朴慧娴联手的民族双人舞遗憾缺席，难免让一些曾经领略过精彩节目的战友和同事心中有些失落。但人生无奈啊！完美的生活谁来创造？钟万昌一直坐在演出场的后台，有条不紊地组织和指挥着演出活动。偶尔他会想起医院里的朴慧娴。世界之大，还未完全合为一家，和平的旋律尚未在地球花园内唱响。如果朴慧娴是一位中国同胞、一位中国姑娘，没有国界之分，民族之别，他会接受她的爱情吗？爱情及其他人类情感本身是没有国籍和疆域限制的，如果真正如此，他一定会的。而现在当自己真正面对的时候，却显得措手不及。他能否用真情抒写世界上伟大的爱情呢？朴慧娴可是一位能歌善舞、娴静略带雍容而又美丽的姑娘啊！可转念一想，他只是一名普通的副连职军人，他的魅力和影响足以带走一名异国姑娘，永远结为伉俪，永远对其负责，又能永远让其幸福吗？

实际上，他自己心中已作出了回答。既然如此，那就熄灭这份念想吧，他是来支持人家保家卫国的，军人就是要转战疆场、专心报国，岂能流连于儿女情长？孩提时代老师讲述的英雄故事，不是在北方大草原流传千百年了吗？而自己怎么遇到问题就含糊不清了呢？回到祖国，有仗打仗，没有战事还要继续为人民做事，这才是他最好的选择。答案已经揭晓，演出结束后，他将随部队撤离。

晚上，他用汉语给朴慧娴写了一封长信，通过文工团另一位专司打击乐器的朝鲜小伙子转给了朴慧娴……

在一片锣鼓喧天中，钟万昌和部队回到了祖国的怀抱。援朝战争终于结束了，部队进入了较长时间的休整时期。后来，他听说朴慧娴因爱情失落离开了原先的朝鲜演出团，随亲人返回家乡，从此杳无音信。直到很多年后，钟万昌才了解到，志愿军离朝后，朝鲜国内小规模战事依然不断，朴慧娴那次离开后也积极参加了朝鲜女子部队，不再用舞蹈和歌声赞美自己年轻的祖国，而是拿起枪杆子冲锋陷阵、勇敢战斗，直至后来把生命献给了祖国。她一心想着朝钟万昌靠近，但美丽的爱情有时需要和爱国大义并驾齐驱，紧紧相连。可当她把青春和热血奉献给祖国和人民的时候，她爱情的另一半从空间上距她越来越远，人间的爱情难免会受到很多世俗的限制，采摘到这一甜美果实会让人追逐得伤痕累累……

钟万昌在休整的这段时间里，安心学习着当年荒废的文化课程，同时沉浸在这些年战事生涯的回忆里，他要让自己在新的环境里得到锤炼，再度成长，要用自己的一生为祖国和人民献出微不足道的力量。他有时为过去的遭遇而伤感，有时也为过去的情感而流泪。

在春季一个阳光温和的下午，他独自来到一个距休整驻地不远处的荷花池旁。满池的荷花释放出春日的气息，散发着醉人的芳香；晶莹剔透的水珠在翠绿的荷叶上闪耀滚动着，如调皮的孩子在绿茵场上玩耍；池塘的上空有很多只蜻蜓上下翻飞，做着各种表演动作，如举行着飞行大赛一般……这一幕让他真切地感到祖国走进了时代的春天，人民迎来了美好的季节。他们这些活下来的战友和那些已经长眠地下的英烈们的血汗没有白流。他想，和平、安宁、幸福对人类来说，是多么弥足珍贵。今生他们为之奋斗追逐过，他心里真的倍感欣慰。

一位俊朗的小伙和一位美丽的姑娘挽手走过来，边说边笑，悠然舒心，看得出他们获取了人生最宝贵的爱情。一位四十多岁的大叔扛着锄头，嘴里噙着土烟卷，一步一摇地走过来，烟雾随着他的步伐飞扬着，他可以径直走到他春耕的田间。但眼前美景他不想错过，美好的东西谁不流连呢？他站在钟万昌的不远处瞅了几下荷塘及周围的景物，嘴里想说什么，却没发出声音，然后笑嘻嘻地走开了……塘西岸边的柳树上，一对喜鹊扑棱着翅膀飞来飞去，尽情地交流和欢唱。钟万昌生怕惊扰它们，走路的动作越发轻盈。那对恋人本来是常人们保护的对象，让他们尽享爱情的甜蜜，但这时他们发现喜鹊的时候，互相示意说话小点声，不要打断头顶另一对"情侣"的倾诉和歌声。一对年迈的夫妇步履虽有些蹒跚，但他们依然轻松自在地谈着笑着。他们可能是这附近的教授或学者，一生桃李天下，现在退休静享人生的幸福时光……他想，如果这儿处在战时和战区，这一切根本就不可能，每个人每天都在躲避着呼啸的敌机和飞来的子弹……

闲适的人们间或走过，看着他们远去的身影，钟万昌猜想着他们的故事。人终究要老，望着他们夕阳中的背影，钟万昌不由得滋生一丝伤感。他多么期望他们永远不要走进黄昏……但一个人曾有过充实、进取、奉献、快乐的人生过程，不一样精彩成功吗？保尔·柯察金说得好："人最宝贵的是生命，生命对于每个人来说，只有一次，人的一生应当这样度过：当他回首往事的时候，他不会因为虚度年华而悔恨，也不会因为碌碌无为而羞愧。当他临死的时候，他能够说：'我的整个生命和全部精力，都献给了世界上最壮丽的事业——为解放全人类而斗争……'"

那对恋人走远了，望着他们的身影，钟万昌心中陡然袭来一股愁绪，如淡淡的云雾，慢慢笼罩了他心灵的天空。那里轮换着朝他飞来一张张图片，图片上一个个熟悉的面孔带着不同的表情，有的微笑，有的悲伤，有的正在哭泣……他看清了：齐林达娃、林春霞、朴慧娴……看得他眼花缭乱，心旌荡漾，她们个个美若天仙，而他现在只能是望之兴叹，转眼间她们消失得无影无踪……

"唉！"他长叹了一口气。如果当年拥有今天的和平与安定，他或许也和腾林格尔他们很多战友一样正在搂着老婆和儿子横卧在热炕头呢！想到这，脸上的灼热替代了脑海里的如云幻境……

天空扯下了黑色大幕，远处营地响起了嘹亮的军号，这并非进攻和冲锋的号角，并没有实际意义上的报警和惊恐，给人心里铺上的却是一种和谐安详的气息。他知道开饭的时间快到了，他心里轻松舒坦得如晚风中的荷叶，发出沙沙的声响，人活着多好啊！他轻快地朝着来的方向迈出了脚步……

三个月后，钟万昌等一批基层军官接到通知：部队要送他们到南京某军校深造。钟万昌心里十分高兴，他的文化的确需要一次系统的充电。行前的一天，部队举行了欢送仪式，前面的程序结束后，最后一个作重要指示的正是他在朝鲜战场上救过的"大小孩"——小战士蒋二娃。碍于情面，两人只打了个招呼，没有作深层交谈，但钟万昌内心充满了敬慕和自豪。并不是他曾救过二娃，而是在战火纷飞的战场上，其成长速度异常惊人，不可想象。几年之内就从一名战士飞速成为一名团职军官。

蒋团长的指示非常简短，他说，新中国成立不久，祖国正需要各方面人才，特别是部队好多将士因为连年打仗，很多人没有多少文化。他们这些在抗美援朝战场上为国争光、战功显赫的干部必须送到学校充电和深造。这是共和国建设发展和强军的需要，希望他们要抓住机会，好好学习，掌握本领，成为部队有用人才，随时接受祖国挑选。欢送仪式结束后，蒋二娃让负责部队休整的同志专门安排一个地方让他们见了面。

在两人单独相处的空间里，蒋团长疯子一般扑向了钟万昌。钟万昌碍于级别差异，有点迟疑，但他感到二娃是个血性汉子、直性人，终究还是与他抱在了一起。千言万语，涌进心头，但钟万昌言辞上有些拘谨。蒋团长述说了他从部队医院离开后的战火生涯。

他说是钟万昌的言行影响了他。他很年轻，体力最为充沛，每次冲锋都冲在前头。有时冲锋号刚刚吹响，他已经冲向敌人阵营。每次他都把危险留给自己，把生的希望留给他人。军营是个大熔炉，确实锤炼人。他想到祖国，想到人民，想到朝鲜的人民生活在战火里，想到老班长曾救过他的命，浑身就有使不完的劲。他只想打好仗、站好岗，完成任务，谁知道上级却屡屡提拔他。在那次上甘岭第二阶段战役中，由于连续冲锋，他所在的一个排的人差不多都死光了。营长看到他勇敢果断，就当场命令他担当起排长职责，指挥剩下的人继续战斗。说来也巧，在上甘岭第三次战役中，由于炮火过于猛烈，昏天黑地，尖刀连的战士们和他的狙击排混在了一起，分不清你我。营长见他冲在最前面，就说："怎么又是你？没有指挥员了，你就担任这个连的连长吧，连你的排一起指挥，回头我向营部申报，给你下文。"

在金城战役总攻的前夕，他们连负责师部的警卫工作，谁知夜里美军小股部队前来偷袭，被他们提前发现，简单几下就给解决了。师部首长第二天从梦中醒来方知发生了什么。蒋二娃因救驾有功，不久被提拔为副营长、营长。总攻时师部领导亲临前沿阵地督战，谁知敌人的一发炮弹打在了首长的身边，还没等首长的警卫员反应过来，蒋二娃已经将炮弹扔在了战壕外二十米远的地方，又回身扑在了首长身上。炮弹爆炸了，躲闪不及的贴身警卫员被炸断了一条腿。惊恐万状的首长被拉起来，愣愣地看着蒋二娃，心想这家伙注定是他这辈子的救命恩人，他不久被升为陆军炮兵团副团长。他几乎获得了战场上所有的功勋奖章，包括祖国和朝鲜颁发的。这次回国，中央军委实行表彰，将他升为陆军三十九师某炮团团长。这次送他们到南京某军校学习，希望他们将来学成后还要回到这个部队。

"情况就是这样，老班长，我可是没辜负你的期望啊！"蒋团长讲完后深情地说。

"没有，没有，你是为我们争光，为你的所有战友争光，为你的亲人争光，为祖国争光……我太高兴了！"钟万昌激动得眼泪要流下来了。

"不管我做什么，你都是我的亲人。你救过我，救过我的母亲，你就是上苍派到人间救人的天使吧！"蒋团长说着大笑，露出一排青春稚嫩的雪白牙齿。他看上去依旧那么年轻，还像一个大小孩。

"你是首长，将来会成为共和国最年轻的将军，我们为你高兴，向你祝贺，你永远是我们军人的骄傲。不过，我想冒昧地问一下，你的母亲如今身体如何？"钟万昌心里一阵忐忑。

"母亲很好，家里过上了幸福的日子。她说让我有机会一定替她向你问好，请你到我们家做客。你是我们家的大恩人，永远报答不完你对我们的恩情。"蒋团长笑着说。

钟万昌沉默良久。他想到了自己的老家，想到了自己的母亲，想到了北方的大草原……"那就好，我有机会一定去看望她。"钟万昌想象着，如果每一个家庭都能幸福平安该多好！

"好吧！谢谢你。你们要出发了，回去收拾一下，我会随时去看你的！"说着，他走到钟万昌跟前，再次张开双臂，拥抱了钟万昌。钟万昌被动地和他相拥着，眼里早已噙满了泪水……

第三十六章

张旭和钟丽丽以及舰船上的所有人都听到了呼救声，循声望去，一艘木质渔船在西北不远处的海面上随风漂荡着，但船身一半已经没入海水，明显出现了问题。船边上站着一男一女向他们舰船的方向拼命呼救道："来人啊，船进水了！""救命啊！船漏水了，快要沉了，救救我们吧！"呼救声越来越急。

"快！通知掉转方向，向渔船靠近，放下救生艇，赶快施救。"张旭对着身边一名年轻的军官发出命令。

"是！"军官转身走了。很快一只微型救生艇颠簸在黄昏海风乍起的海面上，艰难地向渔船靠拢。四名海军到达时才发现，渔船舱内的边沿上还蹲着两个不到十岁的孩子，他们十分惊恐。船主说，这是他们的女儿和儿子，女儿九岁，儿子六岁。

"船舱进这么多水，怎么不提前修理，这有多危险？"一名海军军官责怪道。他抬头看看四周，海上的雾气和暮色渐渐散落下来。"大家快点，先把人转移到我们舰船上，抓紧用缆绳将木船系在舰船的后面，留下两名同事在渔船上用上面的盆桶清理积水，免得船只完全沉没。"他接着对另几名战友说。

"是！"战士们异口同声，分头忙碌起来。

军官看看渔民夫妇，脸色变得阴沉，说："你们怎么能要钱不要命？话说回来，你们不考虑自己，也要考虑孩子，他们可是无辜的。"他对渔民夫妇根本不留情面。

"领导，我们错了！本来我们知道船有点渗水，但我看每次补补弄弄就过去了，也就没当回事。原打算开春前好好修理一下，正好这两天是这一带鱼儿上浮活跃期，想多逮一点鱼，就来了，谁知浪大水急，带的工具和东西多，漏水洞口越来越大，一会儿就进来了半舱水，真危险！要不是你们，我们全家都完了。谢谢你们，谢谢你们……"说着，就给他面前的战士磕头。男主人真的感动了，眼角湿润，泪珠在将要暗淡的天空下尤为晶亮。

"亏了你们还知道维修，不然哪一天突然出事都不知道。你不要客气了，这都是我们的责任，但有时怕巡逻不到，救护不及时，可就危险了。"战士凝重的表情让两位船主感到亲切温暖，真没想到在这危险的地方还能遇到亲人。

"排长，已准备完毕！"有战士报告的声音。

"好的，出发！"排长回答道，然后转身对船主夫妇说，"好喽，你们也跟我上舰船吧！"两位船主看了看眼前的排长，他们想这人一看就是当官的。随后他们跟着排长踩着刚刚铺设的踏板，小心翼翼地向舰船走去。

舰船拖着渔船继续向岸边慢慢行驶了，没有了刚才的呼救和险情。虽然海风开始掠过海面，但大海上依旧弥漫着和谐宁静的气息。钟丽丽见证了刚才的一幕，她的心绪顿时无比沉重。人类的险境会随时出现，但也可以随时被排除，这需要人的精心预防和人与人之间的相互救助。有一点可以断定，自然灾难和险情可以不期降临，但通过人们的友善和努力一定能降低和遏制。

张旭靠近她，知道她在为刚刚发生的事难过。"一切都过去了，不要再想那件事了，好吗？"他轻声地安慰她。

她拉了一下张旭的手，慢慢地依偎在他的身上，说："没事，今天我很高兴，俗话说'救人一命胜造七级浮屠'呢！我们可都进入'贵人'序列哩。"她抬头看着张旭笑了，甜甜的。

这次海域污染调研活动组织得非常成功，他们确定了位置，又取来了具体水源检测样本，拍下了相关图片。此后的一段时间里，钟丽丽与他的同行们在电脑室、研究室开始了分析研判和各种化验制单工作。钟丽丽他们心中只有一个念头，不能让有害物质流入海洋，给人类的生活和健康带来影响，要让大海最大限度地为人类造福。排除各种灾害、瘟疫等自然祸患外，人类宏观上已经为世界制造了不少诸如战争等各种大规模创伤，绝不能再让微观领域诸如生活垃圾、有毒食品等污染物再对人类生活造成伤害。这是他们的职责所在，也是他们的工作宗旨。钟丽丽的父亲当年要求女儿报考这一学校，就是朝着今天的这一目标来的。钟丽丽猜想父亲当年只是有这个想法，他哪里知道这种人类远大的理想工程岂非女儿一两个人或者一千个女儿一万个女儿能够完成的？这需要的是全人类复杂、系统和周密的配合协作方能完成。父亲啊，太想追求生活的完美了。她每次投入海洋污染防治工作研究的时候，都能想到父亲当初的良苦用心。

但话说回来，父亲的想法的确是好的，他想到的是全人类生活的环境，是把整个地球看作家园的，不管能不能做到，但他想到了。

最近张旭约钟丽丽，钟丽丽都以工作忙为借口推托掉了，她确实很忙。当工作缠身的时候，她从不因工作以外的事情影响工作。张旭说她是个工作狂，自己也经常出海，回来一趟见她一面也不容易。可当她有事的时候，他最好不要见她。不过，她说："该感谢的还要感谢，因为上次我们一起出海探查和监测收获很大，感谢大力支持，过后我要好好犒劳你，北京的小吃随便挑。"

钟丽丽和同事们的研究结果终于出来了。一份完整的检测报告摆在了钟丽丽他们面前，大伙都长长地松了一口气。结束工作时，已经是晚上十点多钟，钟丽丽坚持要请大家吃夜宵。

"好！吃夜宵就吃夜宵，你是组长，不宰你宰谁？"一位同事当即同意。

"反正检测报告也出来了，我们放松一把也没什么。"有人大声附和。

"走！选地点，我认宰。"钟丽丽干脆得若竹筒里倒豆子。

"哎，大美女，我想采访你一下，你这平时都宰人家的，今天怎么开恩了？捡到钱了？"一位同事满脸疑惑。

"去你的，我才不要呢！反正我高兴做东。"

"哎，叫丽丽的那一位也过来，咱们一起祝贺一下怎么样？"有人提议说。

"几点了，人家不说你神经病才怪呢！"一位同事反对。

"那要看丽丽的本事喽。"一位同事调侃着。

钟丽丽沉思了一下，道："好，我打电话让他过来，我有高兴的事要告诉他。"她脸上露出神秘的表情。

"不就是检测报告吗，别的还有什么喜事，透露给我们一下。"

钟丽丽看了他们一下，然后说："好吧，你们看！"她右手拿出一份材料，在他们面前扬了一下，又收了回去。

"我看我看，"一位同事上去抢过她手里的材料，接着大声念起来，"《关于海洋救援机制的方案》，啊！你拟这个干什么……"钟丽丽从他手里抢过材料说："你别问，我就是要写这方面的材料，希望有关部门重视这方面的工作，减少海洋给人类造成的灾害。我们不能光考虑预防污染问题，也得提醒社会关注海洋里随时发生的灾害事故。多系统多部门协作，形成常规区域性巡海救援机制，及时发现和处置海上突发灾害及危险。这有什么不好吗？"她那双漂亮的大眼睛，如海洋珍珠一般闪着亮光，疑惑地问着她的同事。

大家突然沉默了，他们羡慕地看着钟丽丽，片刻后，一起点了点头。

"他知道我们的成果后，说不定抢着埋单呢！"钟丽丽一副趾高气扬的神态。

"嘿！瞧你美的，又想'金蝉脱壳'了吧！滑头。"一位同事说完，大家一起哈哈大笑起来……

第三十七章

钟万昌在六朝古都军校培训期间，上级机关对他们这批在战场上表现出色的基层军官和优秀士兵进行了功勋评定，根据实际情况授予他们适当的军衔。鉴于钟万昌多年来在军旅生涯中的表现，他被授予中尉军衔。对于这些，钟万昌表现出极大的平静，对功劳待遇十分淡然，只要能为国家和人民做事就已心满意足。最重要的是，在军校学习的日子里，文化知识和专业知识的补充使钟万昌感到更加充实，仿佛插上了一对翅膀。他觉得，除了自己有着勇敢战斗和战胜苦难的胆识外，如今自己又汲取了文化的营养，具备了专业能力，将来一定能为社会和人民做点有益的事情，毕竟到了共和国和平建设时期。半年后，军校根据学员的学习成果，优选一批学员到西南一所军官学校学习，钟万昌也是跟着这批学员继续学习的。他来到了山城这所陆军军官学校，新的环境带给他新的天地，他暗誓一定要珍惜机会，不辜负党的培养。

山城是美丽的，这里有秀丽的自然风光和悠久的名胜古迹，峡谷急流，峻峰险滩，青山绿水，山岚雾霭。特别还有那蜚声世界的麻辣火锅、香肠火腿……但这一切丝毫没有让钟万昌心动。他以往荒废了的心灵文化园地，无论如何要让她变成水草丰美的绿洲，这是组织给他创造的千载难逢的机会。蒋二娃利用工作便利，常下来看他，同时征求他的意见，如果钟万昌愿意，蒋二娃想调他到某现役部队锻炼一年，之后，他可以任副团职军官，将来前途会更好。钟万昌经过反复考虑，还是愿意抓住宝贵的机会在部队学习，提升自己。他委婉拒绝了蒋二娃的好意，继续留在了军校。随后，他的老家哥哥带着孩子来到军校，告知了他的父母因过于思念儿子而离世的消息，钟万昌听后失声痛哭。作为儿子，他愧对父母，没有尽到赡养孝道。他安排好哥哥和侄儿侄女在附近一家小旅店住下，不料一件意想不到的事情发生了。

有一天他到宾馆去看哥哥他们，在旅馆附近的一个山芋摊前，侄儿和侄女刚买的山芋被两名无赖抢走。他飞身赶到，拦下并痛打了无赖之徒，把山芋夺下。后引来一帮近似乞丐又像无赖的游民。他们准备和钟万昌一决高下时，被赶来的纠察巡逻队予以制止。此后有人将此事告到军校。学校处理这件事情时，因钟万昌不愿向当事人道歉，被学校通报处分。这时，在蒋二娃的帮助下，上级决定将他调入江淮地区的一个城市工作。半年后的一天，战友们送别他的时候，他内心充满了酸楚，满脸挂满了泪珠……生命的长河在不知不觉中流淌，转眼他已二十有八，快到而立之年了……

在山城陆军军官学校学习时的遭遇，使钟万昌深深感到，除了战争之外，世界上还有其他许多让人感到不平的事情，人类生活确实存在落差，每个人生活中都有阴影，人类生活的很大一部分时间都是在消除落差和阴影。要想每个人都生活得幸福快乐，要做的事情还很多很多……

故乡的苦难，深深地烙在了钟万昌的心底。他带着哥哥一家游览了山城，又买好哥哥一行回家的车票。他让哥哥带好孩子，他一旦工作，就帮哥哥一起养活子女。一家人就此含泪话别。学校命令半个月后，他要离开山城，去工作单位报到。他有些不舍，还有很多话想同老师与同学们诉说，还有很多事情要做，但他必须踏上开赴江淮大地的列车，至于生活的列车今后要开往何方，他的心里没了底……

钟万昌常想，无论如何，这所美丽的陆军学校生活曾经再度点燃过他的学习激情。再加上周围非常迷人的环境和风光，当地居民的热情好客及各种特色美食、民俗习惯等都曾带给他积极向上的良好心情，他如品尝美食一般如饥似渴地吸吮着知识的琼浆。他偶尔也想到人生和爱情。爱情和婚姻似乎对他们这些尽心于事业的人，如同稀世珍宝。当然他也会想起战火纷飞的岁月和遇到的那几位姑娘。钟万昌感到他们这些保家卫国的人很难像常人那样享受爱情与亲情生活，但作为人，他们有权享有人间的甜蜜和幸福。然而，幸福在哪里呢？他确信自己是阳光、善良和坦诚的，一旦拥有爱情，那个人应该是近乎月亮上下来的仙子。当他畅想着自己的爱情生活，品尝着自己梦中酿制的甜蜜的时候，月亮睁眼开恩了，还真的给他送来了一位仙女……

第三十八章

　　钟威通过这次跟随领导访问非洲多国之行，深切了解到，不管在非洲，还是在亚洲，抑或其他什么洲际，乃至地球的任何角落，都有人民遭受着苦难，他们需要善心者的及时有效的援助，就像落难大火和深水中的生灵，多么需要周围人伸出有力的援手，可世间有多少人能做到这一点呢？那一尊尊贵如雕塑的躯体，那一张张枯黄消瘦的面孔，那一双双善良无助的眼睛，多么让人难以忘记！当他们承受关爱和尊重、温暖和幸福的时候，一样地知道跪谢和感恩，地球上人类精神和灵魂的传感器那么一致。当然每个人生活的方式缤纷各异，他不能去强求别人，而他钟威应该为这些人做些什么呢？很长时间单位没有安排工作任务，他也没有随领导出访。他把自己一个人关在办公室里苦苦地思考着，就连与徐斌的相聚和聊天的次数也降到了极限。

　　从非洲回来的第八天下午，他坐在办公室里看《人民日报》当日发的"社论"，内容是关于加强中国同全球各国外交，增进同世界人民友谊的。这时桌上的电话铃响了，是徐斌打来的。

　　"我给你打了好几个传呼，怎么一个不回呀？"徐斌在那边着急。

　　"难道你不懂常识，还敢带传呼机？机关保密规则你没学过吗？"他反诘徐斌的马虎。

　　"我是个孤家寡人，不值班的时候，住的地方你随时能找到。你可就不行了，不带传呼机，我就找不到你了。"这个警卫参谋向来快人快语，直来直去。

　　"说吧，我在上班，你有什么打算？"他知道这位老弟几天见不到他，肯定急了，想找个借口碰一碰头。

　　"我今天不值班，就给你打个电话，过几天我们首长又要出访了，我就没空了。"徐斌悄然给他透露了一个消息。

钟威心里"咯噔"一下，他先前还没得到部里任何关于领导人出访的信息，莫非是一个特别重要的出访活动？

"好吧！晚上，你找个地方，咱们见一下，我在家等你电话。我还有事情找你呢！"

"瞧你说的，你是位处长，我只是一名卫兵，你啥时需要找我？除非忘了带钱，吃饭时点菜，对不对？"徐斌喜欢调侃。

"好了，好了，晚上再说吧。"钟威先挂了电话。

钟威有一件事，一直萦绕在心头，他想把自己家中的存款捐给非洲一些受灾受难、饱受战火侵害的难民和孤儿，不知道以什么途径捐赠？按照规定，个人对外汇款需要组织同意的。他懊悔上次出行带钱太少，现在表达心意又多了很多麻烦。话又说回来，为了别人生活得好一点，麻烦一点算得了什么？父亲常常不是这样教导他的吗？

紫竹院公园在京城只是一个不大的公园，但景色和灵秀堪称京都之最，特别是伫立成林、牵手成片的竹子铸就了公园的主题景观。"衙斋卧听萧萧竹，疑是民间疾苦声。些小吾曹州县吏，一枝一叶总关情。"悉数古诗，咏竹者首推清代诗人郑板桥这位"扬州八怪"之一，他一生创作了大量关于竹子的诗篇。竹之高雅、坚韧、挺拔和爽直频频显现于其笔端，成为文人雅士和悠闲者快乐生活的精神点缀。相传在中国传统和百姓的潜意识里，竹子象征着生命的张力、福寿和精神托付，而在日本等一些国家，竹子则是真实与奉献的标志。有人奉其为生命之树，它是漫漫严冬季节里的一大吉祥植物。竹子的特点聚合了热爱它和钟情于它的群体。钟威与徐斌能走在一起，更说明了这一点。两人从事的都是神奇、重要、高端、和善的事业，特别是工作的性质让他们成为同道挚友。因为早先见过他们的证件，再加上他们都是这里的常客，公园里的工作人员很熟悉他们，对他们的到来流露出习以为常的神态。今晚两人默默无语，并肩而行，共同欣赏着季节带来的美景竹韵。"春风暖筱百花舒，夏霭轻舟翠盖浮。秋雨润芦枫叶艳，冬云瑞雪映松竹。"自然之神从不吝啬，把最美的景色和灵秀毫不保留地赠给了人类。"最近有什么心思困扰你，怎么一直不愿出门了？"徐斌问他道。

"我一心想做点事情，总考虑着找谁帮忙。"钟威告诉他。两人走得太近了，以至于彼此碰撞了一下。

"什么事情你还不能搞定，涉及国家大事？"徐斌有调侃他的意思。

"虽不是国家大事，但它的意义应该是一样的，需要领导的批准和同意。"

"噢，说出来听听，我看可能帮忙？"徐斌觉得他的心思肯定非一般分量，不然决不会让他心事重重的。他们来到明月岛的"箫声醉月"亭中，面对面坐在了亭内的长条木凳上。

他们同时机警本能地观察了一下四周。除了一只莫名的夜鸟惊飞远处，没有发现周围留存任何不安全的因素，才都放下心来，特别是钟威，心情突然变得闲适松弛。公园确实是安静，那只鸟飞走之后，这儿好似经过声音净化处理一般，好似从来没有过人间万籁，但使两人的呼吸越来越清晰。

"我们中国自古以来就是一个文明友好、向往和平的国家。当世界上一些地区和国家遭遇困难的时候，伟大的中国人民总是站在他们的身后，给予无私的援助。"钟威历数中国的伟大无私。

"讲得好啊！"徐斌说。

"中国人的骨子里长满了与人为善、友爱助人的基因。"钟威的语速很慢。"唉！"他叹口气又说，"要是地球家园里的每一个人都像中国人这样真诚善良，该有多好。"

"杞人忧天，怎么可能呢？如果地球人都一样，没有霸权和欺凌，没有硝烟和战争，没有哭泣和呻吟……这世界上的人都生活在一个洒满阳光的地球家园里，还要军队和警察干吗？就连诸如我们这些为和平奔走的人都失去了存在的意义。"徐斌嘲笑着钟威的天真。

"我只是这样期望和祈祷，也盼着天下人为这一目标而努力，可目标任重道远啊！"从钟威的话里可以判断，他对目标真的抱着很大期望。

"老哥，你太理想化了。在我们山东老家，这叫作侠义情怀，除暴安良，驱逐世间一切邪恶与阴影。我觉得我们还是立足现实，帮助身边可以帮助的人。"钟威感到徐斌拥有侠骨柔肠。

爱舞长天

"你说的对吧，我所生活的环境，决定了我对生活和世界的要求和理想。每次我听到这首歌，心中总有难以名状的感觉。"说着，钟威轻轻哼唱了起来。寂静的公园里，那声音仿佛洞穿夜空，振聋发聩地呼唤：

> 轻轻敲醒沉睡的心灵
>
> 慢慢张开你的眼睛
>
> 看看忙碌的世界
>
> 是否依然孤独地转个不停
>
> 春风不解风情
>
> 吹动少年的心
>
> 让昨日脸上的泪痕
>
> 随记忆风干了
>
> 抬头寻找天空的翅膀
>
> 候鸟出现它的影迹
>
> 带来远处的饥荒
>
> 无情的战火依然存在的消息
>
> 玉山白雪飘零
>
> 燃烧少年的心
>
> 使真情融化成音符
>
> 倾诉遥远的祝福
>
> 唱出你的热情
>
> 伸出你的双手
>
> 让我拥抱着你的梦
>
> 让我拥有你真心的面孔
>
> 让我们的笑容
>
> 充满着青春的骄傲
>
> 为明天献出虔诚的祈祷
>
> ……

"你的嗓音还是那么浑厚沉醉，我都被你唱哭了。好了，我们不要再说人类和平与苦难这样的话题了，谈谈其他的话题吧。"徐斌要求转移话题。

"这次来，我主要想把一件事确定下来，就是我与父亲商议，以我的名义成立一个慈善基金会，利用一切条件征集资金，用于资助国内外需要帮助的人。这些资金由我和朋友及家人通过私人捐款等渠道筹集而来。你看，这个想法如何？"这时钟威才转入正题。

"你还是三句话不离本行，你刚才的想法很好，但你是特殊岗位人员，能否直接参与社会公益活动，上级能否答应，这都是问题。"徐斌担心地说。

"摸着石头过河，踩稳一步，再迈一步！"他苦笑了一下，夜间没人看到他的脸。他觉得，他的想法不管会遇到什么困难，最后一定会实现。

"走吧！"徐斌催促道。

"走吧！明天我还要上班。"钟威说。

两人站起来一同走出了公园……

第三十九章

　　一个晴朗的周末早晨，阳光明媚，彩云飘荡，鸟儿飞舞，松涛轻唱……钟万昌照例离开依山傍水的校园，穿越一片茂密的林海，跑过一条弯弯长长的马路，来到郊外的田野上。他快要离开这座迷人的城市了，便抓紧时间观赏这里广阔无垠的大地，领略从事各种劳作的乡间农人的生活，体验劳动者的质朴与艰辛，感受收获时节的成果和喜悦……人类有那么多的快乐和幸福，有那么多的精神生活和心灵寄托。他将要走出军营，用另一种方式为社会服务，并就此开辟新的生活。人生如行程，不可能一帆风顺，充满了荆棘与坎坷。一个人不能为这些世俗困扰和阴影所羁绊，心中只要装着祖国和人民，装着理想和百姓，永远目视前方；只要远离名利，为需要的人和理想的事业做事，活着才富有诗意、充实精彩。

　　转入军校一年多来，他也经常来这里，在不同的季节，他每次都有不同的心灵感悟。可今天他的心情格外高昂，不久前他才在班级全能比武中拿了个第一名，还有五毛钱奖金哩。这可是不菲的收入，可以足足到市中心美餐几顿。可突然间他要调走了，同学们纷纷要请他，为他送行。他说："遵守先前的诺言，还是我请大家，兄弟战友一场，权当是话别宴吧！"一句话弄得大家鼻子酸酸的。不过，现在他对一切都想通了，这些年的军旅生活让他懂得了珍惜，包括幸运的和不幸的，都一样不失为人生的宝贵经历和财富。与那些负伤和牺牲的战友相比，他能活着就是最大的幸运和幸福。学校的决定没有影响他的精神状态，他出发前先随意放松一番。这里距离学校才七八公里，但完全是另一番景致，不知可像历史上一位诗人所说的世外桃源。

　　他只穿着简易单薄的作训服，手里抱着一件制式春秋装，看上去格外英武潇洒。从他身边经过的劳作者走远了，总还想不时地回头看他。又来了一辆板车，由一位中年妇女拉着，车上左右坐着两个年龄相仿、年轻的姑娘。姑娘手里都拿着农具，估计是下地刨土用的。车到面前时，他这才看到，两个姑娘长得太俊。他目不转睛地盯着她们，就像摄影专家突然发现了人间的一处绝美风景一样。而那个年龄小些的姑娘也在看他。他们的目光当时都是专注的，都是火热的……拉车的妇女回头时，踩在路上的一块石子上，脚下一打滑，人栽在了地上。板车也忽然手把着地。车上的姑娘忽然大叫，一个摔在了车厢里，年龄小一点的从车的一边挡板上头朝后栽了下去……他敏捷地一个箭步向前，急速冲到姑娘即将倒地的一侧，迅速把小姑娘接在了怀里……顺势扶起了车厢内受到惊吓的年龄大点的姑娘。

这时中年妇女慌忙从地上起来，一脸尴尬并带着感激之情，连连说："谢谢，谢谢。"

钟万昌红着脸说："没什么，不用谢！"

"你是军人吧，在哪个部队当兵？"中年妇女内心非常想知道这位长相不俗的年轻人的来处，她原本尴尬的脸上完全挂上了感动的笑容。

"我原来在这附近一所军校读书，可马上就离开这里，要去上班工作了。"钟万昌反而越来越觉得不好意思，好像他做错了事情、生怕遭到别人的质问一样。

"不好意思，我们很感谢你，这是我的两个女儿，我带她们到地里做活。"中年妇女不紧不慢地说，同时眼睛转向她的两个女儿，好像那儿有她的骄傲所在。

但她的两个女儿却惊慌又很腼腆地看着钟万昌。

"我能看出来，你们家应该就住在这附近。"钟万昌话语简短明了，生怕话多出错。

"我们在这儿早年有点地，每年开春来打理一下，她们两个淘气鬼非要跟着我。不过，我家住在市区杨家坪商贸区，有时间去那里玩，那里可热闹啦！"中年妇女语气平和，明显受过良好的教育。

"嗯，我经常跟同学去那里玩。"钟万昌说着，看看他救下的那个小姑娘。

她长得也确实漂亮，比姐姐更清秀灵气，白皙明净的脸上好像镶入一块红苹果的颜色。正在偷看他的那双眼睛宛若一潭清澈透明的湖水，泛着明亮的光泽，突然间又害羞地低下头去。

"太谢谢你了，我们中午做完活还要回市里，你有空带同学到我们家去玩。"那位中年母亲的声音像天籁一般冲撞着钟万昌的耳鼓，因为她说出了他最想听的话。

母女三人随着晃悠悠的板车走远了，钟万昌还愣愣地站在那里……

一周后的一天傍晚，同寝室同学邀钟万昌到市区一起撮一顿辣子面，他满口应允。在市区杨家坪一家最地道的面馆里，五位同学坐在了一起。不久，面条热腾腾地放在他们面前。同学都在吃面，只有钟万昌吃面时头却不停地看着面馆内进出的顾客。他想，那两个姑娘的家离这儿不远，她们这时候都在干啥呢？

"眼瞅啥呢？"一名同学问他。他不经意地笑了笑，眼睛依然没离开面馆的小门。忽然，他的笑容僵直了。同学们朝门口看去，进来两个姑娘，花容月貌。同学们突然都变哑了，和钟万昌犯了同样的毛病，眼光发直。

钟万昌忙站了起来，径直走向她们，笑容由僵直变得谦和卑微，甚至讨好地向姑娘点头。人是动物界中最智慧的动物，特别是内心世界激情碰撞的时候。两颗心灵无论多么遥远，一旦相投、相知、相契、相容，一刹那可以把所有的距离缩减为零。自然，钟万昌和林惠碧两人的思绪同时立在了同一面巨大的滑坡处，已经启动并开始向着同一个方向快速飞翔。

"你好，你也来了，这家面条真的不错。"钟万昌开始为自己的内心剧目寻找台词，毕竟是一位初次真挚的表演者，他一登台，脸就红得像萝卜，后面还有几位同学观众呢！她的姐姐也在甜甜地看着他俩的表演。

"嗯！"妹妹林惠碧的声音很轻，轻声细语，她的声音几乎没有音量，他只能从微微翕动的红唇上感到她回答了他的问候和招呼。但在同一时刻，他看到了她的脸色不是上回那种白里透红，而是纯一色的绯红。

"我马上要走了，我和我的同学一起品尝一下辣子面。"他详细讲一遍他们此行的目的，实际上他们都知道各自真实的想法。

"我妈也想吃面条，我和姐姐吃过后给她端一碗。"她说得很慢，但声音比上次高了一点。面条好了，她和姐姐坐在了离门口不远的一个台桌上，刚刚那儿还有一堆人来吃面，恐怕是看到面馆上演美丽的剧目主动让位给年轻人的。

姐妹俩坐下来开始吃面，钟万昌这才想到后面的同学们。可转眼工夫，当他往回看时，同学们都不知啥时溜得踪影全无。

他自嘲地摇头笑笑，他也真的太投入了。

门外下起了细雨，淅淅沥沥的声音为面馆平添了优雅别致的情调，山城人在周末的日子里是轻松闲适的。对于林惠碧姐妹俩来说，又增添了一项心灵活动，那就是快乐。而对于钟万昌来说，他此刻是一个人间最幸福的使者，他在享受着上苍赋予的天性快乐。

天色已经暗下来，钟万昌执意要送姐妹俩回家，她们没有拒绝。三人穿行在漫天清凉绵柔、四处音乐飘荡的山城雨夜里……

第四十章

炎黄子孙的基因和血脉，中国人民的传统和美德，注定中华儿女永远在人类和平事业和国际社会中具有一定的担当和责任。作为合格的世界公民，需要无私和超越的优秀品质，而钟飞飞和吴娟这些中国公民的代表，这些维和英雄们全部做到了。他们除了担负起在任务区维护治安的职责外，面对其间发生的各类危险和袭击事件等，毫无畏惧，从容对待，妥善处置。直到现在，钟飞飞想起那次诡异魔幻般的灾难还心有余悸。在那样一个夜幕降临的黑暗时刻，惊慌的当地市民涌上街头，绝望地试图从瓦砾中救出死伤者，或是四下搜寻失踪的亲人，惨叫声和呻吟声及震后物体倾斜倒塌断裂等庞杂的声音混合在一起，形成了巨大、恐怖、尖厉刺耳的死亡合奏曲……曾有目击者后来叙述道："惊慌失措的人们四下奔跑和呼叫着……"正是在这样的环境下，维和警察的生命安危难以确保，却要承担着保护当地居民财产安全和维护社会治安秩序的责任。钟飞飞终于悟出了生命的道理：在形势严峻、环境恶劣和纷杂多变的生命之歌中，必须好好把握每一个美好珍贵的音符。他要珍爱战友间的每一份友谊，包括吴娟对他的每一丝情感。生命是庄严的，感情是神圣的，要把感情同工作和使命中的规则和法纪约束泾渭分明地分割开来。吴娟素质高强，身手敏捷，业务谙熟，为人爽快，心地慈善，本来应该是一位十分优秀的维和警察。唯有一点，由于受自己的天赋灵性使然，她忘我、自负、真诚、敢说敢爱、不受世俗藩篱羁绊，恰恰说明她的真实与本色。作为一名特殊境遇的亲历者，他不该回避和质疑，甚至逃遁、轻视、怠慢，而是应当冷静地沉下心来，认真地思考，诚挚友善地与她共同面对和解决。

想到这里，他躺在床上，白天所积蓄的疲劳和烦躁很快从心海里飞走了，梦境慢慢地覆盖而来，那里永远是一片宁静、安详和空无的世界，随后跟来的注定是一个清新松弛的黎明……

吴娟能够认真出色地完成所有领导布置给她的工作，从来不让领导和同事有任何担心。对她来说，工作只是一个精神解压的阵地，内心的负重才是她一直以来烦心和苦闷的问题。光阴荏苒，眼看她也成了一位年龄不小的姑娘了，但她婚姻的彼岸在哪儿，她心中不止一次地追问着，可是谁能回答这个人间最简单又常常难以解决的问题呢？

她的生活经历单纯而苦涩。她出生在长江边上的一个小城，父亲对她呵护备至，如掌上明珠。上面有个哥哥，胆小木讷，软弱平庸。在她幼小的记忆里，父亲始终少言寡语，与人无争。每遇生活纠纷，父亲总是一笑置之，息事宁人。就在她九岁的那年，有一次她随父亲下地干活，她在田边捉蚂蚱、捉蜻蜓……突然耳畔响起尖锐呵斥的声音。她看清时，一个男人正动手追打父亲，父亲正因为平时的忍让懦弱，助长了对方的气焰和凶狠的态度。那人边追边喊，大有置父亲于死地之势。而父亲看着左右围观却无动于衷的村民，眼里露出了求助和无奈的眼神。他一边逃遁，一边说："你们大家看看，不就是一点地吗？欺人太甚！"吴娟在一旁拼命地朝着父亲逃跑的方向追赶，嘴里哭喊道："别打我爸爸，别打我爸爸！我打死你，打死你……"顺手拿起地上的土块向那个追打父亲的坏人扔去。但那人置之不理，终于追上父亲，并将父亲打倒在地上，还拿了一名村民的铁锹往父亲头上、脸上劈去，父亲的头渐渐变成了血笆斗……父亲终于失去了动弹的能力，那人扬长而去……哥哥从村里飞奔着跑来，看着那个高大强壮、打死父亲的村民束手无策，和妹妹一起扑在父亲渐渐冷却的身体上号啕大哭，惊天动地。那是怎样的灾祸啊！父亲当时的惨状让她一生难以从脑海中抹去。当她醒来的时候，母亲责怪哥哥的无能，眼睁睁地让坏人逃走。吴娟仔细回想，也痛恨哥哥的软弱。在吴娟幼小的心灵里，知道什么是恃强凌弱，什么是凶神恶煞，什么是无助和绝望！善良的父亲啊，如果身边有一个身强力壮的儿女，如果有一个正直真心的邻居村民挺身而出，父亲也不会在光天化日下被恶毒的坏人夺走性命。父亲死了，母亲带着一家人开始活在心酸悲苦的阴影里。那是怎样一段难熬的日子啊！长大以后，她才知道父亲与邻居仅因为父亲耕地时不小心多占了两寸多的地方，那人便大打出手，任父亲道歉甚至哀求，都没能感化他的本性，终于逞强好胜将父亲——也是他的同乡邻居置于死地。吴娟也一直思考着一个问题，特别当恶人欺凌软弱无助者的时候，当凶魔残害善良无辜者的时候，人类生活到底缺少了什么？吴娟悟了很多年，才得到她自己悟出的结论，那就是人要有勇气、胆识、本领和良知。

上学以后，她认为世间存在纷争和落差，存在强弱与善恶，正义者就是要以正直和勇气来消除差别，减少这种悲剧。她后来逐渐喜欢看武侠小说和武打影片，一个人经常偷偷练习踢腿、压腿等基本功，骨髓里慢慢渗入一种英雄情结……这都为她考入中国人民公安大学并当一名优秀女警打好了扎实的基础，锤炼出一副强硬的翅膀。当然警察练就本领不是为了报仇雪恨，而是为善良的百姓和正义的事业奉献力量。她要让那些平庸无能的男士们相形见绌，要让那些毫无本事的软蛋儿无地自容……从此她再也看不起在她心中不上层次的男人，一旦看中的就绝不放手。钟飞飞如今就成了她心仪并看中的男人。

可钟飞飞是有妻之人，给她的心思设了一个莫大的难题。怎么办？她多少次暗自伤心，多少次私下落泪，多少次无法自抑，多少次号啕大哭？她身不由己啊！在她对此百思不解的时候，仿佛有人冥冥告诉她：人如过客，勿要较真；情似流云，切莫强追。在一遍遍的苦痛和折磨中她慢慢解窍开化。自己又算什么呢？元好问曾如雷霆般发问："问世间情为何物，直教人生死相许。"汤显祖说："情不知所起，一往而深。生者可以死，死可以生。生而不可以死，死而不可以复生者，皆非情之至也。"这都说明古人也为人之情感苦闷彷徨过。世上不爱的理由有很多，而爱的表现只有一个：好想和他在一起。她也知道时间不可能停留，没有必要伤春悲秋；也知道感情不可能刻意，不要为了谁寻死觅活；也知道孤独如影随形，不要在某些时刻难以自抑；也知道遗忘总是必然，不要为一时的忘却伤感。她更知道，她永远不能对他说"我爱你"，就像在桃花绽放的树上，不可能结出银杏；就像高挂天边的彩霞，无人能够触摸；就像绵延无尽的铁轨，永远不会有船只扬帆驶过……可她做得到吗？每当无人在场、两人相聚的时候，这句话她曾有多少次险些脱口而出啊！

就在他们为维和工作克服困难、创造条件，一切进入正常运转之时，就在他们受到任务区居民和他国警察称赞的时候，有一天，队医给队员作身体常规检查时，发现吴娟、钟飞飞及另一名维和队员身上出现红色斑块，并伴有低热症状。随后，他们先后发起高烧，连续数日都没有好转。任务区内正流行着一种叫"鼠疫热"的疾病，这在派遣任务区的中国维和警队中引起了很大的震动……

第四十一章

　　爱情是人类生活的永恒主题，也是上苍赠给凡人俗子最美好珍贵的礼物。一个人走出诗一样的童年、梦一样的少年之后，必然步入花一样的青春季节。钟万昌知道自己逃离草原以后，他的所有时光都投给了军营、献给了祖国、赋予了人民。其间也有过几次情感经历，但全因心中的那份理想，轻轻将柔情化作了生命宝藏中美好的记忆。在眼前的生活中，他仍然一无所有。现在他终于迎来自己的幸福季节。那次相遇后，钟万昌成了林家的常客，一家人非常喜欢钟万昌这位英气逼人、挺拔帅气的军人。相信他即使离开部队、走向岗位，也是一名出色的后生。他们通过钟万昌的自述，了解到他的家庭情况，他的家远在北方茫茫的大草原。因为老家发生一场自然灾害，这位后生为家庭分忧离开家园；又因为梦中理想，这位有志男儿早早投入军营。听到他对自己的军旅生涯的述说后，林惠碧竟然被感动得流下泪来。大家对他的信任远远超过了他对自己的信任。林家毫无理由不把自己视如珍宝的女儿交到由钟万昌守护的爱情城堡里。只是有一个问题需要他们面对，林惠碧是山城菜农商人的后代，世上祖辈都以经营并附带种地为生，她一旦和钟万昌结为秦晋之好，离开生养她的地方，必须要有一份养家糊口的职业。虽然钟万昌是特级战斗英雄，但解决亲属生活问题也是需要具备一定资格和条件的。这光靠钟万昌本人的力量还有困难，他想到了曾经的战友蒋二娃。蒋团长通过向上级汇报，与地方部门协调，根据军队关于干部战士复员和退伍及其家属安排的相关规定，如果林惠碧与钟万昌结婚，就能随丈夫钟万昌就近安排一份职业。这对于钟万昌和林惠碧来说，是一个极大的喜讯，宛若久旱甘霖前的响雷突然在林家炸响，钟万昌和林惠碧两人当着林家全家人的面紧紧拥抱在了一起。接下来，林惠碧与钟万昌一样，彼此相约，并盼着能得到家人允诺，尽快幸福地走进那座庄严圣洁的殿堂。

他们的爱情若高山飞瀑、山涧溪流、山巅清泉般一路欢歌，水到渠成地涌向他们平坦广阔的人生旅程……半年后两人如愿以偿，在林家郊区一处闲置的两间小屋内开始品尝超越宝贵生命的爱情琼浆。可就在此时，学校突然通知钟万昌参与学校为一所大学学生举行的军训活动。钟万昌开始很疑惑，自己毕竟即将离开学校踏上新的工作岗位，为什么还要参加大学的军训活动？但所在区队负责人说，他还没有真正离校，通报处分不是开除，如果他不满意工作安排，可以随时返校学习。

"可我的申请毕竟学校同意了呀！"他疑惑地说。

"学校当时同意你的想法，是尊重你，主要还是出于对你的保护，怕对方会来学校找你滋事。"区队长道出事情的原委。

钟万昌脑袋转了一下，心想确实如此，对方都是土痞恶棍，无所事事，来学校闹事也属正常，这样会给学校带来麻烦，当时通报处分也属学校无奈之举。"队长，我明白你的意思，但我既然决定要走，肯定不再回头，但走之前，我会服从军校的一切安排，参加你们的所有活动。"钟万昌内心充满感激地对区队长说。

"就是嘛！大丈夫能屈能伸才对。"区队长走上来狠狠地握住了钟万昌的手。两人一同朝着校军训部走去。

就这样，基于钟万昌的军体素质和外形，为了能给军校树立良好的形象，军校特意安排他与十多名被选拔的优秀军官一同到当地一所大学帮助学生军训。可在为期一个月的训练中，一名秀丽的女大学生默默地对钟万昌产生了爱慕之情。她经常以补课、纠正动作为由频频与钟万昌接触，训练时她对钟万昌关心备至，让心有所属的钟万昌十分为难。善良的钟万昌，为体恤女生的心情和自尊，不好强行推拒。可这反而引起了女孩的误会，于是她变本加厉起来。

一天，训练结束后，等他回答完学员的所有问题，天色已晚。钟万昌只身去拿在操场西南角的军服。谁知那里站着一个人，正是这位女大学生。

"结束了？怎么训练到现在？"她问。

"你怎么没走？天已经黑了，回去不安全。"钟万昌担心地问她。

"我有什么担心的，这不有你这位身手不凡、素质过硬的军官吗？"她话中带有某种含意。

钟万昌沉默了一下，说："你是个学生，要把学业搞上去。再说了，我也是有家室之人，心有所属。你回去吧！我要走了。"他想把事情讲透。

"学生怎么啦？你不也是军校的学生吗？我们的任务和性质一样，都在学习。"大学生得理不饶人，表现得非常个性。

"两回事，我马上就要上班了，并且已经结了婚。你还得有几年才能毕业，还是个孩子。"钟万昌阻拦她的非分之想。

"我看你也不大，像一个毛头小伙，根本不像结过婚的人，绝对骗人。"她毫不退让。

"我走了，你回去慢一点，要注意安全。"钟万昌说着，转身就走。

"你别走。"她上前拦住他，然后说，"你这人为什么这么榆木疙瘩？我对你的心思你看不出来，那叫喜欢你，可懂？"她终于讲得再明白不过了。

钟万昌内心蹿起一股火焰，这个女孩太自以为是、傲慢轻狂，竟说他是榆木疙瘩。但毕竟她只是一个青春懵懂期的女孩，狂傲一点也属正常，便压住了自己内心的火气，说道："我说了，你还是个孩子，没资格谈人生大事，要好好学习。"

"这是我自个儿的事，我的功课我会重视，但我将来要毕业，要结婚，要工作，这确实是我们两人的事，因为我爱你！听懂了吧。"她几乎高喊起来，声音在这寂静的晚上，在这么大的校园里显得非常响亮。

钟万昌知道他又碰上了一位痴情甚至狂野不羁的女孩，他讲什么，都很难阻止她的表达，更何况一个正处青春期的女孩表达自己的感情、诉说自己的心意也属情理之中。

长时间的沉默。

"给我个机会吧？"女大学生感到自己很委屈，说着，猛然扑过来，抱住了钟万昌。她几乎是哭着说的，钟万昌听到了她凄楚的声音。他觉得婉言相劝已很难奏效。就在女大学生希望钟万昌能给她一个机会，钟万昌思考怎么安稳脱身的时候，隐约看到一个人影就在他们侧面不远的地方，那是他的新婚妻子林惠碧。

原来，林惠碧到学校来找钟万昌，有学员告诉她，钟教官到操场的西南角拿衣服去了。当林惠碧赶到这里时，钟万昌和女大学生发生的一幕正好被她看到，林惠碧扭身跑走。

"惠碧，你别走！听我解释。"钟万昌知道这下翻天了，忙喊叫妻子。可林惠碧头都没回地跑远了。看着她一跑一耸动的肩膀，他知道她哭得很伤心。

女大学生这一刻有所醒悟，心目中的钟万昌教官真的心有归宿。她知道整个结果后，比起刚刚那位哭着跑开的女人要伤心得多，毕竟他的妻子拥有了眼前的这个男人，可他对她来说，是永远可望而不可即的海洋珍珠了。她拒绝了钟万昌礼节性相送的建议，转身跑进了黑夜之中。她的哭泣和悲伤将是短期内难以停止的。

钟万昌回到林家跟妻子林惠碧百般解释，但她根本不听，一言不发，也不吃不喝，只在母亲床上哭天号地。家人更不知原委，认为出了什么大事。两天后，林惠碧突然起来告诉母亲说："我要与钟万昌离婚。"林惠碧的母亲一听，当时就傻了……

第四十二章

当钟丽丽给张旭办公室打电话的时候，无人接听，传呼机也是关着的。张旭正在参加一个紧急会议。

钟丽丽一行三人在靠近单位不远处的一条老街上找到一家面馆，要了两个小菜和一瓶二锅头。连往日不喝酒的钟丽丽都来了劲头，大有一醉方休的样子。三人正要吃炸酱面的时候，钟丽丽的传呼机响了。钟丽丽一看是张旭发来的：明天紧急出海远航，时间稍长，保重身体。钟丽丽感到张旭这次出差有点蹊跷，带有神神秘秘的味道。附近没有公共电话，太晚了，回办公室打电话也不方便，她决定明天一早去张旭单位一趟，问个究竟。

翌日一大早，还不到上班时间，钟丽丽就赶到了张旭的单位。可执勤哨兵告诉她，张舰长于子夜时分已经赴港口乘舰出海了，他们要去一个很远的国家，几天后在电视上才能见到消息。战士的话更让钟丽丽如入云雾。正常出差为什么这样神秘莫测，难道有什么重大行动？她回到研究所，脑海中却不停地浮现出她和张旭交往的一幕幕。

她看过张旭的简历，其中这样记录：张旭，黑龙江哈尔滨人，1965 年 8 月出生，先后毕业于大连舰艇学院、海军兵种指挥学院，军事学硕士，海军中校军衔；曾在海军部队军事、政工、后勤等多个岗位工作，现任中国人民解放军海军某舰艇副舰长；曾被评为“十佳青年标兵”；在报刊上发表学术论文近百篇。他的简历中也全是辉煌的标兵记录：立足岗位，书写军营业绩；苦练本领，迎战军事革新；瞄准前沿，锤炼海上铁拳；先后荣获个人二等功两次、三等功三次，被评为海军杰出青年、优秀共产党员……他的确是从一名普通地方大学生成长起来的优秀海军舰艇指挥员。他的父母都是海军军官，家世阳光明朗。初次相逢时，他表现出沉稳厚重，甚至有些世故老道，却没有任何圆滑和不恭。张旭应该是一名内心高贵、心怀坦荡的出色海军军官，钟丽丽绝对相信自己的眼光和判断。可这次他怎么会突然不辞而别了呢？钟丽丽虽然相信张旭，相信他不是一个随便的人，也不是一个对她无所谓的人，但她心中还是慢慢升起一股无名之火。两人已走到今天，怎么说走就走，置她于不顾呢？她决定等他回来，清算一下感情账目。

早晨的太阳，放射出万道霞光，蓝色铺底的大海染上了一层淡淡的金色。站在舰船上，张旭无心领略大海的壮美，正举着望远镜遥望着远方。他率领着他的舰船和士兵飞驰在一个领海内，这是上级安排的一项秘密任务，对于外界是保密的。"啊！祖国的大海壮美多姿。"张旭内心发出了一声感慨。突然他想起如果钟丽丽能和他一起来看海观景多么美妙，可是由于任务性质所限，他只能不辞而别。然而，他心中还是惦记着她。等这次任务完成过后，他应该向她求婚，与她实实在在地牵手，开始人生幸福之旅。现在他必须要认真地完成这次任务。

望眼欲穿的钟丽丽左等右等，不见张旭回来。一个星期后，张旭终于拨通了钟丽丽办公室的电话，钟丽丽激动得快拿不住电话听筒了，仿佛往日轻轻的听筒此刻万钧沉重。久违了张旭——她心中的白马王子，她自己何时开始变得多疑小心了？要不是电视新闻作证，她真把张旭当成了花心浪子。人海茫茫，两人相遇，需要多大的运气和缘分。俗话说："百年修得同船渡，千年修得共枕眠。"前世今生，命中注定，他们必将走到一起，共同牵手一生。这不正是张旭常常对她讲的话吗？不是他们两人共同盼望的结果吗？可是她为什么要为这微不足道的事情让自己的心头布满阴云呢？她如果不信任张旭，能对得起张旭的一片痴情吗？更何况他们都常说："今生相逢，属天地之缘；今世相守，因志同道合。"既然如此，她怎么能质疑对方的真心呢？他们的学养和造诣双双深厚，他们的爱好和志趣彼此相投，那可是一对志同道合的情侣啊！钟丽丽内心的问号沉沉地压着她，使她几乎喘不过气来。钟丽丽的眼泪顺着脸颊流到下颌，她举着话筒竟然忘了讲话。长时间的沉默，憋得那边传来了"喂喂"的询问声，说道："丽丽，丽丽，你怎么啦，为什么不讲话？我是张旭呀！"张旭焦急地催问着，不知道钟丽丽发生了什么情况。

"我在，没什么。"钟丽丽哭得讲不出话来。

"你没事吧，我很担心你。要不要我过去？"张旭想立即见到钟丽丽。

"没事的，不要担心，我很好，不要过来，现在上班时间不方便。晚上我们在公园南门口见。"钟丽丽声音有点哽咽，但张旭还是听清了"公园"两个字。

时间好似被人拴住了绳索，很难往前移动，等到下班时刻的到来，仿佛过了一个世纪，钟丽丽兴奋不已。夜晚的公园人影稀疏，张旭因汇报工作来得稍迟。好在路灯还没完全熄灭，暗淡的灯光映射出公园里的植被和景物的轮廓。张旭和钟丽丽紧紧拉着手匆匆进入大门，穿过一段石板小路，转向侧面一条狭窄路径，路旁有一棵不知名的树木，能遮挡住行人的视线。刚到树的背侧，张旭和钟丽丽紧紧抱在了一起。耳鬓厮磨、咬合吞吻，一阵狂轰滥炸。钟丽丽先是憋屈后喷发着大口的喘息声，然后再一次进入相互堵塞、阻隔呼吸隧道的交锋，终于以钟丽丽的败退而艰难地发出痛苦的呻吟……

"你为什么不打个招呼？"钟丽丽静静地深吸了一口气，问张旭。

"我不给你发传呼了吗？"他缓口气，借着灯光看着她的眼睛。

"光说出差，天知道干啥，不把人家急死？我后来以为你泡妞去了，不敢说清楚。"她的樱桃小口顿时变成一块高高的肉坨，能挂住一个油壶。

"我们有这个纪律，事情没完成之前不允许暴露行踪和目的。再说，我去泡妞，怎么可能？谁也别想把我的心从你身边抢走。"张旭一本正经地说。

"贫嘴，纯粹借口，点一下我就懂了。你怀疑我会泄密？"她不依不饶道。

"那倒不会，可这是纪律，我们必须照办。好，我们不讲这事了，谈点别的高兴事。"说着，他又低下头去找她的唇。

"去去去，还没承认错误，不亲了。"这时有人从不远处的小路上悄然经过，她把脸转向那边的一大块植被。

"好好好，都是我的错，我没给你报告，该打嘴，该打嘴！"说着，举手打自己的嘴。

"谁让你打嘴了，承认错误就行了，不允许下次再犯！"钟丽丽态度明显转晴。

"丽丽，你能原谅我就好，你知道我们从事的职业多么重要而神圣，我们不能因儿女情长影响对祖国的捍卫。张旭心中澎湃着一种气势、一种力量、一种声音，他是为祖国母亲的尊严和利益积蓄喷发的。他说得慷慨激昂，每句话都涵盖着责任。

钟丽丽再次听到了一位军人的呐喊、一位男儿的誓言、一位学子的担当，这是一个男子汉掷地有声地对祖国的宣言。她被深深打动了，鼻子有种酸酸的感觉。

"我往日也意识到这一点。你说得对，每个人都要树立一种主人公意识，爱我中华，强我国家！张旭，我以后在工作上决不拖你后腿。"她没讲出"我为什么这么爱你"，因为刚刚她还让他承认错误呢！

"这么想就对了，丽丽，有首歌你听过没有，就是写给我们这些华夏儿女的。"说着，他轻轻哼了起来：

> 从我做起，从现在做起，投身到新长征的行列中去。
> 从我做起，从现在做起，加入到四化建设事业中去。
> 为了中华腾飞，为了民族崛起，我们要把握今朝奋发努力，奋发努力。
> 啊，歌唱吧，同学们，同学们，唱响青春的最强音，
> 从我做起，从现在做起，从现在做起。
> 从我做起，从现在做起，投身到新长征的行列中去。
> 从我做起，从现在做起，加入到四化建设事业中去。
> 胸怀革命理想，勇于脚踏实地，我们要面向未来刻苦学习，刻苦学习。
> 啊，歌唱吧，同学们，同学们，唱响青春的最强音，从我做起，从现在做起，从现在做起。

"嗯，确实震撼人心，我辈应当以此为号角，奋发有为，为中华崛起而努力！这是中华儿女永恒的使命。"钟丽丽终于茅塞顿开，当年父亲只让她选择有益的职业，没想到事业的天空如此广阔，事业如此沉重。

张旭的心思转向了他们做的那份报告。看到他们的勘察和调查结果，他会有何反应呢？钟丽丽心想，等明天再说吧！

"走吧！夜色晚了，我送你回家，你的手有点凉。"张旭握着钟丽丽的手说。

"张旭，以后别说这样的话了，从认识你的那一天起，我生命的季节彻底发生了改变，冬天早已离我远去。和你在一起，我永远感到温暖！"钟丽丽这句话是动了情说的，一句话差点儿没让张旭眼泪流下来。不过，张旭体会到钟丽丽话中隐含着弦外之音。

仲秋的夜色渐渐变深，也快速涨满了凉意。经不住风霜的枯叶不时滑落在地上，让宁静的公园在万籁之外平添一种沙沙和声，远处的喧嚣把这儿衬托得更加寂静。恐怕时间不早了，整个公园散去了所有自然界的声音和踪影。他们手挽着手，走出了公园。

第四十三章

女儿的一句话宛如在林家抛下了一颗炸弹，全家人都有了被五雷轰顶的感觉。特别是林惠碧的母亲，非要立即去和那位女大学生一决高下。林惠碧看到母亲这个状态，生怕给丈夫钟万昌惹出什么麻烦，反而后怕起来。她回过头来好言相劝，让母亲别管此事，她和姐姐一起去问个究竟。母亲哪能同意，无论如何亲自去找那个女大学生。钟万昌制止无效，只能听任。无奈之下，母女三人一起去了那所大学，但前提是以家人找人为由，只能悄悄说事，不能毁人家名誉。她们来到了这所大学，颇费一番周折，终于找到了那位女生。前后经过，事情原委，经过详细询问了解，才知道双方都属于误会，并没有实质性后果。女大学生在这时方才详细听说，钟教官和林惠碧相识、相恋、成婚的过程。女大学生终于明白了钟万昌所说的心有所属，确属事实，并不是故意推脱。事情终于真相大白，误会彻底解除。

爱情是神明给人类制造的美酒和佳肴，婚姻则是上苍给人类营造的心灵家园和幸福港湾。他们也一样，幸福在心海里流淌，爱情的风帆开始在生命的河流中启航。等钟万昌的军训完全结束后，他和妻子林惠碧两人一同因钟万昌的工作分配来到了长江下游一座城市——合肥的一家工厂。按照政策，林惠碧也做了一名家属工。

离开军校那天，前来送行的人挤满了火车站台，好多战友满面泪水轮番跟钟万昌拥抱，好多参加军训的大学生也来到车站跟钟万昌告别。远处悄悄站着一个女学生，眼睛向这边看着，不时地抹着眼泪。

钟万昌发现了那位女大学生，他走过去跟她打了招呼，并说："如此花容月貌的时代骄子，吉人自有天相，你的未来一定美好幸福！我为你祝福。来吧！让教官拥抱一下！"他说着，靠近她，轻轻地拥抱了她。她身体没有一丝动弹，但眼泪却像汹涌的江水，一泻千里。

看到这一幕，在场的很多人都流下了眼泪，唯有林惠碧和她的家人没有任何表情。

喇叭再次催促响起，火车就要启程了，钟万昌和林惠碧依依不舍地上了车，反复回头招手致意道："再见，再见……常来信……"各种声音伴随着火车叩击着钢轨的轰鸣，震撼着西南大地。"走了，走了……"火车终于驶出车站，渐渐模糊，它将驶过西南山岭、江汉平原，驶向潇湘大地，奔向遥远的长江下游……他们的亲友同学还在不停地朝着一个方向举着手……

甜蜜和幸福围绕着一对新婚夫妇。他们到达庐城后，利用三天时间游历了这里及周围的多数景点和名胜。逍遥津古战场、包公祠、李鸿章故居、吴王古墓……名胜古迹琳琅满目，历史人物璀若星辰；古庙寺院香火缭绕，文物景点游人如织……包公一生公正廉明，刚正不阿，成为中华历史长河中正气的典范。其死后，宋仁宗赐题"孝肃"二字，高度评价了包公忠孝的一生。距今一千七百多年前，逍遥津古战场上东吴和魏国曾进行一场激烈悲壮的厮杀，张辽率领的八百勇士重创东吴军队，创造战史上稀有的以少胜多的著名经典战役，曹操的知人善用和张辽的勇猛顽强恒久不息地为世人所传颂……悠久的故事和传说早已沉入人类长河深处，逍遥津的激战和风雪也随风远去，但所昭示的生命内核和哲理将永远存入后人的记忆。钟万昌牵着爱妻的手，走读沉思，流连忘返。每到一处，他们都身临其境，如同诵读着一本生动精彩的现实范本。中华古老的文化给后者留下了无数珍奇的瑰宝，后人当以史为鉴，老老实实做人，堂堂正正行路。他们笑了，相拥着，交谈着初来庐城的感受。

"不错，我们从此正式开始我们的工作和生活之旅，携手创建未来美好的蓝图。"钟万昌看着美如白玉的娇妻轻轻地说，他的脸上布满了笑意和幸福。林惠碧心要醉了，她把脸贴在丈夫的胸脯上，仿佛聆听大海节律般的震撼和跃动。他们随后看了组织分给他们的家，简陋得让人心里发笑，但还是整洁质朴的，散发着淡淡的清香和温馨。"很好，人穷志不穷，这个家很温暖，我就是喜欢，最主要的还因为有个你！"他猛地将林惠碧抱起来，连同自己在半空中旋转，吓得林惠碧"哇哇"大叫。

"人活着真好，我们一定要珍惜国家和组织给我们的一切。"林惠碧文化程度不高，但她知道人世间的常理。她知道眼前的一切都是国家给的，组织给的，上级给的。没有党组织，他们就没有今天的一切。"我们好好干吧！"钟万昌说出了心中的话，林惠碧默默地点点头。两人拥抱得更紧了。

从那一天开始，两人开始为党和人民的革命事业共同奋斗。但这一时期，生活依旧困难。有一天，钟万昌远在北方内蒙古的老家谢尔塔拉再次遭受自然灾害，哥哥又陷入了贫困之中。这时哥哥给他寄来了一封信，说老家遭灾，生活苦难，不能看着一家人饿死，要他们照顾一下自己的家庭，照顾一下自己的大儿子和大女儿。看过信，钟万昌沉思良久，他正在为家中的拮据犯愁。一个月工资没领，林惠碧正充当着"无米之炊"的"巧妇"呢！

妻子很快明白了他的心思，并欣然答应让钟万昌的哥哥和嫂子把孩子带过来，由他们抚养。老家很快收到了他们的回信，一个多月后哥哥和嫂子把家中的一对儿女带到了安徽庐城。

钟万昌诚恳地对哥嫂说："只要我们生活能过得去，就不会让孩子们饿着。"哥哥和嫂子当场流下眼泪。爱子女心切的钟万昌夫妇先有了一双儿女。

在平静的生活里，钟万昌和林惠碧享受着养育子女的快乐和温馨。他们视钟林和钟婉莹如己出，外人根本看不出他们养育着别人的儿女。

每天下班后，钟万昌就带着两个孩子玩耍，常常逗得他们咯咯大笑。钟林八岁，婉莹四岁，孩子毕竟很小，钟万昌虽然在单位是一名领导，但他还跟单位协调，与妻子上班的时间错开，便于他看护孩子。开始妻子不甚理解，为了别人的孩子，何必那么高兴？钟万昌躺在矮小的平板床上，双手举着钟婉莹笑着对林惠碧说："你就不懂了，我太喜欢孩子了，小时候家里穷，大人没时间问孩子的事，给口吃的就算开恩了，像没娘的一样，我和哥哥他们多伤心呀！后来家乡又闹灾荒，我就跑出来了。我要把自己没有得到的给我们的孩子。再说古人云："老吾老以及人之老，幼吾幼以及人之幼。"这本身是人生的美德哩，我们何不秉承和延续呢？"钟万昌美得那个样子，让林惠碧看着嫉妒万分。

在这段困难拮据的实际生活里，钟万昌他们的心中是健康快乐的。时光流逝，静如处子，一家四口人却生活得其乐融融，充满温馨。

转眼数年过去了，钟林长成了英俊少年，婉莹变得更加聪明伶俐，愈发清秀漂亮。特别是婉莹天生拥有一副金嗓子，跟老师学的儿歌唱出来婉转动听，美妙动人。钟万昌有时听着听着思绪跑到了很远的地方，仿佛追着一只百灵鸟的歌声在无垠的天空中飞翔……眼泪也会布满在他幸福的脸上……他知道婉莹是上苍赐予的又一礼物，她赋有天分的歌喉会为他和妻子营造生活的芬芳。他们所在的电影机械厂都知道他们有一个会唱歌的百灵鸟女儿，甚至没事找闲的人会到他家听婉莹唱歌。

作为一名电影机械厂的党委副书记，钟万昌在工作上是积极严谨的，但在工作之余，他和职工打得火热。多年军营生活的锻造使他对人世生活的一切无比热爱，再加上其个人内在素养和魅力，感动身边的群体也是必然的。他们平时对钟书记的工作鼎力支持，业余时间又相处如亲人。就在俗世生活进入正轨，钟万昌一家幸福圆满的时候，一股风卷入整个社会，乃至每一个单位和家庭。钟万昌是在参加一个会议时得知了这一消息的，这股风很快吹遍中国大地，吹过大街小巷。后来，文件发至每一个部门、系统、单位和厂矿。文件醒目的标题让钟万昌良久沉思着，他一阵子很纳闷，刚刚熟悉的宁静生活突然被打碎，他的心也如碎片。他想听婉莹唱首歌，一下班急忙赶回家去找女儿钟婉莹。

在知识分子上山下乡的一片锣鼓声和呐喊声里，在热闹纷繁的送行身影中，在泪眼婆娑的依依惜别时刻，庐城电影机械厂符合条件的干部职工天南地北地各奔西东。钟万昌带着妻儿老小，下放到距庐城近两百公里远的一处盛产石榴的榴乡古城。夫妻被分到县城电影文化站，钟万昌担任电影文化站站长。不过，文化站几经变迁，最后挂牌为文化局。

对于一名热爱生活的人来说，哪儿都是家。钟万昌在心灵的颠簸中，深切地知道感情和温暖对人弥足珍贵。他可是有妻子儿女的人，在哪儿不一样生活，不一样幸福呢？有人说："世上本无家，渴望与渴望相遇，便有了家。"

又有人说："从普通意义上讲，家是生活；从精神意义上讲，家是思念。"还有人说："家是离家时的牵挂，是记忆中的幸福。"实际上，家太平凡了，不过是重复渴望着收获美好与温馨，哪怕是很微小的一丁点儿。但正因为这永恒的平凡和渴望，才给了人类活动的力量和生命的意义。钟万昌一生喜欢大海，他畅想着那些远洋航行的人，一旦海平线出现港口朦胧的影子，寂寞已久的心会跳得欢快。人生中如若没有一片港湾等待着拥抱远行者，无边无际的大海岂不令人们绝望。在生活的航行中，无论经历多少狂风暴雨，家永远是供人们休憩的温暖的港湾，是人间的精神乐园。温馨的家默默护佑，也铭记着人们生命岁月里的每位善良的亲人。

时间没过多久，钟万昌一家又恢复了往日平静快乐的生活。周末，他太高兴了，与文化站的几位同事晚上喝了点酒，回家后非要与妻子亲热。一番温存缱绻之后，钟万昌温情地抚摩着妻子，他的手如一枚探测器，当行走至林惠碧的小腹部位时，突然停了下来，神经告诉他，这是一个重要的地方，应该引起他的流连。他来回抚摩了数遍，感觉到还是有什么不对。

他忽然问妻子道："我们都忘了，怎么这么久，你这儿没有动静？"

"哎，对了，你不说，我都忘了，我怎么一直没反应，光顾带孩子去了。"林惠碧翻身压在他的身上，疑惑地看着他。

"我们不会有什么问题吧，老婆？"钟万昌也觉得蹊跷。

"应该不会吧，我们没有感到什么不适，怎么会没孩子呢？要不要去检查一下？"她抚摩着他的脸说。

"我觉得我还可以，每次你不都是鬼哭狼嚎、满载而归吗？不信咱再来一次。"说着，他翻身把她压在身下。

"你动作小点，孩子听到了多不好？"她捶着他的背部，嗔怪着。他们幸福地交织着，没多长时间鸡就叫了。天一亮，林惠碧把孩子安排好后，他们去了县医院。等化验单放在他们面前时，两人都傻了……

第四十四章

　　二十世纪九十年代的一天傍晚，一架波音 707 飞机从京城西郊机场飞向蓝天，这是中国最高规格的出访，钟威和徐斌分别作为外事工作人员和安全人员也随同出访。其中一项重要内容就是与造访国家元首共同签署国际救援协议，联手为全球贫困和战乱国家实施人道主义援助。几次随国家领导人出访，钟威目睹了一些国家人民的生活状态，他们流离失所，他们遭遇痛苦和灾难，他们贫穷……同为人类的生灵，只要有人生活在煎熬中，平安舒适的人就该为之怜悯和同情，就该伸出援手，就该付出爱心……地球上的人类同居一个家园，就要有同呼吸、共命运的本位意识和亲人情怀。他也亲自见证了中国作为一个东方大国的博大胸襟和政治眼光。他也深切地感觉到中国正从默默无闻的发展中国家悄然走向举世瞩目的国际政治舞台。无论是国家实力，还是国际影响和地位，都已经令世界称道。中国必将以一个强盛和文明的大国形象屹立在世界东方。作为一个普通工作人员，他不能隐匿心中的见闻，不能埋没心中的良知，不能漠视心中的痛苦，不能抹去心中的阴影……他要尽一个人的力量，力所能及地做些微不足道的事情，尽力让地球家园里受苦难的家族同胞享受生存的尊严和生活的快乐，否则他寝食难安。徐斌早看出来这一点。结束访问、离开非洲时难民们的跪求谢恩，使钟威的灵魂受到更大触动。感情通达整个人类，爱心传输每颗心灵，美好的事物绝无地域和国籍限制的。他心情郁闷感伤的时候，徐斌的每一句话都是追踪着他的情绪的。

　　他后来了解到世界上确实有一个国际捐赠和救援机构，名称叫"红十字国际委员会"，1863 年创立于日内瓦。该组织总部设在瑞士日内瓦，在全球拥有来自 80 多个国家的 1.3 万名员工，宗旨是为因战争和武装暴力而受害的人提供人道保护和救助。只可惜他并不知道通过什么渠道往里面投放资金呀！而他们的领导也许知道捐赠的程序。想到这儿，钟威真想直接到首长身边问个究竟，另外再了解一些关于爱心捐助的情况，既不给国家带来消极的影响，又能满足自己心中的愿望。但现在不能过去，他们有严格的规定，不能越级去联系，更不能超越职责权限。唯一的办法是通过徐斌，徐斌也不是随时都能接近领导的，他只有通过他的上级办公室主任，才能有机会实现。反正不管谁能靠近首长，只要能把这个问题了解清楚即达到目的。这是在闲暇时间，他可以考虑与工作无关的事情，所以从登机那一刻开始，他脑海里始终旋转着这个问题。这时有人来通知，飞机马上就要到达北方大国，请各自做好一切准备，各司其职，进入工作岗位。每当这时，他们的弦立刻就会紧绷起来。首长安全、国家名誉、外交事宜……任何闪失都会造成无法弥补的严重后果。刚刚那个问号立马从他的大脑中坠入了云海……

大国的接待非常隆重……

晚宴后，主宾双方相互问安，各自返回休息，以备翌日的活动议程。当晚，在首长下榻的宾馆里，办公室主任和值班的徐斌终于获得了直接与首长接触的机会。当然作为一名警卫人员，徐斌在工作期间，主要是负责首长的安全，不能谈及与工作无关的事情，钟威的想法只能由主任伺机表达。

受钟威和徐斌重托的首长办公室主任果不食言，在汇报翌日工作安排时顺带问首长一个常人很难遇到的问题——中国公民向其他国籍公民捐助，有什么要求？

首长听到这个问题似乎有点吃惊，当然这只是从他原本放松的表情上观察到的，而从他整体精神状态上看不出什么，他依旧看着主任呈报的工作议程表。少顷，他抬起头看了一眼办公室主任，觉得好奇怪，这位平素只汇报和请示工作的他怎么提出一个与眼下事务没有直接联系的问题，不过这也是一个问题，也属于他的职责范畴。

"啊！国内的贫困百姓和弱势家庭还不够你们去帮助呀？"首长明显感觉到这个问题有意义。

　　"我们的一个同志想了解一下，他打算尽点微薄之力救助国外他接触到的一些孤儿与家庭，但他不知道这样做是否合适，同时他也想为中国人争得荣誉。"主任虔诚地说，一副凝重诚恳的表情。

　　"那好呀！有这份心思正好体现了我们中华儿女的传统美德，这也是拥有世界公民意识的体现，应当支持和鼓励。"首长语速缓慢地说。主任根本没想到首长竟然会这样回答，而且他对此问题竟然没有一丝厌烦的感觉，好像这个想法就是他提倡的一样。首长实在太忙，先前钟威不知道因这件事情请示首长，会不会给首长添乱，弄不好会自讨没趣。但徐斌坚持试试，以解开钟威心头的疑云。

　　首长端起桌子上的玻璃水杯，抿了一口茶，接着说："这个还要看捐助者的捐助额度和持续性，如果只是一次性或者少量财物的捐助，可通过国际邮件或者汇款形式直接寄达本人；如果邮寄地址或者受捐助者姓名不明确，可以通过使领馆寻找转交；如果捐助资金较多或者物品较多，可以向当地我国大使馆申请，提出举办捐助仪式，以正式活动形式进行捐助。同时，可以成立国际个人定向捐助基金组织，定时定向对被捐助者予以救助，相关媒体可以介入宣传报道，借以增加捐助的意义和影响力，扩大中国公民的世界和平意识与品质魅力。当然这些都可以通过国际红十字会来完成，因为国际红十字会也接受个人捐献，只不过是统一使用，很难实现定向专款专用的目的。"首长阐述得十分详细。

　　办公室主任看到首长的慈祥面容，切实感受到他的人格魅力，既像他面前透亮的一杯水，清澈纯净得可以细数其中的成分，又像一片幽深的大海，宽阔深邃，无比美丽神秘。他神情平静地向首长点点头，内心却充满了敬仰。

　　"我代表这位同志感谢您的亲自解答。明天您还要出席多项活动，夜深了，您休息吧！"办公室主任转身离去时有些依依不舍和说不出的感动。他出门时向首长门外的警卫人员郑重深情地点头致意，其中也包括徐斌。他没有讲一句话，但徐斌看得出，他好像有很多话要说，有很多的情绪要表达，只是此刻无法实现而已。他径直去了最想知道结果的钟威所在的工作人员办公室……

　　一个星期的考察访问、会晤座谈，两位大国元首在经济贸易、民间来往、文化交流等各个方面签订了友好条约，其中一项内容是两国之间友好互助，并对其他遭遇战乱、灾难的国家和地区共同进行援助。在中国的外交理念的引领下，一些国家的外交政策向着世界和平的目标进发。

第四十五章

在平静流逝的岁月中，钟万昌和林惠碧竟忘记了自己幸福婚姻生活的神圣使命。钟万昌早就注意到他们已经结婚多年，却一直没有动静。可他一直没在意，还曾滑稽地想，他们可爱的小生命，是否因为他们的偏袒而气恼，于是才安静得像冬眠似的。钟万昌也和妻子悄悄私下嘀咕道："怎么回事？难道我们自个儿的宝贝，真的生气了？"直到那晚他才真正重视这个问题，妻子也才感到了问题的严重性。因为她觉得丈夫对她恩爱有加，温存缠绵的机会几乎天天都有，自己不计其数地领略他的阳光雨露、风云波涛，可自己这块还算丰腴的土地上未见禾苗生长，迟迟不结果实呢？

钟万昌的一张化验单，使夫妻双方都蒙了。

钟万昌的生殖系统严重损伤，输精管受阻，其不能生育。

这无疑是一个响雷，把双方都炸蒙了。这一对恩爱夫妻，在医院里却没有表现出任何惊愕和悲伤，回到家，背着孩子相拥着，痛痛快快地大哭了一场。他们抹着泪叹息着，人生怎么会有这么多的磨难？

对于外人，特别同孩子在一起，他们一切如常。钟万昌和妻子上班之余，依然无微不至地对侄儿侄女关心照顾。他们经常带孩子到房前屋后玩耍，到东边的大堤上享受阳光，看小草发芽，看柳树泛绿，看麦苗抽穗；给他们讲《孟母三迁》《孔融让梨》《曹冲称象》的历史故事。钟林和婉莹如沐浴春雨般地汲取着知识的甘露。又一年夏天，他们一家来到淮河岸边。河水幽绿，浪花飞溅，船儿穿梭；天空瓦蓝，云朵飘动，白鹭飞翔，宛若一幅神工妙手绘制的自然风景画。婉莹唱着刚学的歌谣："淮河水呀长又长，白帆浪花向东方，座座青山绿又绿，青山深处是白杨，花红一片淮水淌，淮河岸边是家乡……"好多行人驻足静听着她的歌声，忘了自己走路和手中的活计。这时从河流中央，袅袅传来渔家女子纵情放歌、悠扬深情的黄梅调。河上河下，此起彼伏，温婉对歌，婉转曼妙，令人心旷神怡。堤下岸边的杨柳依依，宛如多情的女子，招手迎接他们从省城而来的一家人。河边一对恋人手挽着手，一会儿沿河慢走，一会儿含情对视，一会儿转身眺望奔涌不息的河水。

"生活多么美好！"钟万昌内心由衷地发出赞叹。

之后，他们照例领着侄儿侄女沿堤坝草丛和岸边浅水植被逮蚂蚱、捉蝌蚪，孩子们开心得乐不思蜀。不知不觉中天色暗了下来，夕阳西下，他们才一同回家。在经过一片偏僻的树丛时，婉莹发现一个包裹状的东西。

"爸爸、妈妈、哥哥，你们来看这是什么？"她有点害怕，惊叫着喊家人道。钟万昌走近一看，是一个襁褓，里面有一个婴儿，还是一名男孩。见此情景，夫妻紧张而又气愤，认为谁家父母如此心肠，竟把自己的骨肉扔在这荒郊野外。转念一想，在这困难的年月里，饿死人的事情时有发生，日子难过了，这种事情发生实属正常。

一家人在那儿守了一个多小时，天完全黑透了，起风了。他们怕冻伤孩子，就在一片言语声中，抱起婴儿回家。

回到家里，一家人给孩子换了一身更暖和的包裹，婴儿被凉风吹得发青的小嘴慢慢缓过劲来。

婉莹说："大大，这小孩长得真好看，小嘴一动一动的。"

钟林说："大大，我们不要小弟弟，不要小弟弟，有了小弟弟，你们就不要我了。"

钟万昌说："傻孩子，多了一个弟弟，我们又多了一个人，怎么会不要你了呢？"

林惠碧说："他也是个孩子呀，也需要父母的疼爱呀！我们不要，谁来照顾他呢？下次不要再说这样的傻话了。"

钟万昌说："妈妈说得对，下次再说傻话，我们就打你的屁股。"

钟林不再言语，这样钟家又变成了五口之家。钟万昌夫妇彻底改掉开始时的呼唤习惯，直呼孩子们"儿子女儿"，现在儿子中又加了个老二。老二的名字叫钟威。

为了不给孩子平添心事，钟万昌夫妇很快又进入了平常的生活，没有让孩子发现有什么不同。他们却把岁月酿成的苦酒吞进了心里。岁月静静地流淌，孩子慢慢地成长，在锅碗瓢盆的交响曲中，他们的生活越来越捉襟见肘，但钟万昌夫妇从来没埋怨生活的不公和眼前的困难。他们认为只要孩子能够健康平安，他们就感到充实和快乐。有一天，他们带女儿婉莹去医院看病，在妇产科附近，看到一位穿白大褂的医生抱着一个孩子跑出房间，穿过走廊，正在撵一位头戴纱巾、身穿棉衣的青年女子。只见急匆匆地跑在前面的女子，头也不回地跑出了医院的大楼。医生嘴里念叨："自己造的孽，又不敢承担，真是泯灭了良心。"她埋怨女人不仅不给孩子哺乳，还扔下孩子只身离去。

听到医生的话，钟万昌疑虑地看了医生一眼，脑海中迅速闪过一个念头：如果女子不愿要这个孩子的话，他想和医院协商，抱养这个孩子。他走进了妇产科医生办公室，真诚地表达了他的想法。医生们一起反复打量着眼前这个端庄威武、语和面善的男人，都认为是一名厚重可靠的人。出于他的诚心和善意，医院答应三天之后，如果没人来抱这个孩子，他可以按有关法律规定和程序向有关部门申请收养这个孩子。

后来，钟万昌和妻子收养了这个孩子。这样，他们家就有了四个孩子，这个男孩成了老小，取名钟飞飞。钟万昌就在这时才想起，应该感谢上级把他和妻子调入这样一个边远的县城，没想到他们有机会得到了四个儿女。

到榴乡小城生活的第五年，林惠碧重庆老家传来消息，母亲患病了。得知消息后，林惠碧寝食难安，念母心切的林惠碧将孩子交给邻居李大娘临时照管，立马启程与丈夫一起去了西南山城。但一个多月后，母亲终于没能抵挡住岁月风霜和疾病的侵袭，离开了人世。岳母的去世，让钟万昌万分悲痛。他十分感激这位伟大的母亲，今生养育了他美丽的妻子，给予了他们现在幸福的生活。他知道这位母亲是伟大善良的，当初正是因为看中了他这个小伙子的善良和忠厚，才把天仙般的女儿嫁给了他这位普通军人。

安葬了母亲，姐姐林惠丽面有难色而且含着泪告诉他们，因为家中的土地被收回，生意也做得不甚景气，身边孩子又多，母亲已经不在了，养活儿女更加困难，她和姐夫想把老三送给他们抚养。这又是一个让他们无法拒绝的难题，就像一家人正为锅里的粥少而发愁的时候，突然来一位饥饿且需要救命的求助者。

两人面面相觑，没有直接回答姐姐的要求。就在林惠碧踌躇的同时，钟万昌和她对了一下眼神。那是夫妻心灵刹那间的交流触碰，那是相爱的人关键时的相知和契合。两人一起把事情答应下来，并决定很快就会把孩子带回他们居住的那个榴乡小城。

返程的汽车载着他们，他们心中装满了途经的贫瘠山水和生活的焦虑忧愁。家庭经济生活的困难已经把他们推到了绝境的边缘。作为一名母亲和家庭主妇，林惠碧最担心的是养活不起孩子，让正在长身体的孩子们受委屈。但钟万昌却从来不为生活气馁，一路上都在思索着。他认为，俗世生活奇事频发，任何生活遭遇都是有趣精彩的。他似乎看出了妻子的心思。

"发愁呢？别想那些事了，车到山前必有路。"他安慰她说。

"我怕他们饿死，对不起生养他们的父母。"妻子的声音低沉悲凄。

钟万昌伸手将妻子搂在了怀里，他知道她需要他的臂膀呵护，不然她柔弱的精神会崩塌的。"你看，我们不是还有一双有力的大手吗？"他举起握着拳头的右手在她面前晃悠着。

怀中的妻子泪眼婆娑，不置可否地看着他。似乎人们都没有了精神和气力，旁边的乘客一个个都是无力的神态，没人注意他们的一切，无精打采的眼神只是扫描着汽车的前方……生怕道路上出现意外。

从此，钟家又增加一位新成员，这位新成员在儿女中年龄最大，排在钟林前面，理所当然成了钟家的大公子，取名钟渝。钟林变成了钟家二儿子，钟威成为三公子。实际上，钟渝在林惠碧姐姐的孩子中排行老三，但老大姐姐和老二哥哥都已经基本成人，慢慢可以做事、自食其力，下面的老四妹妹和老五弟弟年岁尚小，不好让别人收养。唯有钟渝虽长成少年，但还不能做事养家，明显还是家庭负担，所以钟渝母亲将他送给了妹妹养活。钟渝长相英俊，身材粗壮，干事沉稳，唯一不足就是有些懦弱。但是他加入钟家这个家庭后，在儿女这辈中年龄毕竟最大，而且已经初懂事理。钟万昌反复交代他要关心带好弟弟妹妹，同时要为家庭承担事务，齐心协力，度过眼下家庭最难的日子。钟渝含泪点头，经过家庭和生活的变迁，他好像已经懂事很多。

钟万昌和妻子林惠碧为了抚养这些孩子，除了正常上班外，开始为生活付出更大的艰辛。他们在上班之余，经常带着钟渝和钟林出去找一些零碎活。有时他们在电影院旁摆摊位、卖歌碟；有时他们碰到火热好看的影片，就主动骑车将这些影片送到乡下放映站，减去下面人员来取片或者邮寄的烦琐，还缩短了时间，避免了一些差错；偶尔他们也帮别人放放电影；有时他们也在酷热的季节，在影院旁卖卖冰棒；实在没事干的时候，他们就去拾荒捡破烂……想方设法挣些收入，养活这些孩子。

有一天，钟万昌一家人批发了许多冰棍，装在几个冰棒箱里，正准备到电影院门口叫卖时，突然来了一位抱孩子的中年女人。见到钟万昌"扑通"一声跪在门前的地上，说："求求你们，行行好吧，我们实在喂不活孩子了，你们帮帮我们，都说你们是好人。"说着，眼泪像断线的珠子。"哇"的一声，怀里的孩子也大哭起来。

钟万昌忙上前拉她道："你先起来，有什么事慢慢说。"

女子就将事情原委一五一十讲了一遍。她家住在乡下的一个偏僻村上。丈夫连饿带病刚刚过世。她有四个孩子，家庭特别困难，有一个前年饿死了，剩下的孩子她实在养活不起。本来她把怀里的这个孩子扔到了老家西湾的荒地里，三天后她认为这孩子早饿死了，可是偷偷去看，发现孩子竟然还活着，她的心都碎了。没法子，她就抱着这个女儿来城里找活路。有人说，这年头哪家都难，只有一家在电影院上班的两口子人心眼好，也许他们能帮助解决。

"我们正愁着揭不开锅呢，我们也没办法。你到别处人家看看吧！"钟渝没等家人开口，就上去轰撵。

钟万昌上去拦住钟渝，让他不要说话，但钟万昌自己也说不出一句话。

女人看到这一情况，"扑通"一声再次跪下，说道："帮帮我吧，我死也不会忘记你们的大恩大德。"她声泪俱下，跪着再也不起来了。

一家人都看着钟万昌。

钟万昌实在看不下去，恻隐之心忽然生出，说："这孩子交给我们吧！"

"谢谢，谢谢……"她一个劲地磕头，像鸡啄米一样。

钟万昌又一次把她拉起来，顺势接过了她怀里的孩子。

"这孩子你们能喂活的话就是你们的，永远不要让她知道她的身世，不然她会怪她妈妈狠心的。"她抹着眼泪说。

钟万昌沉默着将孩子交给了妻子林惠碧，自己想问一问她家的住址，但怕她误会自己，立马又把话咽下了，只对她点点头。

女子一步一回头地走了，眼泪还挂在她的眼角边。

"你们忙去吧，我要看看我们家的又一朵金花。"中年女人还没走远，钟万昌就举着孩子，开始了他一贯的穷开心。不过，他一笑一逗，孩子真的不哭了。"快！老婆，弄点玉米羹，这孩子快饿坏了。"

林惠碧摇摇头，无可奈何地到厨房去了。钟渝、钟林，就连婉莹都气哼哼地走开了。

"我家的丽丽，"钟万昌常常"嗡嗡嗡"地亲吻着，"不仅清秀美丽，而且还乖巧老实，只要给口吃的，就一声不吭。不像我家的婉莹，性格泼辣，胆大乖戾。但我怕她长大后再因身世问题与我们闹架。那明天她生母要来滋生事端，我们钟家生活可就不好过喽。"钟万昌经常跟妻子聊天，林惠碧总是缄默不言、不置可否。

钟万昌给喜迎的这位公主取名钟丽丽。随后的几年里，钟家又迎来了钟棒棒、钟勇和钟一帆等多位家外儿女。家庭虽捉襟见肘，但孩子们和钟万昌在一起，始终能够听到这位慈父的笑声。

日子总是要过的，孩子们被钟万昌教育和熏陶后，个个很懂事。孩子只要略大一点儿，就能帮着家人做点事。日子虽苦，但孩子们一天天长大，这是做父母的收获，就像在秋天里见到粮食归仓一样。

这一天，钟渝和钟林带着年龄小一点的飞飞、婉莹、棒棒等到外面卖影碟、歌碟和冰棒。钟林在剧场门口吆喝时，有一名先前曾卖过冰棒的十几岁男孩以钟林占他的地盘为由，轰赶钟林和棒棒，引发双方争执；没讲几句，两人动起手来。先是棒棒被对方踢倒，钟林的脸被对方抓烂。钟林用手中的冰棒摇子把人家的头打破了，因此被抓到了派出所。钟万昌一听这事，忙把怀里的千金宝贝钟一帆交给妻子，朝派出所跑去……

第四十六章

　　当队医给维和队员作身体常规检查时，意外发现吴娟、钟飞飞和另一名维和队员身体局部有红色斑块，体温也出现异常。这一消息顿时在公安部与世界维和总部等相关部门引起很大的震动……电波穿梭，指示飞传：要求不惜一切代价救治维和队员，确保他们的健康和生命的安全。

　　然而现实情况是，原先每位维和队员配置的预防药品都已经用完，根本没意料到少数队员因工作加班加点过度劳累，抵抗力下降，造成身体突然变化而感染流行疾病。而治疗此种病的药品是专用的，维和医院和任务区周围医院都没有储备药品，没有此药是最大的问题。如果从国内和药品制造厂将药品运到任务区队员执勤点，最快也需要七十八小时，而维和病员的抢救时间最多只有三十六个小时，一旦全身感染、高烧不退，会引发身体机能深度损毁，心脏和肺部功能丧失，从而造成病员窒息死亡。上级在不断督促指令，可任务区相关部门却因为药品的短缺和救治条件的不足而束手无策。

　　时间在一分一秒地飞逝，钟飞飞和吴娟等队员的体温渐渐地升高，病情迅速加重，钟飞飞已经开始出现昏迷。维和中心和医院在维和队员中全面紧急寻找剩余药品。一个小时过去，三个小时过去，十二个小时过去，二十四个小时过去……药品基地和国内发送部门还没动静，三十个小时过去，三十一个小时过去，三十二个小时过去，可国内发送部门依然没有音信……钟飞飞已陷入深度昏迷状态，吴娟身体素质和状态相对较好，抵抗力较强，时而出现昏迷状态，其他队员都已经陷入昏迷状态。时间已经过去三十四个小时，他们的身体陆续出现病危和极限状态，可药品依然没有找到。钟飞飞和吴娟的战友们全部赶到了维和医院的病房中，有人开始流泪，有的队员抱在一起沉闷地哽咽……"来了，找到了八片治疗鼠疫的药品……找到了……"医院门外有人大喊着，声音由远及近。一路跑来的是一名美国维和队员，由于长时间奔跑，他刚到门口，就气喘吁吁地累倒在地上，手里紧紧攥着在队友那里找到的八片药……

医生紧急为钟飞飞和吴娟及患病垂危的队员服药。一天后，吴娟和另一名队员很快退烧，身体慢慢恢复。但钟飞飞病情明显不见好转，需要继续服用药品治疗。可根据规定，对这种病疫的治疗最低需要一个基本周期，那就是三天，然后待病情好转后，还要吃药继续治疗巩固。但一天一片，八片药根本不可能完全治愈三名队员的病情，这依然需要补充药品。第二天还没到服药的时候，吴娟不顾医护人员的阻拦，就早早地起床，出门锻炼去了。

回来后她找到医生说："我觉得我完全恢复了，不需要吃药了，我把剩下的药给那个钟飞飞警官。"

"那怎么行？"医生用流利的中国话说。

"我自己的病情我自己能把握好的，请你按我要求的做。他是我们领导，他出事你必须负责。而我没事的，你看！"她严肃甚至带有警告的语气对医生说。

"上面安排我一定要治好你的病，我作为医生也必须对病人负责，我要用现有的药品和条件给你治疗。随便停止用药或者减少剂量，我可担不起责任。再说你绝对不能对自己马虎，我知道这种病，随时可能反复。你不必威胁我。"她显然被激怒了。

吴娟看硬的不行，就改口说："我吃这种药不适应，身上有强烈的过敏反应，你看。"她捋起衣袖让医生看，然后笑着说，"我加强锻炼，比吃药效果好。"

"别说了，我不可能听你的，里面那位正常用药还不知道结果呢，我不可能在关键时候给你停药！"医生的态度十分坚决。

病房里，医护人员正在查房，吴娟躺在病榻上，眼睛时而盯着洁白的天花板，时而滴溜溜地转着。

医生和护士都过来了。有人摸了摸她的额头，又量了量她的体温，然后叽叽咕咕说了一些她听不懂的话。她猜测大意是讲她的病情已基本稳定，再吃点药、打打针，就可以出院了。他们离开之后，一名护士递给她一片维和队员费尽周折才找到的特效药，又转身给她倒了一杯水，放在窗前的柜子上。护士正准备离开，被吴娟喊住了。

"哎，同志，隔壁三号房间那位病人情况咋样了？"她担心地问护士。

"噢，你说那位重症患者，他还在昏迷，你和另一位队员吃下药后，不久就能基本恢复了。医生说他的素质和抵抗力较弱，再加上拖得时间长了，开始没有专用药，现在药虽然找到一些，但还是不够，正在四处弄药呢！"护士的英语很流畅，听得出来，明显受过专业教育。

吴娟心里沉了一下，脸上布满忧郁，但又没法流露，一种无奈让她喘不过气来。"谢谢你，我明白了！"她说。

护士扭身要走，突然停下来问她道："他是你同事吗？昏迷时老念叨一个人的名字，好像叫什么娟的，跟你的名字很接近。"护士是个诚实的人，没有一丝遮掩。

她点点头说："他不仅是我的同事，是我的战友，也是我的丈夫。"说完，她的脸色红了一下，但已被汹涌而下的泪海淹没……

"啊！"护士震惊地叫了一声，或者说被吓得发出尖叫道，"你说他是你丈夫？"

吴娟再次点头，同时作出捂嘴的动作。

护士聪明地看看门外，然后低声道："Very good！ very good！ 你们太伟大了！夫妻一起都来维护我们国家的安全，维护世界和平！简直太伟大了，让人不可思议……"护士自言自语地走开了。

望着护士的身影，她的眼光转向了病床前的药片上。她想，如果隔壁的他真的在这异国他乡壮烈牺牲了，她绝对没有再活下去的希望了。生活是快乐的，维和是她热爱的，一切都是美好的……但今生所有的事业与幸福都攀附在与他的结缘上。谁让她今生遇到他呢？如果不这样，或许她生命的轨迹将是另一种航向。爱情是她走出家庭亲情圆周后的又一个感情城堡。天伦亲情是自然降落的、自然浸润的，她承受沐浴的过程舒缓而温馨。相对亲情，后来的这一份感觉太过沉重，太过醉人，它不光是情感的围困，还是灵魂的战栗。在这个围城里，充满了狂喜和惊恐，也充满了迷惑和甜美……她有时扪心自问，爱情到底是什么？为什么让人苦涩愁肠？为什么让人痴情迷茫？天底下过往的爱人啊，罗密欧与朱丽叶，梁山伯与祝英台，贾宝玉和林黛玉……他们是否都和她一样品尝过这生命的独特滋味和忧伤？世俗的藩篱、家庭的羁绊、生活的枷锁是否都该为这份情随风飘荡？不是有人说："不以成败论人生，也不要以成败论爱情。"直接这样下去能成功吗？哲人说得真好："人力可以营造婚姻，而天意才能缔造爱情。"爱情是灵魂的化学反应，而自己的这份反应怎么会这么强烈呢？就在吴娟为内心的烦恼翻江倒海的时候，那位护士又走进了病房。

"哎，你好，护士同志，你把这两片药给隔壁我的丈夫服用吧！"吴娟悄悄对护士说。

"那可不行，医生吩咐每个人都需按量服用药品，不然很危险的。"护士与医生一样认真。

"你没看到我丈夫病情很重吗？他需要大剂量服用。"吴娟心里埋怨护士真是死心眼。

"这我知道，稀缺的药很快就要送到了，我们都在焦急等待。如果你的药给他，那你就会多一份危险。"护士讲得似乎在理。

"可是我的身体已经好了，你看我的状态。再说了，我按照要求服用的药已经够量了，这是我从前期穿的衣服里找出来的药。"她眼睛睁得大大的，生怕护士不相信。

"真的，这是多余的！你看，你刚刚给我的药我已经吃下去了。"她直指床头柜上护士倒水的那个空杯子，又吐了吐舌头。

"快点！不然他若真的死了，你可是要担责任的。"她神情严肃得不容置疑。

护士终于点了点头，伸手接过了她递过来的两片药。

一星期后，钟飞飞醒过来了，高烧退去，精神清爽，身体渐渐恢复。另一位队员也康复返回战斗岗位。然而，突然之间，吴娟再度高烧不止，并急速进入昏迷状态，而且情况比上次严重很多……这让医生和很多人都大为不解，连已经出院的钟飞飞也心存疑虑，"鼠疫热"一经治愈就很难复发，一旦复发将很难再治好……

第四十七章

钟万昌和妻子林惠碧带领着孩子艰难度日，他们统统把困难和不顺留给了漫长的岁月，把所有的关爱和温暖、亲情和快乐留给了孩子。他们从没有因生活的拮据发生过口角，也没有因生活的坎坷责怨过孩子。即使有点磕绊，多数时候也是两人为孩子的教育而有点分歧。不过，家庭的园地里纵然有时飘浮过不和谐的音符，但那都如夏日蓝天上多变的云朵，来得疾，去得也快。除了钟渝、钟林和钟婉莹以外，他们的儿女都是他们捡拾和抱养的孩子。对他们来说，每一个孩子都胜似自己的亲生骨肉，决不厚此薄彼。面对周而复始的生活，对寻常家庭来说，日子在无声无息中过去。可对钟万昌和林惠碧来说，却悉数着每一天的过去，清点着一个又一个日子的到来。孩子如轮换的庄稼，一茬儿跟一茬儿而至，他们在岁月中长大，需要阳光、水分及各种养料的滋润……老大钟渝早已成人，但好在他为人老实厚重，性格沉稳，甚至有些许内向。钟万昌讲述了历史上很多经典故事，对儿女们进行启蒙教育：善良是人类灵魂的基石，没有了善良，就没有了人与人相逢、相聚、相知、相爱的由头和必要。人只有善良，才能立足于社会。可老二钟林与老七钟棒棒都身体强壮，且为人豪放。受父母的言传身教，他们个个为人善良，在学校和周围邻居眼中绝对是懂事乖巧的孩子，但在纷杂的社会生存环境及各自身世的特别影响下，他们却变得性格暴躁，每遇世人指戳非议，或者感到自己遭遇不平，动则喜欢出手。他们在学校经常因打架斗殴，被老师罚站。有一次，一名同校男生拦截自己班上的一名长相俊俏的女同学，因女生拒绝，男生竟强行撕扯女生衣服。路过的钟林看不过去，就上前痛揍了男生一顿。之后，钟林被校长和老师带回学校，先写检查，后罚站，然后等待处理结果。

后因那名女生害怕，不敢说出实情，最后学校决定开除钟林。钟万昌托人找关系，夫妻跪求校长。感念于钟万昌夫妇对孩子的苦心，学校对钟林作了留校察看一年的处分。人的秉性如大山一般难移，而且一个胜过一个。钟棒棒受哥哥的影响，也喜欢为人打抱不平。逐渐长大后，钟棒棒长年跟着二哥钟林帮助父母家人谋生，可在此过程中也时与别人发生摩擦和冲突。

一天下午，父母都上班去了，钟渝、钟林、钟威他们写完作业无事情可做，就一起背起冰棒箱，到城西的糖厂批发了几箱豆沙冰棒去电影院和剧场门口等处分头叫卖，顺带卖些歌碟和影碟。几人约好傍晚七点钟无论卖没卖完，都回家集合。其中，钟棒棒跟着二哥钟林去了县剧场门口。下午县城的上空布上一丝阴云，天凉人稀，找他们哥儿俩买东西的人很少。刚开张不长，一名常在这一片混世转悠、土痞习气很重、自以为很牛、外号叫"老猛子"的街痞带一个流里流气的小青年突然来找事。

"这是我们的地盘，你们快到其他地方去。"话语中明显带有挑衅的口气，身后的小青年歪着头、叼着烟。

"没看到你在这儿卖过冰棒，怎么是你的地盘？再说了，有钱大家挣，光棍不堵财路。"钟林好言给他解释。

"不行！我说不行就不行，几年前我在这混的时候还没你呢！快给我滚。"他说着，狠狠踢了一脚钟林的冰棒箱。

钟棒棒一看对方踢哥哥的箱子，攥起拳头，就要上去拼命，被钟林用力拦了回来。

"哟！还怪有个性的，我不信你一个小屁孩还想起毛？""老猛子"轻蔑地说了一句。

"念他是个孩子，你们别跟他一般见识，我们不卖了，马上就走。"钟林跟着道歉。

"这还差不多，哪儿来的野种，想吃我的头道？""老猛子"说着，转身离开。

"你说谁野种？"钟棒棒飞身上去拉"老猛子"。"老猛子"感到后面有人拉他，回身一脚踢在钟棒棒的胸脯上。

钟林一看，再也忍无可忍道："你敢打我弟弟，我看你是活得不耐烦了。"钟林猛地将手中的冰棒搔子对他扔了过去，继而又上去一拳打在了"老猛子"的脸上，"老猛子"的鼻子出血了。

"老猛子"身后的那位小青年上前去打钟林，被钟棒棒死死抱住了一条腿。"老猛子"气急败坏地对着钟棒棒的头部猛踢……这时有人到派出所报了案。钟林和钟棒棒都被带到了派出所……有人去钟家通知了钟林的父母亲。

正在家中带宝贝女儿一帆的钟万昌慌忙将孩子交给了妻子，匆匆向辖区派出所跑去。

派出所正在对钟林和钟棒棒问话。钟万昌找到所长给孩子求情，说他们年龄还小，不懂事，请所里给予批评教育，以后自己一定严加管教好孩子。

可派出所以殴打他人为由对钟林拘留五天，对"老猛子"拘留七天，钟林付给"老猛子"治疗费用；鉴于钟棒棒不到十四岁，予以警告教育。钟林不服处理，在所里大闹，被钟万昌痛打几巴掌。钟棒棒哭着为哥哥求饶，说哥哥是冤枉的。钟万昌看着两个孩子，心欲碎，眼泪如滔滔江水。在场的所长和民警都为之动情。

所长跟办案民警协调，最后当事双方作调解处理，因为"老猛子"寻衅滋事，过错在先，钟林只付其医疗费。

"老猛子"不服处理，所长耐心劝服，此案最终得以了结。

此事之后，钟万昌陷入了深深的思索，他意识到对孩子教育还要把弦拧得再紧些。

随后的一段时间里，钟万昌一有空就把儿女们集中到自己办公室旁边的一间影片试映室里，给他们讲人生理想、信念、爱国、贤能、德行、善良、仁义、孝顺、忠贞、求知等方面的道理，他把自己知道和打听的美好故事、传说和名人轶事灌输给自己的儿女，希望他们能在将来的社会生活中爱国尽孝，堂堂正正做人，服务他人，报效国家。他没有多少文化，但却有着一腔坦荡磊落的做人情怀；他没有多高职务，却盼望着儿女们都能做一个对国家和社会有用的人。

"前面我已经讲过很多很多历史人物……他们都彪炳中华民族史册……但

无论是卫青、霍去病，还是岳飞、文天祥，不管哪一位民族英雄，他们的共同特点就是……上面我刚刚讲的一则故事，道理也很简单，就是要求每一个炎黄子孙要树立远大理想，放远眼光，内练修养，谦恭忍让，好好学习，掌握本领，有朝一日能大展宏图，报效自己的祖国……孩子们，我不止一次跟你们说过，我没有什么文化，出身贫寒，来自贫瘠的黑土地和北方荒凉的草原，一生只是扛枪奔跑在天地之间，只会为人民的解放和国家的建立冲锋陷阵，又没有别的本事，讲不出什么深奥的道理来，讲得比你们的老师要逊色得多，但我的心情和出发点绝不亚于你们的老师。现在你们个个都是我钟家的优秀儿女，我期望你们将来呀，都有出息，不仅成为我钟家的骄傲，还要成为国家的骄傲。

"嘿嘿……嘿……"下面传来一阵低微的笑声，婉莹和棒棒在窃窃私语，他们嘲笑爸爸的讲话越来越文乎。

"婉莹，不想听就出去，嘲笑爸爸没文化？爸爸说的肯定不如你唱的好听！是吧？"钟万昌不温不火地说。

"轰"的一声，孩子们都笑了……

"爸爸，我和弟弟都在夸奖你讲得太好了！没说别的，你多心了。"钟婉莹为自己狡辩道。

"好一个千金宝贝，你说的永远和唱的一样好听，我服了！""轰"的一声，又是一片议论和大笑……

"好吧！我这个老师既然讲得不好，只好下课了。看样子我还得深造哟！"他摇着头出了试映室……

一位俄罗斯作家说得对："幸福的家庭都是相似的，不幸的家庭各有各的不幸。"钟万昌一家经历了普通家庭难以承受的苦难，但是他们从没有因为艰辛而怨天尤人，而是为旷世亲情的缘分而庆幸，为儿女的成长而快乐。妻子林惠碧有时望着这些孩子发呆，心中难免有些失落。每当这时，钟万昌总是以学究的口吻安慰她说："心放开点儿，没什么可难过的。父母和孩子的关系，虽然从生物意义上看是血缘，但从某种意义上说就是灵魂的相约。在飞越时空的悠远世界里，一个男人、一个女人及一个孩子，他们仿佛相约来到现实的家中，在短暂的时间里组成了这亲密的家。所以，缘分和相聚才是最值得感动和珍惜的。"他知道她心中的苦楚，习惯性地搂她、亲她、安慰她，常常抹去她眼角的泪珠，也希冀抚平她心灵的创伤。林惠碧是位知书达理、善解人意的贤惠女性，她更怕引发丈夫的伤痛，很快就暂时忘却不悦，与钟万昌一起投入到养育孩子的忙碌和乐趣中。孩子们都清楚地记着母亲的辛劳——日复一日地上班，业余时摆摊设点挣钱，无休止地为儿女洗涮缝补……年岁不大，头发就染上霜色。后来她走路有点蹒跚，腰也不能完全直起。丈夫和孩子都关心她，让她到医院看看，她总是说："没啥，有点累，休息一下就好了！"她反而关心着丈夫说："你不要担心我，你看你最近又黑又瘦，脸色还有点黄。"

"我美得很呢，你看！"钟万昌说着，拍打自己的胸脯。钟万昌是文化部门的一名领导，他除了开会出差之外，不停地为儿女的生计筹划着，但外人却看不出他的愁苦。他把培养孩子当成快乐的事情，原来他每一次到外地出差或者开会，肩上都要扛着女儿钟丽丽，到周围附近看大海、看动物、看风景……同时对女儿进行实地教育。现在他出差，只好带着已经六岁的钟一帆……但他从不怕同事和外人说他溺爱孩子。

几年过去了，转眼间钟家儿女也已增加到十一名。每到吃饭时，钟家好比一个大工厂，只不过这个工厂里溢满了欢声笑语。

有一天，林惠碧照例在家洗衣做饭，自己不停地奔忙于堂屋和厨房之间，可能是劳累的原故，她突然觉得眼前一黑，脑子里什么也没有了，身体也重重地栽倒在冰凉的地上……

第四十八章

张旭因秘密出海悄然离开，让他和钟丽丽的感情出现了一道裂口，但瞬间又被真诚缝合了，俩人的爱情琼浆更加浓郁。哲人说得对，爱情的质量取决于相爱着的灵魂的质量，高质量的爱情只能发生于两个富有个性的人之间；对于灵魂的限制来说，最重要的在于两个灵魂本身的丰富和由此产生的彼此吸引，而绝非互相熟悉甚至明察秋毫；美好的爱情是双方以自由作为赠礼的，它是富有韧性的，拉得开又扯不断；相爱着互不束缚对方，互增信心，互不限制，互不离开，直至生死不渝。真爱绝不是僵硬的占有、软弱的依附。没有缝隙的爱岂不可怕？丧失呼吸的空间，早晚爱情会窒息。钟丽丽现在想来，自己太过敏感了，险些扑灭了她与张旭的爱情火焰。她知道，张旭是一位对爱情专一的男子，是女性心目中的白马王子，同时也是大海之骄子，一位真心英雄。在他们之间的问题上，他毫无过错，而是自己过于小气和自私，险些酿成了误会。好在张旭坦荡大气，原谅了她的多疑。作为女人，作为两者中的另一半，她是要有态度和表现的，这正到了她表现的时候。

又是一个星期天，她头天晚上加班完成了手中的工作，今天准备邀请张旭到她的住处。她要张旭体验一下她作为未来妻子能为他创造的幸福。

菜已经备齐，只等张旭如期赴宴，她与他约定，六点在她家见。

"叮铃……"张旭来了，钟丽丽按捺不住快要跳到餐桌上的心。"难道爱情就是灵魂触碰时的心跳？"她想。

开门的一刹那，她彻底目睹了这位白马王子的真容：挺拔的身材，端庄的仪表，棱角分明的"国"字形面孔极像军舰上色泽鲜明的仪表盘；一双神采奕奕的眼睛总是目视着前方，写满了巡海探险时的专注和机智；乌亮的头发如深海区的海水，涌动着深邃和波浪；光亮红润的额头上散落着几根头发，是在含蓄遮挡着脑海中无尽的幽默和智慧；洁白的西服穿在身上，仿佛一艘竖立的舰船，鲜红的领带宛若军舰上飘扬的旗帜……"太潇洒了！"钟丽丽内心发出了惊叫。

"来吧！我的白马王子！"钟丽丽满脸羞涩地招呼着。

"哇！你太美了，丽丽，我爱你！"张旭赞叹的同时，张开双手把她拥在了怀里。钟丽丽也紧紧抱住张旭高大的身躯。

"丽丽，我要娶你，美丽的公主能答应我吗？"他的嘴唇贴在了她的脸颊、秀发、耳边。

"我答应，现在就答应……"钟丽丽发出呢喃软语……张旭顺着她白皙的颈项和发声的地方开始搜寻，他们都感到了对方热流烘烤和面颊的滚烫……他终于找到了她形如樱桃、松软红润的唇齿花瓣。他用自己的嘴覆盖、挤压、咬合，渐渐多举并用，连自己的舌头也一起出动，探测她的唇齿和口腔……

钟丽丽发出憋闷后的呻吟，继而转成尖叫……这反而提醒了张旭。他猛地松开怀里的丽丽，侧身把后面的房门关上。

"你怎么这么粗心？"她怪他道。

"咱们是老大别怪老二，你不正对着门吗？"张旭怪怪地看着她。两人对视着同时都笑了。

"爱情是两个人的事，永远排遣世俗云烟的。"张旭善于诗性表达。

"不过，我这儿还好，各租各的房，各住各的户，很少有人来，我这间又僻静。"钟丽丽用真话表述实情。

两人如痴如醉，再次抱在了一起。

"走！尝尝我的手艺，看能不能通过你的考核？"过了很长时间，钟丽丽抬起头来说。

"你是我的公主，将来成为我的王后，吃喝拉撒不是你的事。你的任务就是和我快乐幸福地牵手。"张旭激动地看着她，心潮澎湃。

"不不不！我不能成为不劳而获的安逸太太，我要用我的爱、我的手艺、我的一切让你过上真正王子般的生活。"钟丽丽也来了诗情，内心被汹涌的激流冲击着。

他们一起来到了钟丽丽的厨房和房间。整个空间虽然很小，但给人一种舒适温馨的感觉。

张旭看到了自己的一张军装照被放在丽丽的床头柜上。他用万分感动和深情的眼神再次注视着丽丽的眼睛。他们相拥着，牵手着，亲吻着……

钟丽丽帮张旭找一条浴巾围在腰际，给张旭下厨当围裙。两人这时都仿佛是从云霄落入凡间的天使，钟丽丽的围裙和张旭腰际的装束正好为两人插上了飞舞的翅膀。王子也好，公主也好；天使也好，神仙也好，他们都幻化成了穿梭于天地间的幸福使者。

半只烤鸭，一碟凉拌菜，一盘炒鱿鱼，一盆烧鸡，四个菜摆在桌上，两人正襟而坐。内心的热度急需外在气氛的陪衬与烘托。面前的一斤二锅头白酒很快见底。平素不喝白酒的钟丽丽今天来了劲头，每斟一次，她非要跟张旭平分秋色。钟丽丽眼睛开始迷离，嘴里说话有些打顿，但张旭却没有感觉。张旭提议不能再喝，钟丽丽一转身把第二瓶打开，非要一人再来一杯。张旭知道钟丽丽真的喝多了，如果再喝下去，她非喝醉不可。张旭猜测得完全正确，钟丽丽今天就是打算把自己灌醉的，首先是享受一下放纵的滋味；其次，她确实想攻下张旭这座她心仪已久的城堡；再者，这些年来，她心里一直悬着一块石头，自己偏逢世人嚼舌的身世，但今生遇到这样的家庭和张旭的相伴，已经足矣……爱与酒结伴，各自都会挥发出巨大的能量，这在张旭与钟丽丽间体现得最为明显。

当钟丽丽往杯中倒酒的时候，张旭伸手握住了她的手并拿掉了酒瓶，趁势把她抱住。钟丽丽体内的酒精迅速发酵，伴着酒力迷迷糊糊倒在他的怀中。血液和着酒精，冲动夹着爱恋，张旭体内的热浪冲到了顶点，他拥着钟丽丽倒在了内间的简易大床上。钟丽丽紧紧搂着张旭，好像稍微放手就会丢失一般。张旭压在了钟丽丽的身上，面对他朝思暮想的姑娘，他内心的激情犹如海洋深处的暗流亟待爆发，像火山内久蓄的热量伺机喷涌。

经过上天坠地般狂飙之后，张旭如一名海洋航行者瞬间回归宁静港湾，周围被水域包围，无力地躲开刺目的阳光，慵懒地回避水流的袭击，挣脱羁绊和束缚，设法自由地呼吸。钟丽丽的脸色像傍晚夕阳映照下的天空，散发着缤纷的色彩，粉红主宰了她面部的颜色和基调。他们真正回到踏实的海岸和地平线的时候，时辰已经入夜。他们没有远航者归来后的疲惫……而是拥有着对良辰美景的眷恋和感慨。他们一次次回味着人类缘分与爱情的难能可贵和永世壮美……夜渐渐深了，他们默默睡去，用自己的独特方式分别对他们的未来予以设计和祈祷……

第四十九章

　　钟林、钟婉莹、钟飞飞一起动手将母亲送到榴乡小城医院急救室。医护人员在实施抢救的同时，对林惠碧进行常规性检查。在钟婉莹到化验室将母亲血液送检时，突然隔窗看到了父亲钟万昌也在化验室。医生正在给他右臂上扎着止血带，抽下满满一管鲜红的血液，然后拔下抽血管，注入旁边桌上一个白色空着的盐水瓶内，再将针管插入抽血管，反复多次，眼看空瓶就要装满外溢，医生这才松掉止血带，拔下针管。医生顺手写张纸条交给了钟万昌。钟万昌接过条子去了挂号划价处，工作人员看看纸条，数了一撂钱给他，说道："总共一块八毛钱，你点点。"钟万昌拿着钱，随手装在了中山装左上角口袋里。他扭头看看左右，然后大步出了医院。钟婉莹害怕被爸爸发现，往医院墙根边上靠了一下。不知不觉，泪水已经覆盖了婉莹的脸庞，那一管管红色的血液时刻在她面前闪现，犹如她是急需救治的病人，全部输进了她的脑海、她的身体……她终于明白，平素面对生活艰难的父亲，为什么总能从容面对，乐此不疲，不让儿女受一点委屈。可现在妈妈病了，她要知道爸爸的做法，她会多么伤心？想到这儿，她赶忙擦去了汹涌的泪水。

　　母亲的检查结果下来了，风湿性心脏病。全家人目瞪口呆，唯有钟婉莹心里此刻更是雪上加霜。她回想着父亲一直消瘦，母亲面色愈发的青紫发乌，且脸部和腿脚肿胀，并伴有胸闷气短，呼吸困难……这些都是他们为儿女能平安活下去而尽父母之道的结果。母亲长期洗涮缝补，炎凉交困，忧心操劳，又省吃俭用，营养不良，天长日久，身体日衰，怎么能不积劳成疾？父母亲，天底下为何竟有你们这般好心肠的人，而且又走到一起，相依为命，一起尝遍世间苦难，只为他人，那你们活着的意义又在哪儿？一段时间里，钟婉莹在没人的时候，总是悄悄地伤心落泪，这让父亲、大哥钟渝、二哥钟林都先后发现过，但都没当回事，只认为是女孩自个儿找别扭、生闷气。

可有一天，大家一起像往常一样送母亲林惠碧去医院吊水，而钟万昌却对一帮孩子说："孩子们，今天婉莹在家写字，她马上要考音乐学院，你们辛苦一下。我到单位开个会，中午回来我们一起吃饭。"

大家都迟疑了一下，准备用软床抬着母亲去医院。

"爸爸，不要去卖血了，我们会好好学习的，一定能挣钱养活你和妈妈！"这时钟婉莹声音凄厉地哭着，从厨房隔开的自己的房间里跑了出来。大家一时没弄明白，一齐看向她。

"爸爸，你身体本来就不好，千万不能到医院再……呜呜呜……"她泣不成声。

钟万昌忽然知道了其中的缘由，忙抱着扑在他怀抱里的钟婉莹，摩挲着她的长发。

"孩子，啥事也没有，别说傻话，我听你的！"他不停地抚摩着她。

"爸，你不要骗我们——我们都是你和妈妈的好孩子。我上次看到你在医院的情况后，因为母亲后来也去那儿治病，你就改到中医院去了。呜呜……"婉莹泣不成，钟万昌也被女儿的哭声感染得泪眼模糊了……

一家人都被钟万昌和婉莹的这一幕感动了，都跟着抹泪，虽然他们有的还不完全清楚内幕。

"哥哥、弟弟、妹妹，我爸他为了这个家，为了让我们生活得好点，他常背着我们去医院卖血，卖血啊！呜呜呜……"婉莹的哭声突然间让全家人理解了。

"啊"的一声，大家几乎同时发出了这一声音。

"婉莹，不可乱说。"钟万昌大声制止着婉莹。

"我绝对说的是真话。"全家都转向钟万昌，坐在床上的林惠碧有气无力地看着丈夫，眼睛直直的，忽然头一歪，昏倒在床上，全家人顷刻乱作了一团……

这次事件让钟万昌切实感到子女都渐渐大了，很多事情不能再隐瞒下去了，他必须换一种方式来维持这个家庭，来面对自己的儿女。他答应孩子们永远不再去医院做那种傻事，孩子们高兴得手舞足蹈。

先前为了养活孩子，他和妻子林惠碧把上面分给他们的三间草房和一间厨房根据孩子的情况隔成了间间鸽笼似的小房子。后来随着儿女继续增加，他们不得不找人在堂屋门前右侧和厨房前，用从山上捡来的石块和碎砖烂瓦，拌着河泥垒起一间间新房。如果房间再不够，儿女们可挤在同一张床上。住房问题慢慢解决了，可孩子们都在长身体，每一天都要吃饭。当然，光靠他们的工资杯水车薪。钟万昌便动用了所有的谋生手段，自己休息的时候带着儿女上街摆摊设点、叫卖批转、捡荒拾零……各种杂活都干，但吃一口还可以将就，要供孩子们上学、零花，依旧捉襟见肘。为此，钟万昌找过学校，请求给予关照，可学校回复说："学校只能按规定办理，必须收费的，不可不收，当然也不能减免。"钟万昌悻悻地回到家，左思右想，终于想到这样一个应急的办法。既不需要求人，也救了家里随时用钱的急。

但自从妻子劳累突然生病，自己又被钟婉莹发现秘密后，他觉得这个法子确实不可行了，因为这不仅伤害了孩子的自尊心，也如孩子担心的那样，自己的身体也吃不消。为了让孩子宽心，他跟着电影公司放映人员利用休息时间到乡间放新闻纪录片和宣传时代主题的电影，有时也背着孩子们的冰棒箱和光碟包去一些地方兜售，但不能干多，干多了也会遭到孩子们的反对。因为他自己有时也觉得头晕耳鸣，身体不适，偶尔伴随牙龈出血。有一天，他在办公室加班整理单位材料，忽然感到天旋地转。他趴在桌上休息片刻，嘴里出了不少血。他感到不对劲，就去了单位门口的一家私人诊所，一量血压，明显超出正常范围。

"呀！钟站长，你的血压太高了，得注意了。"诊所的医生提醒他。

"谢谢你，我知道了，平时没感到有什么不适的呀，怎么说高就高了呢？"钟万昌自言自语着。

"无论如何你要注意，再说了，钟站长也是上岁数的人了，可不能马虎。"医生很关心地告诉他。

钟万昌点头谢着离开了诊所，嘴里叨咕着："我知道了！"

那时，他经常到外地开会，探讨电影事业的发展和繁荣。因为时代大环境的缘故，当时的电影文化事业一度繁荣，出现了一票难求的景象。钟万昌和文化站的同仁战友们不断为全县的电影事业发展思考谋划。有一段时间，他白天与同事为工作呕心沥血，晚上带着妻子与儿女们加班，为芦席厂编织线手套。为了不耽误孩子们的学业，他强行把孩子撵到床上休息，他和妻子常常熬到深夜。每次回到家，他总觉得身体疲惫，筋疲力尽。

好多次，他们连脱衣的力气都没有，但第二天又早早起床照顾孩子上学。记不清有多少个晚上，夫妻抱在一起，和衣哭倒在床上，有无数埋怨都在泪水和梦中消失殆尽。为了不让孩子发现，他们只能偷偷饮下生活的辛酸和岁月的苦酒。但这只是两人内心的倾诉、灵魂的宣泄……一到孩子中间，他们就是晚辈的长者、孩子的益友、儿女的父母，和他们在一起，就获得了欢乐。

"孩子们，我又要卖弄了，请不要笑话我。"钟万昌喜欢侃几句，按老家的话就是显摆，每次他显摆时都装得很严肃。孩子们小的时候，没几个听得懂，现在可不一样了，好几个都上初中了，他说话不能不分对象了。不然，他们会笑他。话说回来，他毕竟是爸爸，谁也不能拿他怎么样，所以还是充满底气的。"我再没有文化，我也知道，在历史的长河中，一百年很短吧？"他觉得这句话怪文乎，他故意停了一下，看看孩子们的反应，看大家没动静，便很自信地接着说，"在这一百年短暂的时光里，我们是一家人。我们是你们的父母——反过来也就是说你们是我们的孩子，这是多么大的缘分哪！这份爱难道不珍贵吗？不值得珍惜吗？"他的声音忽然提高几倍。

"值得珍惜！"孩子们不约而同地回答道。

"所以，我这辈子以你们为骄傲。有了你们，我永远都幸福。"他说着，声音突然降低了。大家知道爸爸要动情了，怕他再说下去血压会升高，一起微笑着等他说完鼓掌。果然，他兴致跌了下来。

"你们都比我有文化，我说不过你们。我今后不能过多占用你们的时间了，我要向你们学习。青出于蓝胜于蓝，你们越超我们，我们越高兴，对吧？"他力气小了，声音也低了。

"爸爸您放心，不管到何时，您的水平永远高于我们。我们都是您和妈妈带出来的，总有一天会让你们为我们而骄傲。"

"就是。""那不假。""爸爸是最好的爸爸"……你一言我一语，都是夸赞他的。

钟万昌听着这些话，心里偷偷高兴着。孩子们都看到他眼角的泪花……转眼间，大家忙自己的事去了。父母高兴是让他们感到最安慰的……

第五十章

在地球的家园里，曾经引领着世界文明的四大人类族群，其中就有一族奔跑在东方华夏古老的土地上，这就是炎黄子孙。炎黄子孙拥有着慈善厚重与友好和平的内在素养与高贵品质。他们互相团结，彼此珍惜，一代一代，繁衍生息，如不息的河流，把美好的一切传给了他们的后裔。他们相继发明了指南针、火药、造纸和印刷技术，书写着民族的奋斗史诗。向往安宁与和平的中国始终把造福中华民族和世界人民当成永不懈怠的目标。

钟威从报刊上看到国际新闻后，得知半年前他们出访的大国撤去了对外援助的协议，于是就给徐斌打电话，表达心中的不平。

"我们普通百姓只是发点牢骚，你想想首长的心情和感受吧！最主要的是他们给我们造成了损失和不良的影响。很多受捐助的国家和地区正等待着两国援助物资的发放，突然减少援助物资，一定让他们有点失望。"徐斌听到他发了一连串的牢骚。

"知道了，挂掉吧！"钟威声音低低地回了一句。

"哎！不慌挂电话，你的事情怎么样了？用什么方式表达爱心和感情？首长前不久还问这件事呢！"徐斌问他向国外的一些孩子捐助的事。

"挂了吧，过后再讲这事儿。"钟威心里十分烦躁，他觉得一个人的力量实在有限。他一个人的事办成了，能有多大意义？世界和平的道路任重而道远呢！他自言自语。

"你又犯杞人忧天的毛病了，我挂了……"徐斌知道他的这位朋友又在钻牛角尖了，话不投机，不再多叙。

实际上，钟威的事办得利索，主要是父母亲对他的心愿鼎力支持。父母亲从他小时候就教育他，凡事一定要与人为善、助人为乐，让身边的人都能生活得更好一些。父亲钟万昌一方面不断地教育他；一方面用他自己的行为感染他。父亲潜移默化的影响让他在学生时代小小年纪就知道向身边的困难者伸出援助之手。有一次，老师在点名时发现班上的一名同学因病旷课。钟威放学后去这名同学家探视时，才知道该同学的病情较重且家庭特别困难，比自家好不了多少。他回来后，找到班主任汇报了此事，建议组织班上同学捐款，多少不限。老师非常赞成，并为这孩子的热心而感动，然后在班上做了布置。同学们你一分、我一分，我一毛、他一毛地聚集了十几块钱，帮助生病的同学渡过了疾苦难关。钟威的爱人对他的做法也非常支持，愿意把这些年来两人的积蓄都拿出来进行捐助。以前好多次，他们通过各种渠道，向国内的困难家庭进行了捐助。上次钟威随首长出访非洲，发现当地有这么多处于困境的人，心如煎熬般地难过，总想表达一下自己的心意。在首长的关怀和影响下，相关机构给予一路绿灯，及时地把他同妻子的心意和温暖传给了急需关爱的孩子和家庭。为此，相关机构还专门为他设立了捐助物资通道和捐助账户。

他一想到《爱的奉献》这一优美的旋律正在华夏大地响起，浑身就有说不出的力量。四海之地、长城内外、大江南北、黄淮之滨……无时不在洋溢着关爱和正义的春风，"爱心协会""爱心通道""希望工程"等组织如雨后春笋，没有什么时候比眼下更需要关爱了。华夏儿女每位良知者都已伸出友爱之手，给身边需要帮助的人传输着关爱的歌声。未来的中国，炎黄子孙生活的环境必将成为一个家家和睦、温馨四溢、充满笑语、安居乐业的人家园，这将吸引着全世界关注的目光……

办公桌上的电话铃响了，钟威激灵了一下，很快又平静下来，但他一看是领导办公室的电话，立刻打起了精神……

第五十一章

时光宛如永不停歇的列车载着人类一如既往地奔驰着，而钟家赶巧乘坐的只是劣等车厢。钟万昌一家和很多不幸的家庭所遭遇的苦难和困窘，并没有影响列车的奔跑速度，它把世间的一切都载向了岁月深处和美好的远方。

二十世纪七十年代初的一个冬季，英俊潇洒、忠厚老实的钟渝长期受父亲的教诲和影响，也怀着对军营的向往，应征入伍，服役在距榴乡不远的一座江南历史古城。俗话说："时世和境遇影响着一个人的生活轨迹。"钟渝读书不多，文化水平不高，但自从到了钟家，就耳濡目染，不断领略关于男儿从军报国的故事，后来一直对军营充满神往，今天终于如愿以偿。作为钟家的长子，钟渝非常懂事，一直乖巧听话，从不与邻居同学发生争执。早年因家庭无力抚养，他才被钟家收养的。可姨父钟万昌和小姨林惠碧对他比山城的家人还亲。天下父母万千，像他们如此疼爱儿女的又有几个？爸爸妈妈，这样的称谓似乎太淡了，如果有更亲密贴切的称呼，他立马就会改口。他多少次感动得偷偷流泪，无数次为此祈祷和庆幸。人生百年，命运多舛，苦难丛生。可世间有姨父姨娘这样的人存在，啥样的困难不能克服，岂需救苦救难的上苍？后来钟家又来了这么多弟弟妹妹，个个聪明可爱，胜似精灵，作为老大，他理应帮助父母分担责任。今天父母和其他家人含泪与他挥手在县政府门口。送别的场面热烈壮观，入伍新兵的亲人们挤满了政府门口和大院。钟渝和钟林、钟飞飞、钟婉莹、钟棒棒……哭着，抱在了一起，只有钟万昌拉着妻子在一旁悄悄抹泪。多情自古伤离别，钟万昌忽然觉得，这是去参军尽责，男儿不应当多愁善感，而是应鼓励钟渝强身健体、苦练本领、多立军功，有朝一日为国杀敌。钟万昌擦去妻子的眼泪，又上前劝阻了钟林他们与钟渝的不舍和惆怅……他们忍痛离开了那个让人酸楚的场面……

钟渝到了部队，没有辜负父母和家人的期望，往家里不断飞传着自己的嘉奖证书和军功章。不过，那是个动荡的年月，万事万物和世俗生活还没有明确套路和规则。有一次，他们参加一项紧急任务，误会造成对方的一颗子弹从钟渝耳旁穿过，一颗打在了他的右腿上。同时，身边的排长被击中了。意外事件最后得以处置。多次立功的班长钟渝理当接排长一职，但由于疗伤休息，他就此失去了提拔的机会。他复员到小城当了一名公园管理员。"文革"期间，因受父亲钟万昌牵连，钟渝也被批斗。但他坚贞不屈，始终与父亲站在一条阵线。后来，钟渝险些被判刑，因社会风向陡转而幸免。

常言道："子承父业。"这在钟家体现得十分明显。钟渝到部队的第三年，钟林也参军入伍。对钟万昌夫妇来说，孩子实现理想和目标，有出息，让四邻羡慕。钟家子女虽然越来越多，但随着时光的延伸，孩子们也开始走出家门，回报社会。同时，最重要的一点，孩子们长大飞走了，让无比艰辛的钟万昌夫妇慢慢减压。他们已经习惯认同，命中注定不会为儿女操劳，但又必须为儿女操劳。他们不再为增添儿女烦忧，而是为儿女陆续飞离高兴。特别是钟万昌，他笑得合不拢嘴，说："婉莹，你的哥哥都走了，你将来有啥打算呀？"

"看，老爸，你们又嫌弃我啦？我就是不走。不嫁人，缠你们一辈子，气死你们！"婉莹一边跳着橡皮筋，一边回复爸爸。

"你看看这丫头说得啥话？"他看着妻子林惠碧，林惠碧只顾笑。

"这孩子不像我钟家的闺女！我是说上次有人来学校招艺术人才，你为啥不报名？要发挥你的一技之长才是！"钟万昌说。

"爸爸，我骗你呢，我觉得我虽然有一点天分，但对乐理的技巧把握还不够，我还要进行系统的训练。俺家丽丽都报了科普与地理知识培训班，我能落后吗？放心吧，老爸。"婉莹甜甜地跟钟万昌做了个鬼脸。

"哼！你能骗得住爸爸？我早知道你瞒着爸爸，我和你妈每天早上到山脚下的公园里打水，早就听到你这个小妮子练歌呢，那个动听得连天上的鸟儿都在头顶打转哩！我们也没敢打扰你罢了。嗯！闺女。"钟万昌也诡谲地逗了婉莹一下。

"爸爸笑我，你坏……"婉莹扑到钟万昌的怀里，父女俩相拥着，满满的幸福……

半年后，钟婉莹被省歌舞团以演唱特长录取，当了一名歌唱演员。她半工半读，除了表演以外，其他时间里，她可以到省城一中读书。钟丽丽参加县区地理和科普实验考试都获得了好名次，一年后赴省参加比赛。

钟万昌夫妇心里乐开了花。就在钟丽丽被学校推荐参加省城比赛的前一天，她哭闹着再也不愿出门……

原来头一天上午放学时，一个自称钟丽丽母亲的四十多岁的妇女堵在了小城实验学校门口，这让钟丽丽觉得难堪。特别是钟丽丽说不认识她时，她竟然坐在地上犯赖，对着围观的师生大喊大叫道："大家都来看呐，天底下哪有这样没有良心的孩子，在人家过了几天，就忘了自己的亲娘了。"她鼻涕一把泪一把的。

钟丽丽不愿逗留，想躲开她的纠缠趁机跑开，可自称是钟丽丽母亲的人突然拉住了她。这时钟丽丽的班主任来了，校长也来了。他们简单问一下缘由，围观者越来越多，校长把她们带回了办公室。

钟丽丽回到家时，已经过了下午一点，一家人都等在饭桌前为她发急。钟丽丽却一副气呼呼的神态，一句话不说，扑到床上大哭。

家人面面相觑，猜测她因功课作业之类的问题被老师训斥或者罚站了。母亲和婉莹规劝毫无效果。

"不用猜，闺女气得不吃饭，肯定因为功课没考好，被老师训了。不信你们下午谁去学校打听打听。"钟万昌端着碗到床前用激将法激她。你别说，这一招真奏效，钟丽丽忽然从床上爬起来，走到桌子跟前，端起饭碗大口吃起来……钟万昌偷偷对妻子林惠碧挤了一下眼。家人们都无声地笑了，纷纷露出诡异的神情……

可现在钟丽丽死活不愿出门，而赴省城考试就在今天。任你询问原因，她来个死活不开口，这急坏了钟家一家人。钟万昌正在犯难之际，学校班主任来了。班主任悄悄对钟万昌说的一番话揭开了其中的谜底，也为钟家平添了一丝阴影。

在家人及老师的规劝下，钟丽丽终于擦去眼泪，和老师一同踏上了去省城的长途汽车。

坐在汽车上，钟丽丽看不清车上的乘客和一起参加考试的老师、同学，脑海里一直回旋着爸爸那一番语重心长的话语："孩子，你也懂事了，如果只在乎身世浮云，不在意我和你妈妈还有全家人对你的感情，我们立马带你去认你原来的家人。人活于世，永远离不开亲情，既要记住回家的路，但也要注视着前方。人相逢一场，唯有缘分弥足珍贵。人总是要好好活着的，但并非只为自己，而是要树立远大理想，特别是年轻人要朝着心中的目标展翅飞翔，那样才能活得充实和坚强！"车轮飞驰着，钟丽丽的思绪也飞翔着，眼泪溅到了她的白褂前襟上……

第五十二章

吴娟的病情出现了反复，这是大家都没想到的。

眼前床上的她浑身颤抖，面部赤红，已经陷入了半昏迷状态。医生经过一番体温、血压及心脏方面的测试后，无奈地摇着头说："简直不可思议，按照常理，吃了预防'鼠疫热'的药应该不会发病的，即使出现特殊情况，但短期也很难复发，这里面一定有其他什么原因。"医生说出的症状表现，让在场的维和区领导以及所有维和队员们感到震惊，同时也彻底感到了绝望。因为大伙儿谁都清楚，此病一旦复发，不可能再有治愈的机会。就在医生离开的一刹那，钟飞飞拦住了他的去路，说："医生同志，谢谢你，请你救救她吧。她是我们最好最好的维和警察，我求求您了！"他脸上挂满了泪，险些就给这位比他大不了几岁的年轻医生跪下了。

大伙儿都站在医生的面前，要求医生尽力抢救这位女警察。平素不管是外籍警察，还是中国维和警察，大家都能看得见，吴娟工作起来是最拼命的。医生不置可否地走了，意思是即使治疗，他也要先去和医院领导及其他医生会诊后才能进行。

此时在一旁伤心的钟飞飞心中正压着一个沉重的包袱，无论从哪一方面讲，他都盼望能治好吴娟的病，只有自己内心清楚，吴娟是为救他的命才出现危险状态的。本来"鼠疫热"要重复用药两次以上才会出现效果，而吴娟吃过一片后，见身体病状消失，马上停止用药。她随后哀求护士，通过她把剩下的药转给钟飞飞连续使用。钟飞飞服用好转后，又继续巩固治疗，最终恢复良好，而吴娟看似减轻，实际上因为她身体素质好、见效快而导致她误认为已经恢复，真正情况是症状减轻，病毒并没完全消除。停药后她还连续加班劳累，使病情再度复发。

此前吴娟出院后，工作之余曾多次跑到钟飞飞床前悉心照顾他，这还引起钟飞飞的责怨。

"人多嘴杂，你要注意点儿影响，我有家有业，你可是单身姑娘。"钟飞飞总是提醒吴娟。说这话时，他的心里有着万般的无奈，因为吴娟对他的感情他十分清楚。

"你怎么这样怕事，我们又没偷人，同事就不能来帮帮你，有啥大惊小怪的。"吴娟显然生气了。

"对不起，我怕对你不好。"钟飞飞面有难色地解释说。

"怕损害你的颜面吧，还是怕影响你的前程？我走，现在就打报告申请回国。"她把手中剥的半根香蕉扔在地上，拔腿要走。

"哎，你别生气好不好？你听我说。"钟飞飞慌忙下床拉她，她转身甩他手的时候，钟飞飞趁势把她抱在了怀里，吴娟挣扎了一下，就不再动弹。

"你既然害怕见我，我离开你，还不行吗？"吴娟歇斯底里地哭喊着，眼里噙满了泪水。

"吴娟，我们冷静地谈一谈好不好？"钟飞飞握着她的手，充满怜惜地看着她。

这时护士端着盘子忽然进来了，看到这一场景，扭头出去了，嘴里叨咕着说："这两口子也不关门。"

"吴娟，我们一起生病，你怎么好得这么快？"钟飞飞惊奇地看着她说。

"这种病就是来得快、去得急的那种，再说了我的素质比你好呗！我一片药解决问题，你就要吃好多片呢！"吴娟马上变得神采飞扬。

"啊！任务区所需的药不是早都到了吗，你怎么就吃一片？多危险呀？"钟飞飞吃惊地看着她。

"什么时候到了，现在还没影呢！"吴娟睁着一双乌亮的眼睛，好似里面藏的全是事实。

"护士明明亲口告诉我的，他让我安心服药，每一位病人包括身体正常的维和队员都配有药品。"他认真地说。

"啊哈！你受骗了，是我让她对你这样说的，我怕你不认真服药。"吴娟一副得意扬扬的神态。

"胡闹，你可知道这有多危险？出了事怎么办？"钟飞飞明显发怒了。

"你看我们这不都好好的吗，没有事呀？我的头，你怎么啥事都大惊小怪的呢？我实在无语了！"吴娟显出若无其事的样子。

"我马上出院，得去给你弄药，简直胡来！"他说着，忙到床头取衣服……直到现在，特效药一直还没找到和送到。当初钟飞飞催她到医院做全面检查，可倔强的吴娟只当耳旁风，不停地接人送人，安置孤儿和流浪人员，配发各种捐助物资，拼命加班工作，过度疲劳后突然旧病复发……钟飞飞拼命地求医生挽救吴娟生命，不然他的灵魂将会遭受无期的折磨。

吴娟病情复发的原因和眼下会诊治疗方案很快都下来了。吴娟以夫妻名义通过护士把药品给了钟飞飞，自己未能及时按剂量服药，造成了后来的结果。对吴娟的治疗，医院决定采取内外兼治的疗法：鉴于特效药也已到位，一方面给其服药吊水，急速控制病情的恶化；另一方面采用由内至外抽血注水法稀释和排出其体内的病毒，以缓解病毒的渗透。院方很快将方案投入实施，并投入了最强的医护阵容。联合国维和总部和公安部领导都先后发来指令：不惜一切代价，抢救维和队员的生命。医院要求本人国内家里来人在治疗意见表上签字，因时间已无法拖延，钟飞飞毅然以领导和家人的名义签署了意见。

这是一次与死神的竞赛，经过两天两夜的战斗，吴娟的生命迹象出现转机，并逐渐向好的方向发展。第三天，吴娟苏醒了，医生传出这一消息时，所有的维和队员欢呼雀跃，有的抱在一起，高兴得泣不成声。唯有一个人正躲在医院的洗手间，眼泪如翻江倒海的波涛，久久不息地汹涌着。

"钟处长，你怎么在这里？吴娟有救啦！快去看看。"一位队员招呼他，告诉他吴娟的情况。

"我的眼睛进沙了，我清理一下。"钟飞飞平静地支吾了一句，同时往自己眼上撩水。

"简直太神奇了，没想到这么快就恢复了。"维和队员高兴地说。

"噢，太好了！我们不用再担心了。"钟飞飞看着自己揉得发红的眼睛，背对着维和队员说。随后钟飞飞和那位维和队员相继去了吴娟病房。

吴娟还不能说话，需要静养休息。所有队员进入工作岗位，唯有钟飞飞留下，和护士一起陪护吴娟。这是院方和领导特意安排的，这对病人的恢复更有好处。接下来的一个多星期里，钟飞飞做完各项工作后，就陪护在吴娟的身旁。跟她谈天说地，谈工作、谈维和、谈家庭、谈国内国际……唯一避讳的是谈各自的婚姻与爱情。但即使如此，钟飞飞看得出来，吴娟的精神也是快乐的，她常常为自己的傻帽儿和钟飞飞的幽默开心大笑，引得过往的医护人员驻足观望，但她全然不管这些，人生的开心和快乐似乎在这里寻到了。当然上级院方的建议是多多休息，决不可轻视含糊，而吴娟也未提出康复后返回岗位，这对她的休息十分有利。钟飞飞只顾做着分内的事情，倒水、削苹果、打饭、扶她坐起……做完后就拿本书翻翻。一旦有人探视，他就站起来应付打发一下。而吴娟总是翻天覆地地狂笑大侃。每当钟飞飞专心为她做事的时候，她又喜欢在一旁愣愣地盯着，不含一丝表情。"你喜欢棕榈树，还是喜欢芭蕉树？"她突然问他。

他从书页上抬起头，看看后窗外的茂密植被，继而又把目光转向吴娟。"芭蕉和棕榈共属热带雨林植被，同一大家族，但又有着不同的习性。芭蕉可久经风吹雨打，又能耐苦楚严寒，从不改色异形；棕榈只耐酷热，但若经风霜雪雨，便会枯黄凋萎。"他说完，又低头看书。

"噢，这就好像人一样，既是同一族群，又有各自不同的性情习惯。你讲得很对，人类的生活方式大体与自然界相近。"她停了一下，看看他，然后说，"比如你和我吧，都善良耿直，简单直爽，富有正义感，但又有各自的不同。你沉稳、深刻、内敛，不善交际；我简单、直接、火热，快人快语，从不隐藏自己的一切。"

他抬起头，漫不经心地看了她一眼，又看看窗外的一大扇芭蕉。突然来的雨点把芭蕉拍打得悠然摇晃着，发出"啪嗒啪嗒"清脆的声响。

他继续低头看书。

"你怎么不讲话呀？你说我讲得对不对，我们的性格正好能够互补。"她执意要他回答。

"唉！"他叹了口气，嘴张了一下，又慢慢合上了，露出一脸的无奈。

"你叹什么气呀？回答这个问题这么难吗？不回答算了，看把你难为的。"吴娟气鼓鼓地面朝墙躺下了。

"你别生气好不好？我回答你，行不行？"钟飞飞忙站起来劝她道。

"好，你回答吧！别应付我就行。"吴娟忽然转过身，坐在床沿上，脸色又阴转晴。

"真是没办法！"钟飞飞心里生出一丝怪怪的想法。

"我给你说吧，我俩的性格如果在今世，如你刚才讲的棕榈与芭蕉，无论什么习性，都不能汇合，或者融为一家，但是如果再过很长很长的时间，再有地壳运动，经过漫长岁月的洗礼，像人生一样，如果有来生，很可能相近同化，成为一家一族，就是这样，明白了吧？"钟飞飞讲完后看她一眼，就再不吱声了。

"我真没想到，你是这样一位胆小畏缩、消极逃避的人，不敢面对现实，把一切寄托于来世，我再也不对你抱有希望了，你走吧！以后我会好好敬重我今生遇到的好领导。"吴娟听出了钟飞飞话中的寓意，她感到了伤心和绝望，眼泪迅速涌出。

钟飞飞在这件事上确实顾虑较多，他从自己所处的工作位置角度，所担当的责任角度，所代表的名誉角度，特别从吴娟的个人状况角度，他不能像她那样由着性子来。他确实喜欢吴娟，喜欢她的外形、她的个性、她的善良，赞赏她的机智，佩服她的能力，甚至喜欢她的执着任性……然而除了他拥有美丽贤惠的妻子外，他们都是共和国警察，是承担国家使命的维和警官，他对她能说什么？他只有把自己的心思深深地埋藏着。稍微跨前半步，于天于地、于家于国、于人于己都是大错，他只有如此而已。当吴娟指责他懦弱怕事的时候，宛如一把旋转的飞刀正搁置在他的心上。当然吴娟埋怨也罢、责怪也罢，他此刻决不能离她而去。没有她，他很可能就再没有机会坐在她的面前，她如自己的父母一样，毕竟再次给了他生命。

钟飞飞接下来不管为她做什么事，她都不再搭理。他做他的，而她置若罔闻；他说啥，她再也不理会。真话假话，笑话趣话，任他吹得天花乱坠，她从此变成了哑巴。钟飞飞害怕她态度大转弯，会出意外，就变换着法子逗她，可是她的冷漠和态度让他恐惧。他知道自己屡屡的不当做法确实伤了她的心，心中又生起一种后悔。

迫于任务区武装分子活动越来越猖獗，形势越来越紧迫，无家可归的人越来越多，任务也越来越重。更迫于吴娟的再三申请，院方终于同意，吴娟康复出院。虽然吴娟心情有些阴郁，但从她的身体和整个精神状态上来看，还是让钟飞飞放心的。他知道，一切个人生活因素和成分都不能置于工作之上，何时何地都要以事业大局为先，都要以祖国利益为重。凭吴娟的个人综合素养，这一点她无疑比他理解得透彻。

他们全身心地投入祖国赋予的庄严使命中。可谁也没想到，一场突发的事件瞬间改变了他们生活的轨迹和走向……

第五十三章

　　身体和心灵饱受战争创伤的钟万昌并没对生活失去信心。他为了心中一份执着的爱，不断穿行在绵长岁月的风雨中，劳碌在世人轻视的眼光里，生活在世俗的污言秽语中，一刻也没停止过行进的脚步。苦难依旧在继续，爱心也在不断延续。钟渝、钟林、钟婉莹、钟威、钟飞飞等一批儿女在钟万昌和妻子林惠碧的呵护和抚养下眼见着长大了，像一只只鸟儿飞出了窝巢，飞向四面八方；钟棒棒、钟丽丽也一天天成熟壮实起来；可带着病躯的钟家夫妇没有因脱离困境而放下心里的包袱。后来的二十年中，只要遇到需要关心和帮助的孩子及老人……一律关照和收养。连同后来的"老人院""爱心家园"和"留守之家"的老人孩子，他们共收留救助了六十多位老人、孤儿。每接收一个老人，或者一个孩子，钟万昌夫妇就觉得收获了一份活着的价值，添加了一份人生的快乐。生活的负担和艰难已经不是他们的主要问题，人只要有双手，什么困难都能解决。最主要的是要培养他们对未来生活的信心。被接到钟家的每一个老人、每一个孩子，他们或多或少地曾遭遇过特殊的经历，身份的特殊会给他们的心理造成失落和阴影。为了不让他们滋生自卑感，钟万昌夫妇从一开始接触老人、孩子，就从心理、身体和精神生活上等各个方面，对他们无微不至地关照，从而改变老人原先的生活观念，抚慰孩子幼小的心灵。当然这越来越使他们自己的身心更加疲惫和困顿，但为他人付出的欣慰和幸福使他们夫妻间更加恩爱，他们把这些老人和孩子当成他们共同的财富和珍宝。

　　看着老人无拘无束的说笑，看着孩子慢慢地长大，仿佛享受快乐和轻松的就是他们自己。生活的道路继续铺向远方，飞出去的孩子在各自的天空中书写着他们的精彩故事。每想到这些，他们曾经和面临的所有艰辛又算什么？可是不知不觉中，他们渐渐地老了，像树一样，慢慢变得更加枯朽和脆弱。但那些已经长大的孩子，依然能从他们苍老的身影中，领略到一种光芒。他们的父母仿佛就是一座灯塔，永远矗立在他们的面前。他们沿着父母的足迹，尽力在各自的岗位上为他人、为社会、为祖国，做着自己分内的事情，把父母这份曾经的爱继续扩展……很多年后，围绕钟万昌和林惠碧领养培育出的孩子，曾经有人思考过这方面的问题：父母的善举是否给人类一个深刻的启示：人间爱的宽度到底有多大？善良的标尺到底有多高？情感的厚度到底有多深？这应该是所有人一生中用事实回答的问题……

1966 年，一场宏大的运动如惊涛骇浪般覆盖了华夏大地，千家万户平静的生活被打破。生活在小城榴乡的钟万昌一家也卷入旋涡急流。当浪潮席卷钟家的时候，一生为儿女生计忧思的钟家人措手不及。一伙"群专"队员突然来到钟万昌家。先是翻箱倒柜的搜查，接着就是一阵打砸。有人报告搜出了钟万昌和林惠碧曾经在省城拍摄的模仿"梁山伯与祝英台"的婚纱照。为首的认为大有收获，高喊着"假慈悲，标准的资产阶级，带走……"，一溜烟风裹狼群似的出了钟家。林惠碧和儿女们号啕着，眼睁睁地望着钟万昌被五花大绑地押离而去……

数天后，来人正式通知钟家，钟万昌因在部队后方医院曾与女护士频繁接触，在读军校期间曾谈过恋爱，并在婚姻观和生活作风上自由散漫，存在着资产阶级生活方式等问题，被羁押隔离审查。钟家人哭天号地，接踵而至的是，钟万昌职务被撤销，工资被停发，天天被批斗……随之家庭陷入更大的困境。由于他频频被批斗迫害，他的身心备受折磨。钟万昌妻子林惠碧和钟家儿女成天在家以泪洗面，天塌一般，无所适从。

看到父亲渐渐老了，钟渝转业后开始辅助父亲，担起家庭的重担。他被分配到县城的一个公园工作，并担任管理处负责人。上班之余，他带着弟弟妹妹去探视被关押的父亲。他逢人就说，他的父亲是无辜的，是天底下最好最好的人，可是没人理会他的凭空之辞，甚至认为他是胡言乱语。为了儿女，钟万昌总是默默忍受着。虽然他受尽屈辱和折磨，但是想到一个个可爱的孩子，他就坚强起来。"只要我心中有爱，只要孩子们平安，这点苦难算不了什么。"他总是在心里宽慰自己。伤心的日子就这样一天天过去了。而他的儿女却认为，父亲不该蒙辱，父母受此待遇实属天地不公。儿女们为此始终不停地奔波着……

即使钟林后来明知为了父亲无法可寻，也无地方可以澄清真相，但还是在心中默默祈祷，苍天会睁眼，他从不放弃讨回公道的机会。他费尽周折，历尽艰辛，终于找到了父亲钟万昌当年在战场上曾救过其生命、现在担任某军区要职的一名将军。

钟林在卫士的引领下，进入蒋二娃的办公室。一进门钟林就"扑通"一声跪在了地上，说："求您救救我的父亲吧！"头也不抬地大哭起来。将军慌忙询问情况，端详着眼前这位救命恩人的儿子，觉得有点蹊跷，因这位二十多岁穿着军装的年轻人跟救命恩人钟万昌的外形和气度上相差较大，而且年龄跨度太近。

"起来，慢慢说，别哭，到底怎么回事？你说你是钟万昌的儿子，你今年多大了？你爸爸现在干什么？"将军想用正常的交流探知他说话的真假。

钟林一五一十地将父亲钟万昌和母亲林惠碧从退伍到相识，再从结婚到收养他们，生活怎么艰难，现在又如何受到迫害的过程全部诉说了一遍。

"砰"的一声，听了钟林所讲的情况，将军突然把桌子擂得山响，说道："简直乱弹琴！怎么会弄到这一步？没想到会发生这种事，真是岂有此理？"

"蒋叔叔，你救救我爸爸，他现在还被关在一所学校的破教室里。有时，一天还吃不到一顿饭，已经瘦得不成人样了！呜呜……"说着，钟林又哭了起来。将军的脸像夏日的天气，转眼换了一副面孔。他伸手按响了门铃，示意警卫先带钟林下去休息。随后，蒋二娃拿起电话，让话务员连续接通了四五个电话。在最后一个电话里，有关人员在点头哈腰的姿态中，伴着"好好好……我们马上放人"的话音，答应执行大官的指示。

异常巧合的是蒋二娃此时正担任着某军区司令员。本来他是可能陷入这场旋涡的，后来有关方面反复核查，他实在清明，没有任何可抓的把柄，就是一位从炮火中拼出来的军队首长。此时从任何角度来讲，他说话都是有力的。在蒋二娃将军的关怀下，钟万昌父子终于平安无事，再次走出晦暗苦难的岁月。钟家非常感激这位正义善良的将军，他的一句话不仅挽救了一个人、一个单位，而且还挽救了一个家庭，一个几十口的大家庭……

钟万昌在长期的风雨磨难中，通过一次次的挫折和艰辛，越来越悟出，他们不仅要承受清贫疾困，还要承受人为制造的伤感无奈的生活状态。阳光快乐的时光对他们来说非常稀缺。这个家庭每位成员的生活不只是阳光明媚的晴日，还有阴雨凄冷的冬天，故而一家人对人生的美好特别珍惜。

前面已经讲过，来自各个不同家庭的孩子在个性上有着很大的差异。有两次钟林和钟棒棒曾把人家打伤，被带到派出所，或者被告到老师那儿，钟万昌和妻子好说歹说，拼命求情，才息事宁人，把孩子带回。后来这样的事情在钟家层出不穷。不管钟家哪一个孩子听到，有人说他们中任何一个是野孩子，立马就会引来一场纠纷，或者与对方发生一场恶战，钟家子弟常动手把对方打伤，也时而被对方反击得鼻青脸肿……不管是非曲直，钟万昌夫妇总要费很大的工夫把他们从派出所抑或学校带回家。他们常常感到，养活这些孩子不可怕，但平息他们在生活中遇到的麻烦和纠纷却非易事。

钟万昌终于恢复工作了，也重新领到了工资，但恢复后的工资很低。天无绝人之路，孩子都成人了，一个拥有无数成员的大家庭，虽然有多张口，但也同样有多双手。只要有了勤快灵巧的手，什么样的困难都不在话下。

孩子们都像鸟儿，羽翼日渐丰满，一个个向着窗外、向着天空跃跃欲飞，都有了自己穿越风雨的能力。但钟万昌和妻子年岁也大了，身体也渐渐虚弱。他们不再如从前，孩子要一口，他们就要喂一口了，该松口气歇一歇了。这时，北方大草原老家里的高龄老母亲过世的信息传来，他们没有任何拒绝回家的理由。这些年，为了孩子，他们成天围在家中，确实哪儿也去不了。现在不同了，从常理、人伦和亲情来说，他该回家看看了，毕竟父母还养了他这么个不孝之子。钟万昌的眼泪再一次溢出眼眶，这是苦难岁月终于熬过后的第一次流泪。这次不是为孩子难过，而是为了生养自己的母亲。妻子为丈夫揩去脸上的泪花，再看看他那凹陷的眼窝，心里十分难过，他们自己也已成老人了。

"好了，别难过了，看你自己都已成老人了，还真把自己当孩子？八九十岁的老人算长寿了，别把自己拖累了。"她帮他擦泪的当儿，嘴里不停地念叨着。

"没有，我为孩子的事高兴呢！"他欣慰地拍着妻子瘦弱的肩膀。

"要去就赶快动身，这事不能等。不去就回音，让老家不要等。"妻子很干脆。

"嗯，要去，要去，我没有不去的理由。明天就动身！"他执意地说。

"好吧，我去收拾东西。"妻子说完，转身回里屋了。妻子的理解让他无比宽心，心里感到热乎乎的，此生足矣。

第五十四章

温存之夜过后的第三天，张旭所在的部队有三艘舰船受命出征，执行一项特殊任务。

早晨，钟丽丽一到单位，门卫室老李递给她一封信，是张旭寄来的。她的心跳忽然加快，她有一种预感，张旭肯定有事，或者又有了什么新的任务，不然他不会写信。她努力抑制住心脏的狂跳，在办公室里慌忙展开信笺，宛如探险家急需揭晓深宫奥秘。

亲爱的丽丽：

先给你一个祝福平安的亲吻，让你在离开我的日子健康、轻松和快乐，吉祥如意！

感谢上苍让我今生遇到你，我未来贤惠美丽的妻子。此话不赘，我们会在未来的岁月中慢慢分享咱们相识相爱的甜蜜和幸福。

但无论从哪个角度讲，我们作为青年人和军人，都要把个人的一切与伟大祖国的保卫和建设事业紧密地联系在一起，用爱国和奉献来体现我们自己的价值，无愧于国家和父母对我们的培养。

当你拿到这封信的时候，我已经踏上新的征程，前往一个地方执行新的任务。我们的祖国需要她的儿女为她无私地守护和尽忠，我随时随地要履行一名军人的职责。

丽丽，有一点我得向你表白，无论我走得多远，都会时刻把你装在心中。世界很大，幸好有你，我的事业和生活充满无限快乐和色彩。任蓝天无垠、白云飘舞、彩虹飞架；任大海广阔、舰船驰骋、浪花跳跃……一切都带不去我对你的思念，唯有祖国和人民的壮丽事业能把我们的心紧紧连在一起。

我知道我既不伟大，也不崇高；既不显赫，也不富有。我只是普通军人的后代，一名最普通不过的军人。可我却极度幸运地遇到了你这位完美女神，并且三生有幸得到你的青睐，你说我心里是怎样的美哉！本来我是一个没有自信的人，第一次接触你时，我只是用一种很寻常的心态与你交流谈话，甚至内心隐藏的那一丝自卑时隐时现，几乎随时呼之欲出，因为我真的害怕你流露一丝轻视。然而，你的完美就在于不束缚自己的心灵，喜欢啥就是啥，不以俗世虚浮的成分考量身边遇到的每个人，特别是我这位有幸步入你视野和心灵的人。嘿！你看，我这时多自信！当然，是你给我的力量。

小时候，我生活在一个军队大院内，饭来张口，衣来伸手，正是这种公子哥的习性荒废了我最初的学业，铸就了我今天的品行和涵养尺度。后来虽然我在军校不断地学习，但所学知识依然是不够的，我只能后悔当初没有好好努力学习啊！可何处能买后悔药呢？好在我遇到了你，这不是上苍安排，又是什么呢？咱将来走到哪儿，都带着一位大学生老婆（原谅我这样称呼你），多体面风光，可咱有这份福气啊！

活着真好，自从认识你的那一天起，在你的灵气照耀下，我以往的那一丝阴影，也消弭得无影无踪了。我今天已经变成一名信心十足、顶天立地的军人。我相信我和我的战友团队，绝对能所向披靡，无往不胜。好了，不说了，我将在心中装着你，踏遍祖国的万里海疆。

当然，丽丽，我好想告诉你的是，军人随时要打仗的，如果将来有一天，我真正为祖国而战，为主权而战，为领海而战，你一定要为我助威加油、擂鼓呐喊。如果我胜利归来，让我们共同分享喜悦；万一我光荣负伤，或者那啥了，你也要为我自豪，一定不要难过悲伤，因为有战斗，就会有牺牲。等将来整个地球人类和平的家园建成了，我们都健康快乐地活着，到时我们和千千万万对有情人一样，徜徉在幸福宁静的蓝天下，享受着悠然温馨的生活。确实如此，你可以想象那是怎样一幅人间美景：老人相依，爱人挽手，亲人团聚，孩子追逐……哎，对了，我们也可以带着我们的宝贝相拥嬉戏在阳光下。为了我们的这一天，我们可要努力哟，特别是你！没啥，我仿佛此刻看到你满脸飞遍红霞，何必呢？你从实际意义上已变成了我亲爱的妻子，对吧？

就此搁笔，夜深了，我很快就要出发，必须养精蓄锐，保持旺盛的斗志，像初升的太阳，充满着朝气，像矫健的海燕，搏击着风云，向着荫翳和邪恶出击，向着光明与和平进发……

吻你。

你的旭于 1993 年 9 月 6 日夜

钟丽丽看完最后一个字，扑簌簌的泪水差不多打湿了手中的信笺，可是脸上的泪水依旧汹涌如海。她深深懂得了一个当代军人的高尚品质，一个有志青年的远大理想，一个热血男儿的报国情怀，一个热恋情人的痴心真意。她的张旭是出色的，是优秀的，是令她骄傲自豪的。她内心涌动着欣慰和甜蜜的感觉，但略微夹带一丝伤感。她忽然萌生一种心愿，她要带着这种心愿到一个地方，一个神秘的地方，为她的旭做一件事情，虔诚的，纯净的，不带任何世俗杂念……

第五十五章

　　那场运动，不仅使生活在小城的钟万昌遭到厄运，还使远在北方大草原乡村里的腾林格尔也受到打击。他的问题几乎和钟万昌相同：政历不清。主要是讲他在参加解放军前有一段时间去向不明。他曾多次解释说明，也多次提供证人，但工作队的人充耳不闻，更不去调查核实，只顾把帽子扣在他的头上。腾林格尔的儿子为了找到替父亲申冤的证明，四处打听当年一同退伍的战友。有一天，他给父亲传送一张证明纸条时，被不听解释的看守发现。看守追赶并殴打他。后来看守便以通风报信为由要将他通缉抓捕。他从此逃得杳无音信。没有抓到腾林格尔的儿子，工作队成员便迁怒于腾林格尔。绝望的腾林格尔于一天中午趁看守不在，悬梁在被关押的一间土屋里，把自己的生命重新回馈给了一生眷恋的故乡。

　　刚刚走出不幸的钟万昌和妻子回到了多年未归的家乡。安葬好母亲，待一切事情办完后，他们来到了腾林格尔家。腾家上下正处于伤心悲痛之中，特别是腾林格尔的妻子，抱着钟万昌夫妇哭得死去活来，反复哀求要他们帮助找到他们的儿子。在此前，腾林格尔曾告诉过儿子有关钟万昌的情况，并一再强调钟万昌叔叔最了解他的老底，只有钟万昌能救他。他要求儿子尽快去找钟叔叔，叔叔家在南方，距草原家乡很远。儿子被打跑后，家人都认为很可能他奔钟万昌叔叔去了。现在腾林格尔已经不在人世，如果有可能，腾林格尔的妻子希望钟万昌找到她儿子后把他收养在自己的膝下，一定等这场风暴彻底结束，才可以回到家乡。钟万昌询问了孩子的相貌特征，答应了她和家人的请求，并表示会尽力而为。随后他们踏上了漫长的返家旅程。经过六天的颠簸，他们终于到达榴乡小城东边的珠城。就在出站时，门口一个向过路人乞讨、衣衫破旧、脏兮兮的男孩引起了钟万昌的注意。根据腾林格尔妻子的描述，眼前的这个孩子很像是她的儿子。他上前掏出点零钱递给了这个男孩，然后又给了他一些干粮吃。

"你叫什么名字，现在年成不差，为什么还在要饭？"他问道。

男孩冷眼看着他，一句话不说，接过食物，转身就走。

"腾飞飞！"他大喝一声道。男孩本能地转身，惊愕地看着他们，但依旧不吭声。

"我认识你，你父亲叫腾林格尔，我就是你钟万昌叔叔。"

男孩表情放松下来，片刻后，泪水在眼眶内打起转来。

"走吧，跟我回家，我家就在西边不远的县城住。"钟万昌语气很缓慢，尽力不让他惊讶和怀疑。旁边的妻子也朝男孩和善地点点头，给他传递一种信息，丈夫讲的话是真的。

男孩终于相信了面前这对中年夫妇的话，哭着走到钟万昌跟前，喊了一声"叔叔"，便用手捂着脸号啕大哭起来。钟万昌上前把他拥在了怀里，夫妻俩都抹起泪来。

钟万昌夫妇在车站一拐角处，听腾林格尔的儿子讲述关于家乡和父亲前前后后的事，一直到他颠沛流离，巧遇从老家返回的钟万昌夫妇的经过。他们一起同情地将孩子紧紧搂在怀中。钟万昌不得不告诉他，其父亲已经不在人世的事实和其母亲的要求与想法。他哭得痛不欲生，誓死要回草原老家，决不能将母亲扔下不管。但钟万昌一再严厉地告知他母亲的愿望和叮嘱。如果他现在回去，很可能落入那些人的手掌。他揉着哭红的眼睛，抬起头来，答应了眼下唯一的一条出路，就是跟叔叔阿姨回家。

这是钟家收养的又一个孩子。因好多孩子来钟家时年龄不详，很难确定排序。就像腾林格尔的儿子，进来很迟，但其年龄不算小，跟钟飞飞不相上下，但绝对超过钟棒棒，钟万昌只能称作"老十几"或者"儿子"，证明是一家人就行了。不过，腾飞飞很聪明知趣，觉得比他大的就喊哥哥姐姐，比他小的就喊弟弟妹妹。一家人依旧其乐融融，不管幸福，还是苦难，他们将一同被岁月之舟载向远方。所有的一切，又都会被时间洗礼和沉淀。钟家的儿女从当年到现在，这些孩子犹如钟家庭院里的大树，经过钟万昌和妻子精心的浇灌与修剪，眼见一天天长大。他们宛如巢中的鸟儿，在钟万昌夫妇的喂养和哺育下，日渐羽翼丰满，就要走向社会，迎接新的风雨。孩子们逐渐成熟，并在各自的工作岗位上履职尽责。钟万昌夫妇从内心感到无限的欣慰，原先的不悦早已被淹没在生活的激流中，被心灵的慈爱所覆盖。对他们来说，只要是钟家大院周围，不管是嗷嗷待哺，还是满地乱爬，抑或是四处奔跑，每一个孩子在他们心中都如同己出，没有了别人和自己谁生谁养的概念。既然如此，那些曾经生活的拮据、痛楚和忧伤，连同现在获取的喜悦与欣慰，都一同收入了钟万昌与妻子漫长的人生行囊中。此乃生活滋味，酸甜苦辣，五味俱全，他们感慨不已。

生活依旧在继续，钟万昌对工作也一如既往，他对工作可以说是兢兢业业，全身心地投入。但毕竟他有那么多儿女，如果他和妻子时间上岔不开，他出差时也会顺便带上个别还未完全长大的孩子，以滋养孩子苦难孤寂的心灵。但他从未因孩子耽误过工作。有时他们确实选择了没有办法的办法。曾有一个冬天的傍晚，钟万昌下班回家，刚到巷口，看到妻子林惠碧正为晚餐奔忙于厨房和堂屋之间。女儿婉莹在学步车里"呀呀"地哭喊着，张开两只冻得红红的小手，朝着妻子所在的方向。妻子的身影晃动到哪里，她的学步车就滑向哪里。可能是饥饿或站久的原因，此刻她渴望妈妈的依偎和怀抱。当她知道妈妈因忙而无法问及她的时候，或许她感到了失望，转瞬间，头轻轻一歪，便在学步车上睡着了。他和妻子目光相遇时，泪水顷刻涌出。还有一个周末的炎热下午，当时钟棒棒很小，必须有人随时看护，林惠碧到单位加班，其他翅膀硬朗点的儿女为了共同撑起艰辛的钟家也都各自忙碌去了，钟万昌在家照应钟棒棒。下午四点多钟，县里要求钟万昌回单位组织紧急会议，传达上级重要文件精神。钟万昌一时很难脱身，没了招数。实在无法，他只好把棒棒拴在了门口的一棵槐树下。等先到家的林惠碧看到满身灰尘、嘴脸乌黑的棒棒时，眼泪"唰"地冲出眼眶。原来棒棒没人照看，就滚爬在尘土飞扬的地上，随意捡拾地上冰棒棍和冰棒纸乱吃乱啃，把自己弄得像垃圾堆里出来的孩子。

因电影事业一度火热，钟万昌手中的权力也遭到许多人关注，可他从未因此为自己和家里孩子们谋一丝好处。即使再难，他总和妻子商议，通过其他渠道寻求解决办法。而一些别有用心的人，想制造事端，说他揽权专断，谋取好处；说他借慈悲行善，捞取名利。上级部门还接到了匿名举报信，说有一批电影文化扶持资金被钟万昌经理利用权力私吞。可经上级调查核实，举报纯属无中生有、恶语中伤。后来从单位和社会上都流传出来，举报者就是钟万昌单位的那位钱副经理，其意图不言而喻。

随着改革开放的号角响起，中国步入了快速发展的轨道，各行各业欣欣向荣。由于激光影碟等家庭影院市场的兴起，使国营电影院效益受到一定影响。为养活职工，钟万昌采取灵活的经营模式，除了开设电影院外，又增设了录像厅，在集中放映大片热片外，还播放一些炫目的录像片。钟万昌妻子林惠碧因患病，不堪原先工作的繁忙，申请调入录像厅工作。

可就在林惠碧上班不到一个月的一天夜里，她所在的录像厅里两台24英寸的"海虹"彩电不翼而飞……这件事情很快传了出去，闹得满城风雨。

第五十六章

　　钟威和徐斌各自奔波于世界各地，决意把一切奉献给人类和平事业。长期的相处与交流，使这两位职责不同、目标一致的同道之人建立了深厚的友谊。开始他们对生活、对人生的认识和见解略有差异，但由于在一起交流探讨多了，慢慢地对事物的见地日趋一致。在钟威的影响下，徐斌也把自己的那份爱心传给了一些需要帮助的人。数额微薄，但足以让自己心里安慰。当他知道山东沂蒙老区有的孩子因经济困难无法上学时，他就把省吃俭用的钱款捐给了孩子们；有的地方发生地震，他又向地震灾区献上爱心；有的地方发生洪涝灾害，他又开始筹集资金用心捐助……像一股股暖流抚慰着被救助者干涸的心田。当然那些人并不知道他到底是谁，也从未见过他的面，他却依然坚守着自己的灵魂发出的使命。他们的这种做法，在特殊的单位里被认为是另有所谋，在特殊的群体里被认为是抢占风头……但"大道之行，天下为公"。在爱心灯塔的照耀下，这些善良者在无私坦荡的道路上越走越远，已经无暇顾及红尘世俗里的百色眼神。徐斌慢慢理解了人世间和谐安宁和松弛快乐的珍贵，也深深懂得世界人民友善和平的美好。作为追求这一目标的服务者，他内心倍感光荣和神圣。正因为如此，他和钟威才成了志同道合、情同手足的朋友。由于工作性质，他们很少在公开场合或者更大的范围露面和谈话，私下相聚更为适宜，由此两人便有了一片自由自在的精神天空和灵魂园地，可以随时放松长期紧绷的工作压力。

　　深秋，一个阳光煦暖的日子，整个京城笼罩在橘黄的世界里。西山的红叶尽烧火红，未名湖的水更加幽深瓦蓝。相信天下人都会热爱秋天。秋天的成熟透视着一年来每个人即将得到的收获，所以她更加让人迷恋。钟威和徐斌两人都在休息时，相约一起去长城松弛一下。站在长城之巅，瞭望祖国大地，两人惊异地仰天大喊，皆为祖国的壮美神奇和幅员辽阔而高声赞叹，也为人类抒写的伟大历史而自豪。城墙上四处留下的镌刻墨迹，斑驳可现。

"万里长城万里空，百世英雄百世梦。"

"你怎么看历代帝王将相和英雄人物的丰功伟业？"徐斌突然停下脚步，指着城墙上的两句已经模糊的诗句问。

"这还是一个比较复杂深刻的哲学命题。首先从自然恒久发展和人类历史无限绵延的观点来看，人世间一切事物都将是残垣断壁、过眼烟云。人到底是应积极追求、奋发进取，还是退守安居、清净无为？千百年来，人们始终争论不休。很多人一生只在自己生活的小圈子里打转，自己活得安逸足矣。这种人无论处在怎样的智慧高度都是庸碌无为的。但还有部分人想为他人、为社会、为国家、为人类做出一番事业来，真正想去做事、做大事，想齐家治国平天下，但因为智慧与能力不足，又于无形中限制了自身经营事业的幅度和高度，做不了什么大事的。所以，剩下的只能是那些既有理想抱负又有智慧胸怀的人，才能为历史留下千古佳话，创造人间伟业。你觉得，我说的有没有道理？"钟威用庄重的眼神看着徐斌。他知道，徐斌最近工作职务有了变动，故意换了称谓。

徐斌透过长城的一个不大不小的孔看着很远的地方，那里广袤无垠。

"你讲得很对，只不过对我来说，有点深奥，可是有你这位老师在，我已经勉勉强强地懂了一些。三日分别，当刮目相看。告诉你，我也不是什么都不懂的大兵了。"他收回眼光，自信地点头说。

"我是什么老师？我只是比你多看了几本书。但对生命价值的认识，我差你还差得多呢！不过，这又涉及另一个话题。"钟威不好意思地笑着。

"今天的师生探讨会，你有什么，就教什么，千万别保留！"徐斌笑着说。

"这关系到一个人自身价值的问题。比如我们，作为普通的工作人员，没有多大的能力和多高的智慧，但可以在各自的岗位上做得优秀。我们可以尽职尽责，协助我们身边拥有才能与智慧的人去为社会和国家、为全人类履行使命，你很清楚中外历史上不乏这样角色的人，不过一般人很难做到罢了。"

钟威深思熟虑的神态让徐斌目不转睛地盯着他。

"噢，你是说我们做的事情也是有一定价值的？"徐斌反问道。

"那当然，不仅有价值，而且很有价值。古今中外有多少人曾做过促进历史进步的壮举我不想多言，现在就讲讲你们行当的事吧！"钟威在他的挚友面前变得不厌其烦了。

"说吧，我还真想听听哩！"徐斌更加好奇。

"好吧，我来讲讲你们这个行当里的一段花絮。我是从一本很有权威的书中看到的，照本宣科，讲得不好，你将就着听！"钟威卖了个关子后，慢慢开始了他意味深长的述说……

夕阳如一面红色的魔镜，落到长城远处的天那边去了。徐斌还在默默回味着钟威刚刚所讲的故事，泪水已经蒙住了他的双眼，让从面前经过的游客不解地望着他们。他们一起从城墙上下来，心中充满了安慰。特别是徐斌，觉得生活在中国这片神奇的土地上，不管身处何方，不管从事何种职业，不管身居什么职务，只要用心做着利于祖国和人民的事情，一切都变得神圣而有意义，一切都那么令人自豪和欣慰。

第五十七章

　　一个深秋的夜晚，钟万昌妻子林惠碧负责的录像厅里的两台24英寸"海虹"彩色电视机不翼而飞，由此引发了小城居民的街谈巷议，说法千奇百怪。有人说是总经理的妻子监守自盗，私自把电视机卖掉了；有人说是里应外合把电视机偷走了；也有人说她收了窃贼的好处费，闪个空子，让人偷走了电视机；更有甚者说他们家长期做好人，欠人家钱，用电视机抵债了……说啥的都有。钟万昌无暇顾及这些，迅速向小城山泉派出所报了案。所长亲率两名警校毕业、年轻干练的民警和一名老侦探紧急投入侦查。其中，有一位身手敏捷、身材匀称、名叫彭博的年轻民警在随后的侦查工作中，以"飞檐走壁"的功夫和果敢利落的英雄壮举赢得了钟万昌和妻子的刮目相看，也赢得了女儿钟一帆的芳心。彭博更为钟一帆的清丽和博学所倾慕。案件还没有侦破，两人已经携手同唱青春"恋歌"。爱情为彭博的侦破工作插上翅膀，他和另一名民警余晓蒙及老侦探钟林一同深入小城各个社区，认真摸排，很快查出了重要线索，并确定了犯罪嫌疑人。经传唤、突击讯问，犯罪嫌疑人交代了伙同另外多名同伙采取翻墙入院、撬门入室等手段，连续入室盗窃单位会计室保险柜内现金，居民家中存折、现金、彩电及手镯、项链、耳环等财物近四万元的犯罪事实。公安民警全速出击，把其余近十名团伙成员收入网内。团伙成员对犯下的二十多起盗窃事实供认不讳，当然也包括录像厅两台彩电盗窃案。一起盗窃案让钟万昌和林惠碧的女儿钟一帆成了公安民警彭博生活树梢上的雁儿。后来小城很多居民包括钟家人都发出感慨，同时也觉得惊奇，真没想到一起案件竟然成就了一段美丽的佳话，铸就了一个幸福神奇的故事。

"哎！孩子太为我长面子，我钟万昌不枉今生啊！"钟万昌时常慨叹庆幸自己的造化。

"爸，你还高兴呢，咱做梦都没想到我妈工作的录像厅发生盗窃案件，我还捡来一个妹婿，嘿！"钟林在一旁助兴道。

一帆在一旁大喊道："爸、妈，你们看他笑话我！"然后忙抬手捂住了自己的脸……

彭博脸红地转向一旁道："哥哥，我的老师，可否能打住呢？"

……

一家人这时你一句，我一句，开心地说着、逗着、笑着……钟万昌和妻子心里乐得如开了花，更像灌了蜜……

生活确如岁月长河中的一叶小舟，总是乘着季节的风力悄然驶向远方。逆行也罢，顺风也罢，吃力也罢，艰难也罢，一往无前，从不停歇。此后不久，钟林被任命为派出所副所长，彭博是派出所的一名破案民警，一家人一同为辖区的百姓居民服务。

钟万昌出生在草原上，他天生拥有一副好嗓子，艺术的天分加上在部队的演出磨炼，使他转业到地方后，工作十分得心应手。从担任电影文化站站长、电影公司经理，到后来担任文化局局长，他使单位蓬勃发展。他率领一班人，总能审时度势，顺应改革潮流。上级和单位上下都赞扬、钦佩钟万昌的领导能力与业务水平。

可岁月无情，他在战场上留下了身心创伤；年轻时为养活儿女吃苦受累，想尽一切办法养家糊口，实在熬不过去了，他曾数次走向医院卖血……久而久之，他强壮的身体终于被生活风雨击垮。近年来，心脏等器官都不同程度出现病灶，还经常性干咳。妻子的风湿性心脏病让他忧心犯愁，没想到自己也病恹恹的。他多次想把单位的事交给下属管理，但上级又没有这方面的打算，为了单位的一百多号员工，他就支撑下来。他对儿女的事始终是热情高涨的，不管是长大成人的，还是新来不久的，抑或刚入钟家的，他一律视如珍宝。越来越多的儿女和情况各异的老人、弱者几乎要挤爆钟家的住房，但前面的孩子都纷纷成人，并一个个飞离小院，走向社会的各个岗位，钟家走马灯似的变换着新的面孔。本来他是欣慰满足的，后来他在送女儿婉莹到车站去音乐学院报到时，一个场面让他瞬间改变了自己原来的想法。

第五十八章

　　钟飞飞的妻子金晓燕是北京某国际建筑投资公司的一名副总兼子公司经理。她堪称公司第一美女，身材高挑，肌肤如雪，气质优雅。她研究生毕业后原被分配到一家国际贸易公司工作。后来，该国际建筑投资公司面向社会公开招聘一名精通两国以上语言的子公司负责人。金晓燕一心想改变自己普通贸易业务员身份，在丈夫的鼓励下，她积极参与应聘。经过关斩将、层层攻擂，她终于取得成功。两年后，金晓燕因业绩优秀而受到重用，荣升为总公司副总。她与钟飞飞的事业可以称得上比翼双飞，双双成功，唯有一点不足就是他们忙于事业，离多聚少。更让父母着急的是，他们为了工作，至今还没要孩子。

　　金晓燕当年所读的大学正好在离钟飞飞学校不远的地方。两人同届不同校，却都是皖北同乡。他们是在大一第二学期的学生同乡会上认识的，而且一见钟情。钟飞飞一身警察学院制服，身材挺拔修长，外形刚毅俊朗，一副"国"字脸形，眉宇间透着帅气阳光；棱角分明，鼻直口方，谈吐优雅脱俗，举止中流露出青春和吉祥。而金晓燕正是妙龄少女，洋溢着芬芳；如出水荷莲，傲视群芳；大学校花，是帅哥靓男心中的月亮，总让迎面走路的男生迷失方向……每行一步，都如众星捧月一样。那次聚会，她自看到钟飞飞后，再没有斜视的眼光，这确实让其他男生同乡气不打一处来，宛若一坛子的陈年老醋全泼到他们的心上……后来其他男生同乡都把她当成了穷乡僻壤来的种植酸葡萄的陌生山野姑娘。钟飞飞自然当仁不让，从此再也不离开这个美貌绝伦、倾国倾城的同乡姑娘。就这样，世间又多了一对旷世稀有的爱情搭档。金晓燕第一次进钟家大院时，钟万昌甚至怀疑钟飞飞这小子是否跑天宫遛了一趟，怎么会取得花容月貌如仙女般的姑娘的芳心？她让全家人的眼神都为之一亮。

后来钟飞飞毕业了，先走上工作岗位。金晓燕读完两年研究生后，两人牵手进入婚姻殿堂。这是人间最美丽的爱情，在钟飞飞和金晓燕的单位里，在钟飞飞的家乡，都引起邻里同事一阵轰动，都羡慕不已地"啧啧"赞赏。

他们的感情是笃深的，内心无时无刻不紧紧地连在一起。钟飞飞从事维和工作以后，金晓燕一直牵挂担心，始终想找机会靠近他、照顾他。但鉴于有关规定，她都没能如愿。有一年，她终于找到了一次机会，公司在某国有一个大的项目，仔细查阅，项目正好在钟飞飞维和的国家，并且位于他维和工作的任务区附近。她喜出望外，真是天无绝人之路，心里庆幸这次能和丈夫聚在一起了。为此，她好几个晚上没睡着觉，现在正收拾行李，准备第二天出发。

她踌躇着带什么好吃的东西呢？钟飞飞作为警察，每次出行，除了自己的警服，就是警用物品。这次她无论如何要多带点好吃的给丈夫，以解这些日子他生活上的清苦……几天后，两人终于在异国的机场大厅里含泪相拥。这时，他们毫不顾忌各自的同事和战友，更不在乎周围奇特的目光。羞怯不在了，世界不在了，一切都不在了……世间唯有心灵和精神的力量具有排遣外界侵扰的强大功用。他们倾力拥抱着、热吻着、倾诉着……似乎要弥补离别带给他们的思念之苦。

"No，No…Pari，Pari…还有天呢！"金晓燕的助手不知是出于维护上司的面子，还是出于同性者的嫉妒，她大声地阻拦着。

"关你们什么事？少见多怪。"金晓燕回头翻眼看了她的助手一下，然后帮助丈夫钟飞飞整理一下衣领。钟飞飞脸色忽然之间涨得通红，而那位助手像悖理似的低头笑了，所有在场的人都笑了。

接下来，一段悠然快乐、甜蜜幸福的生活围绕在钟飞飞和金晓燕两人中间。工作闲暇之余，他们就聚在一起，亲昵、买菜、做饭、洗衣……享受着天下人常有的悠闲自在。他们都知道，幸福和成功其实很简单，做自己喜欢做的事，和自己喜欢的人在一起。他所在的维和总部距她公司建设的工地约三十公里的路程，相聚十分方便，真是天赐幸福！没想到平素不可能常在一起的生活，忽然之间有了加倍的补偿。他们常常在一起，互相亲吻着，亲吻之后互相对视着，对视之后，一方会突然发问："我们是前世有缘吗？不然那次同乡会怎么就看上了你？"

"肯定有缘呀，上苍赐给的，不然又怎么会在这儿相聚呢？"另一方回答，然后他们都会心地笑了。他们常常滋生奇怪的想法，原本素不相识的男人和女人，忽然相遇后变成了一家人，而且他们生死相依，这不是缘分，又是什么？而这缘分多么偶然，多么珍贵。每想到这些，有时会陡升一种敬畏、感动和忧伤。当然在钟飞飞内心深处还为另一个人有一丝担忧。

日子就这样一天一天流逝了，忙碌而充实、劳顿而幸福。这又是一个极度寻常的日子，钟飞飞与临时抽调到维和总部中国维和办的吴娟正在办公室里整理难民和流浪人员安置统计表，忽然钟飞飞办公桌上的电话响了，声音刺耳急促。钟飞飞拿起听筒险些惊呆了——电话是维和应急中心打来的，三十多公里外的一家建筑工地因土地纠纷发生一起劫持人质案。中国一名负责人被当地黑恶势力团伙成员劫持，匪徒要求地方临时政府答应其提出的条件，不然就杀死人质。当地维护治安人员因语言障碍与人质及现场人员无法沟通，很难实施营救，情况万分紧急，需要中国维和人员前往协助救人。钟飞飞头蒙了一下，很快又镇静下来。

"发生了什么事，你没事吧？"一旁的吴娟突然有些担心地问道。实际上，这段时间她打心眼儿里恨他。

"晓燕她们那儿出事了。"他情绪猛然低落千丈。

"啊！那你赶快带人走哇！快！我也去。"吴娟说着，准备出门。

"别忘了带上武器，我通知另外几位弟兄。"他说着，急速去取墙上的警服和武器。

现场地形复杂，一片混乱。当地治安人员正在疏散已经聚集的很多围观人员。但钟飞飞依然对战友说："去，帮助他们地方同志把人往后疏散。"

"是！"两名中国维和警察应答说，并快速到达岗位。

一座正在施工的大楼。一楼的空房内两名黑色皮肤的男子一左一右挟持着金晓燕和助手，并分别用手枪抵着她们的太阳穴。时而有歹徒探出头大喊，如果政府不把这个项目移交给他们，就立刻把她们杀了。

钟飞飞见此情形，肺都气炸了，但心里却在提醒自己一定要冷静。当地又有工作人员赶到现场，不时上前疏导和规劝歹徒，也有当地政府人员过来跟钟飞飞沟通情况。但根据歹徒的嚣张气焰和现场环境，处置起来难度很大。地方官员跟钟飞飞解释说，这伙歹徒原来想接这一块工程，但由于他们缺少建筑资质能力，涉及工程款数目巨大，无法承接此项目建设。于是，地方临时政府把项目给了中国带有援建性质的国际建筑投资公司。这伙歹徒怀恨在心，就以此相威胁。今天上午他们来到金晓燕公司所在地，没有找到金晓燕，在工地上正好遇到正在督查施工的金晓燕与助手一行，突然拔出手枪将金晓燕与助手劫持。

"他们不就两个人吗？强攻不就行了？"一位维和队员说。

"绝对不行，这对人质非常危险。"吴娟说。

"对，要保证人质安全。"有人附和道。

钟飞飞眉头紧锁着，他思考着下一步将如何处置。维和总部和应急中心都先后有领导来到现场，和钟飞飞一同研究着方案。

"我身后带一个当地同行过去跟他们谈判，见机行事。围观者愈来愈多，不行就采取强攻。"钟飞飞果断地说。

"我也过去，你一个人绝对不行。"吴娟说。

"目标太大，会引起歹徒的怀疑。你在后面观察整个现场情况。"钟飞飞说。

"你一个人怎么能对付两个人？这不符合处置规则。"吴娟焦急地说。

"好了，就这样，你过去跟他们协商一下，让他们挑两位最好的狙击手，选择最佳角度，一定要隐蔽，让他们看我眼色行事。"钟飞飞说道。

吴娟没有表态，气呼呼地盯着钟飞飞。

钟飞飞后面跟着一位当地便衣警察，举着双手慢慢地靠近歹徒和人质。

歹徒为了同外面的钟飞飞等人交涉方便，渐渐走到一楼空房外，但依旧在嚣张地大喊着。他们看到了建筑前围满了黑压压的人，旁边还停着消防车、救护车和多辆警车……眼睛放射出血红的凶光。

当地警察开始喊话，但歹徒"哇啦哇啦"的，钟飞飞一点也听不懂。费了好大劲，钟飞飞才弄懂歹徒反馈的条件是当地临时政府必须同意现场签字，办理项目交接手续。

钟飞飞一听就是无可实现的要求，心里的火直向外喷射，但表情上没有一丝变化。

后面的无数双眼睛都期待地看着他，他脑筋急速旋转着。

这时一名歹徒的表情发生急剧变化，原来两边策应民警移动攀爬的身影被其发现，他忽然把枪口对准了钟飞飞。在情况紧急下，钟飞飞大喊"蹲下"的同时，拔出左脚腕上的手枪，甩手将劫持助手的歹徒击毙。另一名歹徒明白缘由后，慌忙举枪对着钟飞飞射击。金晓燕拼死夺枪，并用身体挡住枪口。枪响了，金晓燕倒在血泊中。歹徒再次对钟飞飞举枪，这时吴娟从上面建筑物上落下，对准歹徒头部。枪同时响了，歹徒应声倒地，但射出的子弹击中吴娟的左侧肩胛，鲜红的血流顺着衣服汩汩渗出。那名当地警察看着这慌乱的场面正端枪踌躇，金晓燕的助手蹲在地上瑟瑟发抖……

现场的很多人奔跑过来了，抬起金晓燕和吴娟上救护车，向医院飞去……

子弹从吴娟左肺叶上方与肩胛骨间穿过，万幸没有伤及内脏。但经过维和区健康管理中心医院医护人员的两昼夜救治，终没能夺回金晓燕的生命。金晓燕当时很欣慰，她在现场突然感到左侧身体如烈火烤灼一般的时候，她知道自己已经挡住了那颗射向钟飞飞的子弹，瞬间又看到了那名歹徒脑袋开了花。她很清楚钟飞飞一定安然无恙了……这时钟飞飞跑过来抱住她，连连大声唤着她的名字，是一种悲怆哭泣的声音……而她自己内心却十分释然轻松，看着他英俊刚毅的面孔，自然露出了舒心的笑容……她觉得身上的力气越来越小，只想平静地躺下去，周围的声音渐渐渺然依稀……车子在颠簸中驶进了医院，又进了急救室。她想拦住丈夫钟飞飞和一些人的举动，别再做无谓的付出，她也不需要以此种方式和爱人告别，和亲人告别，和同事告别，和这个世界告别……她要把这极其宝贵的时间留给最亲近的人。可她已经没有这个力量了，她只能被动地直盯着泪水滔滔的钟飞飞，她太想让他靠近一点，可几次想抬手没能抬起来，实在想说句话，特别是最近常说的三个字，可嘴张了几次，终没发出声音，又合上了……可此刻的钟飞飞太想留住时间了，正拼命与时间赛跑，根本顾及不到金晓燕的心思。最后，她只好微笑着，用平静的目光看了丈夫一眼，分手在了急救室的入口处……

　　胸部穿透伤，伤势太重，两天两夜无影灯下人类与死神的争夺战后，医生终于带给了让钟飞飞和所有期待煎熬者绝望的消息……钟飞飞随后昏倒在急救室前……

第五十九章

　　榴乡小城的冬季尤其漫长和寒冷。春天的帷帘早已被山城人家从崭新的日历上揭开，可寒气依然弥漫着，生活里照旧是冬天的影子，人们照旧用皮衣和围巾将自己裹得紧紧的，完全没有了往年那种春之降临、风和日暖、阳光绽放的景象。初春的早上，钟万昌送女儿钟婉莹到车站，转到东边乘火车去北京。此时，车站里挤满了人，半跑着、呼喊着、相拥着……从他们的褴褛衣着，钟万昌判断这是为了生活外出打工的一族。特别是对面一对老人拉着一个十岁左右的孩子，孩子正拼命着，想扑向那个三十多岁的妇女。妇女一边抹着泪，一边朝他举起手，一副要痛揍男孩一顿的架势。但她终没有动手，而是毅然转脸挤进了人头攒动的候车室。可看到男孩哭天号地、疯狂撕扯的劲头，老人老泪纵横，旁边的人都跟着伤心落泪。旁边有人议论那位女子去打工，儿子不愿意离开母亲，闹着要跟去。在那对老人周围，有好多年长者带着不同年龄的孩子来为亲人送行。钟万昌回想起近年来媒体的报道，意识到这种情况目前在中国，特别在农村应该是普遍现象。看着那对老人和他们面前近乎哭昏过去的孩子，钟万昌心里滋生一丝哀伤和忧思。他不敢再多想，感情脆弱似乎是他的天性，不能再在这里久待下去，否则怕忍不住发生什么，但他咬住牙关，眼睑几次颤动后，终于挺了过去。他告别婉莹，努力回头迈动着脚步，扭身出了车站，但他突然觉得自己的眼角还是有些湿热。

　　钟万昌回家就把自己遇到的情况告诉了妻子和孩子们，还没说完，大家都知道了他的意图。

　　"你别说了，我们知道你想做什么了。"妻子林惠碧直言不讳地揭他的底。

"看，知我者，老伴也。还是你了解我。"钟万昌露出欣慰的表情。

"但你可知道，你办这些事，收这么多娃子朝哪儿放？我们现在都挤得没有下脚空。我们年纪都大了，谁来照顾他们？"林惠碧觉得这事有点勉强。在家的孩子们面面相觑，一般不会阻拦父母。他们当然知道，如果不是父母的举动，他们不会聚在这儿，甚至根本不可能长这么大。

"我觉得这事可以考虑，爸爸是这个小城的名人，反正世人皆知，再多收些孩子也没什么，只是要考虑居所和条件的事。"彭博这时是可以表态的，他本来不是这个家庭的成员，刚加入这个家族不久。

"就是嘛！看，彭博说得对，一个女婿半个儿，此话真是不假。我们都有这个，握在一起力量大着呢！当年都没难住我们，现在怕什么？干！"钟万昌做了个攥拳头的动作。

"爸爸说得对，当年没有你们，我们也活不了，现在我们都长大了，可以助你们一臂之力。帮助天下需要帮助的人，而不能只顾我们自己。"钟林动情地看着父亲母亲。

"随便你们，反正我们没有太多精力了，你们要干你们干，我只能帮帮小忙。"林惠碧劲头不是很大。

"就这么定了，具体事宜办完过后再碰头。好吧！"钟万昌显出家长的做派……

春天的山峦，铺满绿色，蔚蓝的天空中点缀着朵朵白云。时光如梭，眨眼到了仲春时节，东边堤下与河岸边穿梭着忙碌的人们，榴乡小城四处洋溢着春天的气息。

今天是钟万昌家创办的"爱心家园"开园揭幕的日子。锣鼓喧天，张灯结彩，"噼里啪啦"的鞭炮声引来了许多前来庆贺和围观的群众。身着西装的钟万昌和风韵犹存的林惠碧满脸笑容地站立在园门的两旁。未看出究竟的，会认为是这对老人庆祝金婚大喜的日子，实则不是，是他们用双手和爱心共同营造了一块让辖区无助的老人和孤儿幸福生活的园地。你看一排身着唐装、胸戴红花的老人站在园门内左侧和右侧，一排身穿各色鲜亮服装的手捧红花的孩子正在欢迎进园参观的每一个客人。当然从今天开始他们已成为这里的主人，所以来这里参观庆贺的人在他们眼里都是客人。除自发来此参观庆祝的群众外，他们特意邀请了县民政局、妇联、派出所、老龄委等各单位的负责人前来参加开园典礼。典礼十分简单，经过鸣炮、致辞、剪彩等仪式后，嘉宾和群众入园进行参观活动。钟万昌想到几个月来的奔忙，心里感到甜甜的。

"爱心家园"占地面积约600平方米，这里原是办事处所属的一个小型印染厂。靠北的正屋是印染生产车间，西厢房是堆积原料和备料的地方，东厢房是一排工作休息室，南边一道铁门使厂房形成一个独立的整体。因印染技术的飞跃，这个小型印染厂在这个小城已无法生存，随后这里便成了一片废墟，鼠类安营，蜘蛛扎寨，时而有麻雀空袭，各自把持一方领地。因没啥值钱的东西，空剩几间破房，看门的老头几个月后自动撤岗。彭博与钟一帆相识后，真正结识到一位人间真善大爱之人——钟一帆的父亲钟万昌。他慢慢地感悟出一个人不能光为自己活着，要像岳父那样用爱心撑起一片明丽的天空。当他得知岳父要建立专门场所，继续收养困难孩子、孤寡老人，特别是留守儿童时，心中觉得绝好的机会终于来了。彭博知道辖区内有许多需要帮助的老人、孩子及弱势群体。钟林在忙完所里外勤事务后，把父亲交办的事当作本职工作来完成。随后他们一起开始了物色场所和争取资金的艰辛历程。

有一次，在统一行动中，彭博带人在清查人口时，发现了这个"死角"，其他民警正在例行公事，而彭博心里猛然一亮道："这不是一块绝好的地方吗？""什么绝佳地方？这里什么也没有，空房一处，撤退。"同事有轻松完成任务的满足感，他的自言自语还引来他们的讥讽。彭博赶忙把这房子的情况告诉了钟林和岳父钟万昌。他们三人一起来看房，钟万昌一看，激动惊奇地大喊道："天助我也，简直太好了！"钟林也对将此房作为"爱心家园"颇为赞同。于是，他们一同来到房子所属权方山泉办事处。他们把借用此房的意图详细地陈述说明，办事处书记觉得人就是奇怪：不是一家人，不进一家门。钟万昌的儿子和女婿都有这般善心，本身慈眉善目、喜欢助人的田梅书记很快答应了。如果把有困难的人员，甚至弱势的人员都集中到一块儿生活，从一定程度上说，是减轻了办事处的负担。田书记真是好人，还答应给1000元办园经费，大家的高兴劲儿就甭提了。不过，田书记告诉他们，平时水电费自理，开园期间房屋租金他们必须担负。因为别人出钱，办事处不愿出租，现在如果免费租给他们，对办事处的其他人员不好交代。办事处的一些后勤人员的工资是从财政拨款之外的旁杂费用中支付的。当然，田书记私下可以为他们讲情，尽量压低房租。父子三人感激得一个劲地点头。

房子有了，接下来是办园资金的问题。办理开园的各种手续，市民政、工商等部门是一路绿灯。办园资金如何筹集呢？钟万昌打算把他们夫妻的工资尽量再挤出一部分贴补上去。彭博算计一下不够，现在共有 26 个老人、8 个孩子，每月至少要有 3000 元，才够开销，刚开始有民政局的 5000 元和办事处的 1000 元是够的。只是以后这笔钱花完了，两人不到 2000 元的工资，去掉自行花费，只能剩 1000 元左右，这样民政局还给 500 元，加在一起不过 1500 元，去掉生活费、房租费、劳务费、有线电视费用……偶尔再有人生个病，费用就更加紧张了。林惠碧急得要哭，钟万昌安慰说："不要急，老家还有一点老宅子，孩子都大了，出门了，可以卖掉。还有我来跑跑一些单位，再拉一点赞助。实在不行，我从农村买点粮食贴济，车到山前必有路。反正比原来好过多了。"钟万昌抚摸着妻子的白发说。林惠碧是个通情达理的人。她想，在这个节骨眼上，不能给一生相伴的人打退堂鼓，眼睛一亮，便点了点头。

又是一阵锣鼓声，钟万昌回过神来，他们引着大家参观每一个地方，从活动娱乐场所到休息场所，再到就餐场所、阅览室，一应俱全。一律的新家具、生活设施，让人耳目一新。衣着整洁的两名工作人员各自站在老人和孩子的前面，不时给参观的客人送去热情的掌声。

开园仪式在一片热烈喜庆的气氛中结束。庆祝的人们离去了，可园内老人和孩子的欢呼声和歌声，依然久久回荡耳畔。钟万昌和妻子林惠碧一直面带笑容地望着他们，那笑容不勉强，是从心底发出的。他们在这里已给自己留好了房子，打算将来他们把自己的小窝也融进这个许多人共同生活的大家庭中。

第六十章

　　张旭的舰船驶入了一个更为浩瀚的海洋。天是蓝的，海是蓝的，张旭的心宁静如蓝。此刻他正坐在舰船的指挥室里，通过视频一方面观察着舰船行进的速度和方位；另一方面领略着这海天一色的蔚蓝景色。海洋在人类历史上、在中国的发展史上、在所有海上军人的心目中，都高居重要的位置。没有海洋，就没有波澜壮阔的辉煌历史。从中国郑和下西洋，开通欧亚贸易新航线，到葡萄牙迪亚斯去非洲最南端探险，其成为环绕好望角航行欧洲第一人；从哥伦布环球探海，发现欧亚之间的"新大陆"，到葡萄牙人达·伽马海上远行，打通欧洲连接印度的新航线……这说明从很早的时候起，人类就对海洋萌生出一种虔诚、一种敬畏、一种膜拜，特别是久居海边的人们，长年与海洋为伴，对海洋滋生无限的遐想，并产生强烈的探知欲望，期待着有朝一日揭开其神秘面纱。华夏大地上的人们渐渐认识到他们所居住的陆地被海洋所环绕，习惯把自己居住的位置称为"天下""海内""中国"。"海内"一词就是用海洋的地理坐标定义命名的；人们同时还清楚，陆地的面积远小于海洋的面积，海洋容纳着陆地的江河湖泊之水，给陆地带来无限生机。许多的古代史籍中都有对海洋的明确记载，足以证明早在两千多年前，古代的哲人对海洋便投入很大关注。他们一边解密着海洋，一方面把海洋当成益友，向其伸手获取人类生活所需要的物质和珍宝。海洋的面纱和谜底真正被揭开以后，人类与这个拥有巨大财富的朋友结成了有力的同盟，使之更好地为人类历史的发展献出更多的福祉。看看为争夺主权和利益而发动的每一次战争，无不因海洋的相助而赢得优势。没有清政府那支水师的建立，清朝就不可能一跃成为亚洲第一海洋大国；没有那个黎明时的诺曼底登陆，第二次世界大战的局势也不可能迅速转变；没有那个黑色礼拜日的珍珠港火光，就不会惹起美国人的愤怒，更不会加速日本的无条件投降……海洋是一个人类逐鹿竞技的庞大舞台，对全球的生态格局和政坛变迁起着举足轻重的作用，所以世界上越来越多的国家日趋看重海洋权益的争夺。想到这一点，张旭内心分明感受到了作为一名共和国军人身上承载的千钧重量。

舰船突然颠簸了一下，张旭透过侧窗朝外看了看，海面涌起了阵阵高于先前的海浪，风也大了，但海水依旧那么蔚蓝，整个大海依旧那么壮美。如果世界到处开满鲜花，飘溢歌声，充满和平，每个人都悠闲地行走于地球的每一处角落，大海也就此会变成人类的一处浩瀚无垠的风景，他和他的丽丽定会在这美丽的大海上进行一次次心旷神怡、醉生梦死的逍遥游。然而，常常是一些人盯住了利益，制造了摩擦，煽动了仇恨，点燃了火焰，挑起了战争……他和父母今生同为军人，必须听命于党和人民的召唤，必须为祖国的尊严随时出征。但他却十分钦佩丽丽的父亲，一名饱经战争磨砺的军人，他对和平与安宁的向往是那样的深切和渴望。仅仅为了一名老军人的心愿和梦想，他担起一名军人的职责更是义不容辞。

"报告！"参谋的声音打断了他飞翔的思绪。

"前面发现两艘可疑船只，一艘挂有某国国旗图案的船只，根据判断，这可能是南部某国的船。这一带是中国海域，按照国际惯例，除了中国船只外，其余船只不可在这一地区行动，否则是非法入侵；另一只船尚不清楚国籍情况，请问下一步怎么办？"参谋报告了发现的异常情况。

"立即给总部汇报，听候上级指示，同时继续观察，摸清所有船只情况，然后向南部邻国船只靠近，并做好一切准备，随时采取处置措施。"张旭果断下达命令。

"是！"参谋答道，转身离开了。

张旭迈着沉重的脚步，焦虑地走出指挥舱，上了甲板，脑海里紧急思考着下一步的对策。远处的天际，大团的云雾向这边翻滚而来，天空开始布上一层灰色，灰暗的大块云朵瞬间又散开了，然后再次聚在一起，起风了。

"总部回电，命令摸清详细情况，了解船只属性和行为目的，再作下一步处置。如果属于普通民众，要慎重处理。"参谋报告了上级的处置精神。

"明白！"张旭的眼光从遥远的天边收回来，若有所思地看着报告情况的参谋。他从参谋手中接过望远镜，望着远方的船只。通过幽深的圆筒，他依稀看到遥远的地方，有较大的两只船在颠簸着、追逐着……看得真切，一只船准备朝着相反方向开溜，左侧的一只船正加速跟在后面追赶，距离越来越近……它们跑着、喊着，高音喇叭的声音在茫然的大海上依然刺耳。中国渔民不停地喊话，让邻国船停下来给中国人道歉。邻国渔民"哇啦哇啦"说出一大串话，但不知讲了些什么……显然张旭他们的舰船也加快了速度，洁白的浪花和呼呼的风声都被抛在了后面，很快舰船追到了离他们不远的地方。张旭这时终于看清了，经翻译和参谋初步观察了解得知，后面追赶的那艘船是中国渔船。前面的船只是一艘邻国渔船。而中国渔船发现邻国船只后，认为他们侵犯了中国领海权益，于是拼命追赶。

"咚"的一声闷响，宛若地狱般的声音，两艘船撞在了一起。中国船只上的渔民显然被邻国渔民的恣意侵犯激怒了，他们纷纷从船上取下叉、棍等器械，敏捷地跳上了邻国的渔船。惊慌的邻国渔民也仓皇逃窜，奔向各自的地方寻找兵器。眼看一场涉外摩擦和械斗就要发生。"慎重处置！"张旭的脑海里又跳出了这几个字。械斗一旦引发伤亡后果，必将引起国际舆论。想到此，张旭猛地大喊一声道："不许乱来，一切人听我指挥！"同时一个箭步冲到邻国的渔船上。可是，中国渔民这时哪里忍得住积压的火气，举着手中的家什冲到对方面前，就要大打出手。最前面一位黑黝黝的壮汉一甩铁管对着邻国一名渔民狠狠抢了过去。说时迟那时快，张旭一步冲到对方渔民前面猛地将他推开，中年壮汉的铁管落在了张旭腰部的右侧，张旭顿时感到疼痛难忍，跟跟跄跄地倒在了船上。

一看首长出了事情，舰船参谋和翻译等人都红了眼睛。参谋从腰间拔出手枪，对着天空"啪啪"地射了两枪，现场所有人都愣愣地站住了。

"快！还愣着干什么？"快点把舰长抬回舰船。

"我不要紧的。你们双方都不能再打了，否则，造成的一切后果要严肃处置。"张旭满头大汗，脸色苍白，气喘吁吁，痛苦地被两名海军战士架走了。

这时舰船上的医生飞速向这边跑来。

"我佩服你们的爱国精神，但你们千万要以国家大局为重，在上级没有作出明确对策前，一定不能同他们发生暴力冲突。"张旭临走时对他身边的中国渔民说。

"我们知道了，听从你的指挥，你是我们海上最亲的人。"渔民们满含热泪地回答。

总部的指示下来了——你们不要扣留邻国渔民，作为普通的公民，他们是善良无辜的。尽快弄清渔民遭遇纠纷的地点、时间和他们的出海情况，以及发生纠纷的次数。做好一切原始记录，拍好图片后，放他们返回。尽快处置后，不惜一切代价，火速将张旭送回总部医院救治。

张旭临走前，对中国渔民反复叮咛，绝对不可再有冲突，不然还会有人受伤害。海军翻译把他的话翻译给了邻国渔民，所有的渔民听后都点了点头。

舰船在现场渔民的目送下踏上了返回的航程，受张旭委托，海军战士们都同邻国渔民挥手告别。渔民们深情相送，不停地向海军挥手。舰船走远了，他们的手还在高高地举着、举着，依依不舍……

第六十一章

一架大型飞机降落在北京南苑机场上。

钟飞飞和吴娟及他的维和团队走下了飞机舷梯。钟飞飞神色凝重，悲伤依旧布满整个面孔。他怀抱着一个覆盖着国旗的方盒，似有千钧分量。机场上人山人海，如平地涌浪。中国公安部的领导、维和警察的亲友、中国住房和城乡建设部的领导和同志、国际救援协会领导和会员、钟飞飞妻子金晓燕单位国际建筑投资公司的领导和员工……他们都集合在了这偌大的机场上。

欢迎程序大致与以往相同。部领导欢迎致辞，他说："为了人类的和平，为了任务区的安全，为了缓和并制止局部冲突和战争，为了实施人道主义救助，你们作为维和警察，不远万里，征战他乡，积极参与联合国维和行动，让五星红旗飘扬在遥远的异国土地上……也向世界展现了中国热爱和平、维护和平的大国形象……这是祖国的光荣，这是中华儿女的伟大使命……祖国感谢你们，人民感谢你们……"

接下来是钟飞飞的答谢讲话。他说："我们有了强大的祖国作后盾，才有了我们安心踏实的远途征战……我们去的维和任务区危险大、任务重、时间紧……但我们依然齐心协力、忠于职守、履行使命，没有辜负祖国和人民的重托，创造了维和队员无一伤亡、无一违纪、无一遣返的纪录，同时以过硬的专业素质和敬业精神，向全世界展示了中国警察的卓越风采，受到联合国秘书处、友邻部队和当地民众的高度评价……除此之外，中国维和队员还积极参加当地慈善和捐助活动，在任务区人民心中树立了良好形象……"

当部领导致辞后和钟飞飞等队员逐一握手的时候，突然场上发出了沉闷继而强烈悲恸的哭声，原来金晓燕的父母和家人都控制不住情绪，还没等到全部议程结束，都号啕起来……下面是中国住房和城乡建设部领导为迎接在国外援建工作中牺牲的金晓燕的仪式。可这原先安排的议程突然被这失声的哭声打断了。整个现场被这痛失亲人和同事同胞的情绪感染着、控制着……谁都无法扭转。钟飞飞这一刻再一次感到，人活着最重要和最珍贵的是生命和情感。

……

金晓燕单位举行了隆重的追悼会。钟飞飞和亲人安葬了妻子后，钟飞飞的心情低落到了极点。一周之后，星期天的早晨，他一个人来到了金晓燕的墓碑前。

此刻他有无数的话要对妻子诉说，有无数的感情要对爱人表达，只可惜天地之隔，爱妻还能听到吗？泪水洗刷着眼睛，他的心仿佛碎裂。为什么当初他没有抽出更多的时间陪陪她呢？难道要期盼来生吗？人啊人，为什么不能一生相守，还要在人海中相识相遇？这岂不折杀两颗为情所系的活生生的心？世间为什么有缘，为什么有情，为什么有生，为什么有死……这些不都是用来摧残人灵魂的魔鬼吗？每一个活生生的躯体经得住血泪的洗涤和阵痛的撕咬吗？他的泪水越来越密集、越来越汹涌、越来越磅礴……他伤心至极，无法呼吸，忽然头脑撕裂、疼痛难忍、天旋地转，沉沉地歪倒在墓地上……

不知过了多久，他感到有一股温暖的气息袭扰他的脸颊，有一丝柔和的绵软覆盖着他的耳际……他醒了，发现躺在了吴娟的怀里。目光对视，眼泪并行而出……吴娟到了他的住处，发现他不在家里，就一路找到墓地。谁知他脸色苍白，昏倒在这里。她准备送他到医院时，他醒了过来。她心疼地把他紧紧抱在了怀里……

吴娟看着眼前的这个人，回想起他的童年和身世，再想想自己的经历和家庭境遇，心里凄楚万分。人的生活本该是宁静顺畅的，可世俗流云中不和谐的音符扰乱了生命的主旋律，造成了人类的悲伤和泪水。但无论如何，活着的人依然还要好好地活下去，这就促使一个人要坚强振作，不能被岁月的风雨和磨难击倒。她的心镇定了一下，突然觉得泪水不再是生命的唯一。她帮他擦去了泪水，也趁势把她温润的嘴唇覆在了他的口上、脸上、额上……钟飞飞终于被她的柔情、爱恋、温暖、泪水和执着彻底融化了，他回应了她的亲吻和温存，泪流此刻汇成了他们热吻时的助阵潮涌……

两人牵手离开了京西墓园。街道上人流依旧，车流依旧，风景依旧，城市依旧……但从今天起，他的爱妻金晓燕将永远离开他的生活、他的世界，离开了她热爱的人间生活故园。他的生活将开启新的模式。他要带着吴娟去见自己的父亲和母亲，要去吴娟山东的老家一趟。市区公交车缓缓行驶着，钟飞飞的心绪飞到了皖北淮河岸边的榴乡小城。他是父亲一手栽植的小树，他的每一点裁枝修剪都需父亲的点拨和示意。父亲是一位历经枪林弹雨和饱尝风霜的人，一般情况很难让父亲吃惊。可这次事件太突然，一定让父亲内心产生震动。据说，这次父亲听到儿媳的消息后，整整三天没说话，除了沉默就是叹息。

父亲的愿望当然过于完美，不想再看到世间的风雨纠纷、痛苦与磨难。父亲是单纯的，也是执着的，更是用心的，他真想用自己的满腔热忱和艰辛付出去承载抵御世间所有的伤痛和不幸。然而这可能吗？世上有一种苦难是没有任何挽回余地的，那就是亲人的远离。唉！苦难的人世间啊！父亲在他儿时讲的悲情故事依稀回想在耳畔。"二战"结束了，一个天真快乐的阳光男孩在战争中被炸断了一只腿，同时失去了所有的亲人；一名长期眼有残疾、热心帮助村民并在当地很有威望的中年男子在一次沉船事故中失去了四位亲人；一对家境贫寒需要温暖和关爱的小兄妹两年时间里被病魔夺去了三位亲人；一位早年丧夫的善良母亲在一次地震中几乎失去了全部家人……战争、病魔、瘟疫和灾祸曾让无数个原本温馨快乐的家庭走向伤痛和衰败，何时人世间才能真正和平宁静？

世间最可悲的就是同样的悲剧反复发生。人类要不断地阻止惨剧如期降临。

既然所有的灾难祸事在上苍的巨掌面前犹如一块儿泥巴，那么人类就别再人为地制造灾难，要惺惺相惜，共同联手，阻止一切悲剧的发生，让人间不再铁甲铮铮，别再有呻吟和哭声……车子继续行驶着，钟飞飞的思绪也在旋转。吴娟知道，他心里正经历一场炼狱般的痛苦，便轻轻依偎在了他身上，希望他慢慢走过这场灵魂的洗劫，平静地驶入新的生活里程……

第六十二章

榴乡小城的"爱心家园"解决了钟万昌一家接收孤寡老人和收养孤儿的场所问题。不仅场地宽敞了，而且园内的生活设施都有了较大幅度的改善和提高。钟万昌一家在长期与这些社会特殊群体相处的过程中，投入了精力、投入了心血、投入了感情、投入了真心……其间所遭遇的困难和艰辛都在这种人性的光照下得到平复和消融。过往的经历让他和妻子常常感慨。人类生活的最大苦痛是灵魂深处的隐忍。钟万昌有时看到妻子林惠碧悄悄流泪，内心不得不和其一起承载生活赋予的伤痛。在夜深人静的时候，林惠碧经常抱着丈夫述说心中的苦闷，倾倒着无法诉诸世人的苦水。丈夫这时是最难以饰演角色的，既要安慰妻子，又不想叫孩子知道他们心中的痛楚，要让孩子生活得开心，将来长大后，以健康的心态和饱满的精神更好地为社会服务，他只有打掉牙齿朝肚里咽。岁月弄人，这一生他或许就是上苍派到世间帮助别人的，这样一想，心里渐渐安慰了。正是这样的夜晚，他们把孩子的事都安排完毕后，两个人就偷偷倾诉着、安慰着、坚持着……林惠碧理解他的心思，总是擦擦眼泪，一笑面对，拥着他慢慢地沉入梦乡，有时醒来时眼角还挂着泪水……

"爱心家园"开办后，他们有了更多的儿女、更多的老人、更多的亲人……他们更忙了。二十世纪九十年代末夏季的一天，天气突变，连降暴雨，整个榴乡小城变成了一个偌大的池塘，居民穿梭、生活在水域里，所有人投入抗洪抢险的战役中。

钟万昌围绕"爱心家园"转悠忙碌，每天简直是抢时间。他依旧怀着感恩的心面对眼前的生活，感恩这神圣的时代，感恩这友爱的社会，感恩身边的战友，感恩能有服务这些老人和孩子的机会。他深信神奇的自然和至尊至爱的父母赋予人的只是生存。但人不能仅仅为了生存而活着，人与其他灵长类动物的区别就在于人有灵魂，灵魂使人不能满足于动物式的生存，而要追求高于生存的精神生活。人所从事的超出生存以外的劳动都给生命自身的安排增添了崭新的内涵，无不具有高尚的性质，闪耀着理性的光泽。他曾经超负荷地工作和奔忙，用满腔的爱实现着对真善的追求，把自己内心所珍爱的人生价值变成可以看见、触摸、感觉和服务的对象。他不停地接收并安排走失迷路等遇到各种困难的老人和孩子，然后费尽周折与其家人联系，如果联系不上，就送他们去"爱心家园"。因为开办"爱心家园"本身就够艰难的，加一个人就加上一份困难。每每这样，他总是笑着对家人说："再增加一位，以后控制了。"当新的成员加入时，他又说："就这一位了，最后一位，以后就不加人了。高低不能再加了，负担不起了，负担不起了，理解、理解。"他总是在自言自语自嘲中添加着他想添加的人丁。当然没有人真正会拦他，他原先一贯的做派就是把他想帮助的人都带入钟家大院，现在只不过又增加了一个"爱心家园"。钟家的所有成员，也没人再说出一个"不"字，似乎心灵相约，他们拥有共同的心愿和共同的目标，谁都无法漠视被救助者的遭遇和困难。

那一天，天像下了火，热得人喘不过气来。他从早到晚和妻子林惠碧一直忙着园内孩子的事。他带几名小朋友去防疫站打疫苗，刚回到"爱心家园"，准备喘口气时，忽然乌云在天边聚合，又仿佛向这边游移，一道道带着寒光的闪电，照射大地和人间万物，继而一声闷雷紧随其后。钟万昌一想，天要下暴雨了，他要回去收拾一下家中的地方，以防地势低洼的"爱心家园"被水淹没时有应急措施。当年为免水患，他带人把家里垫得很高。忽而他又记起几个在附近上学、年龄小点儿的孩子都没带伞，想带伞赶到学校接一下孩子，不然一旦老天闭上眼睛大雨倾盆，连续不停，一切都来不及了。他站起来拿起雨伞对妻子说了句："你先忙着，我出去一下。"随后钻进了一响一亮、雨点开始落下的雨幕。可还没跑出"爱心家园"的大门，忽然觉得头疼欲裂，胸闷气短，眼前发黑，他试图想抬头强装精神，但还没等振作清醒过来，就一头栽倒在水泥地上。

医院传出的消息让钟家陷入了悲伤和绝望，除了林惠碧和钟家儿女，连上苍也为钟万昌伤心。雷公扯开了嗓子号啕，龙王在挥洒着无尽的泪水，平素乐于关心救助他人疾苦的大善人钟万昌走了，走得很远很远，到了光都无法触及和见到的地方。这样一位好人，有多少人挽留他、想着他、念着他，就像他惦记群众一样，可命运确实不公，苍天绝情，即使再美好的人和事物，你想尽一切办法去救助和挽留，也会让你感到徒劳，感到无奈，你只能白白地看着美好绝尘而去。面对永恒的死，一切有限的寿命均等同，纵然因人不当心会把生命之路缩短，纵然太过于当心就会把它延长，但为延年益寿而万般小心，结果仍不免一死，究竟是否值得呢？只是对于好人，人们心中寄予无限的盼望，盼望他延年益寿、长命百岁、永世不老，可能吗？钟万昌是好人，好人就有好报吗？那是人们对美好生命的祈愿罢了。上苍对谁都一视同仁，那样钟万昌还会死吗？上苍可不是那样的乖巧儿，他赋予了钟万昌太多的善良、太多的爱心、太多的眷恋，于是就剥夺了他太多的健康和幸福。从这方面看上苍，上苍真是个捉摸不定、不可思议的变脸王，月亏了能再盈，花谢了能再开，可钟万昌这一走，竟是永诀，那些知根知底的贴心群众，谁个没有太多的思念和痛苦？近一段时间里，钟万昌是辖区生活在洪涝中的人们以泪水相伴的话题，他们真的想念他呀！因为所有的人都知道，钟万昌是累死的。榴乡呜咽，小城低语，人们期待用最真挚朴素的感情、最隆重悲壮的方式悼念和送别这位小城的大善人……

钟林和彭博正在暴雨中转移遭受洪涝灾害的居民，得知钟万昌离世的消息时，都一下子被击蒙了。他们都知道父亲身体不好，但不至于突然和人世告别，泪水和雨水浑然糊满了面庞。钟林放下手中居民家的一件床头柜，想朝家狂奔，忽然又扛了起来，他想起了父亲往常给他们讲的一句话。

第六十三章

钟威他们紧随国家领导出访的活动十分成功，与一些国家签订的很多合作协议对双方国家的人民都十分有益，特别是关于支援救助方面的协议。一次次、一国国、一件件……中国的温暖和热力正向世界慢慢传递。他和徐斌都在为自己工作和付出而感动自豪的时候，却接到二哥钟林说父亲永远离开他们的消息，他真的感觉如阳光明丽的晴朗天空突然传来了雷声。这两天他为这事愁得坐卧不安。单位有同事让他请假，也有让他直接购票回去，过后替他请假。他始终没有拿定主意。现在经过思考，并与钟飞飞和钟丽丽商议，他终于回过了神，于是突然决定：安心工作，不为父亲的事专门返回家。最近，他回忆父亲哺育儿女的过往岁月，他父亲的用心是有深刻道理的。

父亲是从荒乱和饥馑年代走过来的人，十分珍惜人间美好的生活。古人尊崇的"百善孝为先""国而忘家、公而忘私""父母在，不远游"等生活哲学和家国常理他一概信奉。他爱父母、孝敬父母，珍惜亲情，向往天伦之乐、家人团圆、友人相聚，但当这一切必须被无情的现实击碎的时候，他又总是用另一种眼光看待他人、看待人生、看待生活、看待这个世界，更多忽略的只是他自己。只要别人活得好一些，他怎么做都可以。自从他做了父亲后，他把所有的精力投入工作中，以及收养儿女的烦琐事务中。然后，不厌其烦地如喂小鸟一般精心喂养孩子，如栽植护理树苗一样呵护着他们的成长。在人生之旅中，作为富有灵性的人类群体，本身就该热爱和敬畏一切鲜活的生命。他自然也知道，孩子长大后还是要走出家门大院，步入社会，征战在各自的岗位上，更好地为国家和社会工作。

父亲的生活经历铸就了他的人生理念，他到死都认为爱国是人生存的主题，服务则是时代的主题。家是国的细胞，国是家的整体，无国何来家？爱国意识可以凝聚人民和国家的力量，可以抵御一切邪恶力量的侵袭。草原文化给了父亲深深的熏陶，所以后来父亲决定倾其一生为国家效力。当然父亲不知道，此前他已经把自己的健康奉献给了祖国，这一点，他本身可以称得上为父楷模；另一方面，他对每一个孩子，从很小的时候开始，就教育他们从善助人的基本为人操守。他更理解一个时代、一个国家，如果人人"各扫自家门前雪，不管他人瓦上霜""拔一毛而利天下，不为也"……那么，这片国土上不会造就出国家栋梁，这个国家也不会造就出民族英雄。

父亲始终认为国家忽略了精神，百姓丧失了良善，唯我独尊、唯利是图，"天塌下来，有大家顶着"，那么这片土地上，就会私欲狂生，道德荒废，恶行滥长……永远不能忘记，维护人类生存空间和美好生活家园，与每个人皆有关系……

徐斌打电话来，问他到底回不回去。钟威干脆地作出了回答——听从父亲的训教，安心工作，就是对他的最大孝敬。

第六十四章

　　大雨、暴雨、特大暴雨。雨还在继续，像有人把天戳破个大洞一样，不停地向人间浇灌着……钟林在帮助转移辖区受灾群众时，所长发现了他的反常。眼泪淹没了他的双眼，眼睛越来越红肿。

　　"老钟，你怎么啦？是不是不舒服？"李所长关心地问他。

　　"没什么，我眼睛被污水感染了，过一会儿就好了。"钟林若无其事地说。

　　"不行，你回去休息吧。我带人在这坚守一会儿，家中进水的居民没有多少户了，你放心回去吧！"所长认为老钟身体上出了问题，坚持让他休息。

　　钟林摇摇头，没有说话，但内心的憋屈还是让李所长看出来了。

　　"快，回去，这是命令！小袁，你扶老钟离开这儿。"所长告诉旁边的民警袁志海。

　　钟林的眼泪再也不能控制，像天上的雨水哗哗地涌了出来。但他不愿离开，他脑海里还回旋着父亲常给他讲的那句话："国而忘家，公而忘私。"那还是他在部队的时候，有一次父亲突患脑血栓病，母亲偷偷告诉了他，他就此请了五天假回家探视。父亲清醒后气愤得险些犯病，质问他说："为什么擅自跑回来，个人和国家孰轻孰重，天下吃五谷杂粮患病者无数，难道他们的儿女都要回家照应，那么国土岂不无人值守保卫，那有多大的危险？'国而忘家，公而忘私'的道理不懂吗？我现在给你说清楚，将来有一天我死了，只要你在为公家做事，为别人尽心，就不要回来，不然我死也不会瞑目的。"父亲训斥他，吓得他当即赶回了部队。从那以后，他始终记住父亲的教诲，当个人家事与为民服务工作冲突的时候，他决不能选择离开服务岗位。

"李所长，刚刚我送鼓楼区发烧的钱大娘到医院吊水，得知钟副所长的父亲、文化局的钟局长突发脑溢血没抢救过来，去世了。'爱心家园'那边都炸窝了，钟副所长他……"小袁说着，哭了。

"啊！发生这么大的事，你怎么不早说呢？"李所长批评民警小袁。

"我也是才知道此事。"小袁解释道。

"不怪小袁，我自己没回去。这是父亲的意思。"钟林说着，搬着两张木椅子出去了。

李所长望着他，一副不可思议的神态。

……

大雨终于停了，受灾居民转移工作结束了。跪在父亲的灵柩前，钟林的眼睛已经哭成两只桃子。看着身旁张罗忙碌着的钱副局长，他决定找大哥商议一下，看父亲的后事怎么办？钱副局长也一再关心和催促这件事情，他和大哥要尽快拿出主意，作出决定，千万不能驳了人家的面子。父亲生前确实对儿女要求很严，不希望因家庭私事耽误儿女的工作，更不想因自己的事影响孩子的工作。但他想，即使父亲不希望这样，无论如何也应该给在外面工作的几位弟妹打个电话，告诉他们这件事，这毕竟是养育他们的父亲。对父亲来说，这是一次不会回头、永不返程的远行。

第六十五章

钟林和钟渝都在家煎熬等待着各处抵达的消息，也在落实着下一步的事宜。既然父亲对他们的要求一贯是节俭处事、平和待人，那就要牢记父亲训教，不搞铺张浪费、虚张声势、自寻哀荣。再说还有那么多的人需要吃喝拉撒、照顾安排。作为儿女，他们一定要满足父亲生前的心事。外面的朋友同事可以免去吊唁的程序，但作为亲人总要尽点常人之情的。所以，经过再三考虑，他们还是要给在外面工作的几个弟弟妹妹招呼一下的，否则他们到时责怪不说，父亲的在天之灵也不得安宁。钟一帆、钟棒棒都长大了，有的已成了家，但他们对父亲的去世犹如天塌一般，特别是钟一帆，哭得死去活来。

"别哭了，爸爸已经不在了，我知道你们很难过，但人死不能复生，父亲也不想让你们这样，他希望你们今后好好活着，为社会和周围人多做善事，为我们钟家争光。我和大哥为下一步的安排都还有事，你们在这照应着，有情况告诉我们。"钟林给跪在灵前的钟一帆、钟棒棒他们说。

"哥哥，你们放心，你们忙你们的，我们都好好地在这照应着。"钟棒棒抹了一把泪水。

钟林放心地点点头，然后走了，他知道大哥钟渝还在跟父亲单位领导交涉给父亲治丧的事。

文化局办公室里，钱副局长带着几位单位领导还在跟钟渝谈事。

"我还是那句话，别的不慌考虑，先把你父亲的后事办好，至于花销不是我们个人问的事。他在这个小城影响很大，我们不能随随便便应付过去了事。"钱副局长跟钟渝说。他看到钟林进来，忙又改口说："你跟钟林回去再商量商量，看看我讲得有没有道理。"他把眼光转向了刚进门的钟林。局长和另外两位领导始终没讲话。

"钱叔叔，你不要总拿父亲的影响说事，正因为我父亲是原文化局领导，一生都在做着他认为有意义的事情，以前又常教育我们要踏实做人做事，不搞虚假浮躁的东西。所以，我们一要考虑他的影响，不给他抹黑；二要等外地工作的弟弟妹妹回来碰一下头，才能确定。"钟林觉得钱副局长对父亲的态度怎么会一百八十度大转弯。

"这孩子不懂事，我是为你好，听不听由你！"钱副局长抬腿出门走了，显然带着气。钟林和钟渝都感到钱副局长有些怪异，其他领导分别露出滑稽的神情。

"这样吧，我看暂时不慌定这件事，你们先打电话联系一下，等几位在外工作的家人都回来，兄弟姐妹几个再商议一下，然后明天都到你家碰头，看这件事怎么处理？"一位副局长出面协调。

"对，这样也行，稍微等等再说，家人都到齐了再定。"另一位副局长赞同他的话。同时，他俩说着，也都离开了座位，先后走出了文化局会议室……

第六十六章

　　张旭在海军总部医院住了一个半月，终于可以下床了。这次伤情鉴定为撕裂性肾挫伤。医生说除了不能生育，其他对今后生活不会有影响。

　　医生的话还是给了张旭和钟丽丽当头一棒，特别是钟丽丽，一段时间里，泪水悄悄爬上她的眼角。张旭心里也很难过，但他这时候必须变得坚强，离开他的支撑和鼓励，丽丽会倒下去的。

　　他认识钟丽丽以来，她多次跟他讲过父亲和母亲的遭遇，天地之间，两人相遇，旷世情缘，互生爱情，然后生儿育女，开出生命的花朵，结出爱情的果实，那好似人类每一个家庭中神奇和幸福的事情。然而，世俗阴影困扰，有的人这一权利竟被剥夺了，多么残酷的事实啊！父亲母亲，她伟大的父亲母亲，就是再伟大，如果没有后来他们的加入，伴随他们度过的将是怎样的日子啊！无论如何，仅仅这一点，他们还是悲哀的，属于不幸的。可父母还是快乐地活着，因为他们从另一个角度，拥有了更多的儿女。当他们在人生失落的时候，灵魂得到了升华，让他们这些本该不幸或者无可生存的特殊群体却得到了阳光和福祉。

　　事实终归事实，残酷终归残酷。当人生需要面对的时候，必须勇敢地站在不幸面前。在一个宁静的夜晚，在张旭的住处，几个小菜，两瓶红酒，两人开始直接面对这一问题。

　　酒瓶里红酒不时朝酒杯中飞溅着，仿佛飞舞着喜悦，又宛如流淌着伤感。他们深情对视着。但今晚钟丽丽有点特别，始终滴酒不沾。张旭心中似乎并不奇怪。两人依然把粉红的脸色融进了灯光的橘红和酒色的猩红中。

　　室内温馨典雅，置于红色相框中的两人大幅相片伫立在张旭床头柜上。

他们的身后海阔天空，包围着无尽的蔚蓝；站在雄伟宽阔的舰船甲板上，从飘飞的头发，可以判断他们在迎着海风飞向远方；头顶的海鸟与白云依稀可见；那一刻他们似乎都驰骋在祖国海洋事业的天地里，也在为他们的爱情畅想……还有右侧书架上一艘宏大精密的舰船模型，仿佛乘着知识的海洋，乘风破浪、扬帆远航……室外的小客室里飞扬着贝多芬的畅想曲，眼下的气氛温情而浪漫、优雅而凄伤……让人沉沉欲睡，又让人充满幻想。

"丽丽，我们分手吧？一切都是我的错，让我的残缺和不幸化作我对你一生的祝福和祈祷：愿你一生平安健康、爱有所归、吉祥如意、幸福到老。"张旭感动于自己的语言，眼角迸出了飞扬着的泪花。

"我就知道你要说这话，我可以判断你根本就不了解我，或者不爱我。"钟丽丽说道。

"丽丽，我爱你要疯了，不过我不能和你在一起。我绝对不能拖累你，正是因为我爱你。"张旭此刻过于伤感，他的语气也显得凄苦。

"你这种人太不负责任，我俩到这种状况了，你拔腿就想走人，你把我当成什么了。要走你走吧，我要对我所做的一切负责。今晚之后，我们各奔东西，你放心，我也不会拖累你的。"钟丽丽委屈得几乎要把泪水都倾倒出来，哭得让人心酸。

"我真的对不起你，我们做梦都没想到是这个结果。我父母都支持我的意见，不能连累你。他们本身都非常同情你的父母，现在他们的儿子也落下这个结局，他们不可能再忍心让你跟我在一起连累一辈子。作为军人，我必须以国家为重，要怪只能怪这个世界还不太安宁。"张旭走过来把钟丽丽抱在怀里。钟丽丽哭得更凶了。

屋内的温暖让室外变得更加漆黑，恐怕时间已经不早了，录音机里的音乐不知何时已停止，房间空寂得掉根针都能听到，绝对是块与外界隔绝的地方。如此闲适静谧的空间，现在正遭遇着俗世厄运与不幸的困扰。他们紧紧地相拥着，泪水此刻是他们交流的主题。

"你的父母是高干，对人生的理解或许不同于常人，但我不明白他们怎么能这样处理这件事呢？我的父母知道这件事情后，就让我对你要超过以往的好，因为人在不顺的时候更需要情绪的松弛和解放。而且不仅现在好，要一辈子都好。"钟丽丽虔诚地说，语气中饱含着对父母亲无限的敬重。

夜深了，外面时而传来单调的汽车喇叭声。

"感谢你父母的不离不弃，可是我父母是心疼你和你的父母亲，不想让这种困扰造成的苦果再次落在我们这一代人身上。他们也是善意的，我求你理解我的父母亲。"张旭诚恳地说。

钟丽丽眼光变得柔和，她含情脉脉地看着张旭，把嘴唇贴近他的脸颊。张旭有点闪躲，但怕丽丽伤心，只好迎接她的亲吻。

"丽丽，你想想，我们将来结合了，不能要孩子，这对你、对你的家人多么不公，我的心里很难过。你是位健全的人，将来找一个完美的伴侣，组成一个幸福的家庭，我这辈子才能心安啊！"张旭将嘴唇从钟丽丽的嘴上移开，轻轻地贴在她的耳边说。

"那如果我告诉你，我们将来可以有孩子怎么办？"钟丽丽清澈美丽的眼睛突然睁得很大。

"丽丽，你发烧了吧？怎么说出这话，身体检查结果清楚地写在单子上。"张旭忙松开右手去摸钟丽丽的额头。

"你才发烧呢！你的结果清楚，我的结果不也写得很清楚吗？"钟丽丽的眼睛更加明净美丽。窗外的世界已经不再属于他们，他们完全沉浸在两人的天地里，这块天地越来越轻松温暖。

"这是怎么回事，我的丽丽？"张旭格外激动。

"这两天我身体不舒服，老觉得胃上翻，今天上午我到医院查了一下，就有了这个结果，我们有孩子啦！"钟丽丽一副高兴的神态。

"啊！我有孩子喽，我有孩子喽……你太伟大了！为什么不早说，弄得我这么伤心？"他一阵呼喊之后，低下头狂吻钟丽丽的香唇。

不知过了多长时间，钟丽丽憋闷得大叫喘不过气时，张旭才把旋转滚动的嘴移开。两人对望着，双双眼里噙满了泪花。

酒意和幸福合围，袭击着张旭的神经，汇成从未有过的冲动。他忽然抱着钟丽丽从餐桌旁的椅子上站起来，向自己的卧室走去……

半年后，他们赢得了爱情的果实——一个俊俏白胖的儿子，除了事业之外，拥有了常人共享的家庭生活，也给他们的父母和家庭带来了无尽的欢欣喜悦。此后，经过生活阵痛的张旭开始学习钟丽丽的父亲和哥哥钟威，把简单生活外的费用全部寄给了岳父，用于照顾那些钟家大院和"爱心家园"里的老人和孩子。谁知两年后，一生忙碌的钟万昌突然离世。刚刚钟丽丽接的一个电话，让他们很伤心。

第六十七章

今天是钟家大院的人为钟万昌送行的日子。一大早，殡仪馆的车停在了钟家门口西侧的街道上。除了钟威、钟飞飞、钟丽丽和到国外参加演出的钟婉莹外，钟家的儿女都回到了家中，足足有大几十口，其他再没有别的人参加葬礼。一个月前，上级单位接到一封匿名举报信，反映文化局钱副局长利用分管农村文化资金之便，曾经挪用公款。在钱副局长极力为钟万昌同志张罗丧事的时候，秘密调查结束了，反映属实。钱副局长涉嫌挪用公款罪，目前已被停职，即将被移交司法机关处理。钱副局长自然不能来参加老局长的送葬活动了。还有一件事，就是钟渝、钟林与文化局的会计整理钟万昌生平材料的时候，林惠碧在床头柜的最底层发现了一封信。根据分析，这封信明显是钟万昌第一次生病后写好的。遗书的出现，给钟家处理他的后事提供了可靠依据：

孩子们：

当你们看到这封信的时候，我已经不能和你们快乐地生活在钟家大院了。但不要难过，生老病死，自然常情。今生和你们缘分一场，乃是我和你们的妈妈最幸运骄傲的事情，我在这声明，下辈子我们还要成为一家人。几年前我第一次生病的时候，就觉得身体出现反常，随后我经常性莫名头痛发晕，胸闷气短，担心有一天会发生异常。

现在我要说明的是，如果有一天，我突然病倒，明知来日无几，不要做无谓救治，把我折腾得支离破碎。岂不知那不是救命，而是延长痛苦。作为一名普通的军人，我在战场上生死滚爬，对死我毫无惧怕。人生总有生死站台，生是始站，死为终站，到站者是要下车的。爱我的儿女和家人们要和我一起面对这一人生最后的尊严和结果。

当然，我的心情已经完全释然下来，因为你们一个个都大了，即使后来的尚小，但长大成人的完全可以照顾下面的弟弟妹妹了。这一点我很欣慰，你们都是我的孩子，都多少得到了我和你们妈妈身上天性助人行善的真传。想到这一点，无论怎样，我都开心大笑了。我还是要给你们说清楚，在我离开以后，不发讣告，免得千篇一律吹捧我死后高尚的辞藻扰得我不得安宁；不设灵堂，弄得全家劳神伤财，搅扰亲友不得轻松；不搞吊唁活动和告别仪式，让周围人都遭受拖累；让我轻松地来，安静地走；也决不要麻烦我曾工作过的单位领导和同志，更不许向组织和单位提任何要求条件。我们生活在这样美丽的国家里，却为国家做得很少，内心惭愧不已，再给国家添麻烦更是不对的。万一将来有一天有人拿我说事，不管是谁，把我的信拿给他看。我死后，将我的骨灰撒在我的故乡北方大草原上和我生活过的小城东边堤坝下的田地间。让我们从大地而来，再回报给我们生活过的幸福家园。

我的儿女们，你们看到没有，改革开放以来，我们的国家越来越富有，百姓的日子好过多了，正按照国家的规划健康向前发展。国富则民强，民强则不能忘本，你们在为国家工作的同时，更要用心去为周围需要帮助的人做事。

细细回想，在任何国家，任何时代，不都要以人类和平共处、人民友善交往、国家安宁和谐、百姓安居乐业为理想吗？所以，作为华夏普通公民，一生要为实现这一目标尽微薄之力。

大道理我不懂多少，你们大多受过很好的教育，比我知道得多，但最根本的道理我还是懂的：人活着就要行善助人。这是我这辈子的做事准则，你们不管从事什么工作，一样要知道自己的来处，同时要继续做着我追求的慈善事业。

孩子们听我的话，要悄悄地把我送走。你们在外边做事的弟弟和妹妹没有时间的话，不要叫他们回来，让他们安心地做好公家的事，千万不能误了工作，这样的话我会为你们竖起大拇指。切记！切记！别了，我的孩子们，我的亲人，深情地吻你们！

深爱你们的钟万昌

1995年中秋之夜于陋舍

当林惠碧悲痛欲绝地将丈夫钟万昌的遗书拿到钟渝、钟林等儿女面前时，大家觉得处理父亲的后事真正有了底气。这时，他们方才悟出了一个常理——知父者莫过儿女。如果他们出于世俗虚假，大办特办，那就大错特错了。

这样看来，钱副局长和单位的同事、社会上的朋友，包括新进入"爱心家园"内的每一位成员，都没能到场给钟万昌送行实属正常了。但钟家送行的人里却有一位身着将军服装的部队领导，他就是当年钟万昌在战场上救过的小战友蒋二娃。他的眼眶红红的。看来他对钟万昌老班长的离世伤心万分。

经斟酌确定的最简单的葬礼，后来仍超过预料，变得隆重。家中出殡的仪式十分简单：先由钟渝宣读了父亲的遗书，再由钟林宣读了父亲的生平，然后钟家儿女逐人给父亲磕了头。当殡葬工作人员一起抬起钟万昌的遗体前往灵车时，"哇"的一声，大院里传出了悲痛的哭声。

多天来已停下的雨水，今天开始重演，天空飘起了细雨。出了大院的西墙朝南一拐，这时钟家儿女才看到，刚刚还很空落的街道两旁突然间站满了群众，而人群也伸展到远处，一直延伸到主路上，直至延展到西边殡仪馆的路边，全部被人群围住。有人看到钟万昌带头建立的"爱心家园"里的成员都来了，他们都站在路边默默地哭泣着。钟万昌单位的同志来了，林惠碧原所在单位的同事都来了，周围的邻居都来了，原电影公司的老员工也来了，他们不知道从哪儿得知的消息。

榴乡飘泪，雨雾蒙蒙，小城哭泣，涡淮呻吟……当年这块大禹治水的地方，今天却又要送走一位一生只为别人的大善人。此时天是阴的，人们心中感到阵阵凄凉，但雨淋在身上却不寒凉；地是湿的，当人们经过时扬起串串水花，走在上面却不打滑。天和地都富有灵性，都在为钟万昌用心祈祷……灵车远去了，路旁的人们仍然伫立着，久久不肯散去……

　　1999 年春节后的一天上午，林惠碧带着钟渝、钟林、钟婉莹、钟威、钟飞飞和钟丽丽等钟家全部儿女站在了榴乡小城东边的堤坝上，一起面向那片田野和那条大河，默默哀悼了三分钟，个个泪流满面。他们刚从草原归来，那儿和脚下这片土地及钟万昌所经过的地方都留下过他的思念和记忆，如今他的孩子们替他做了幸福的回望和祈祷……

2017 年 11 月 9 日完稿于天柱山卧龙山庄